nós somos inevitáveis

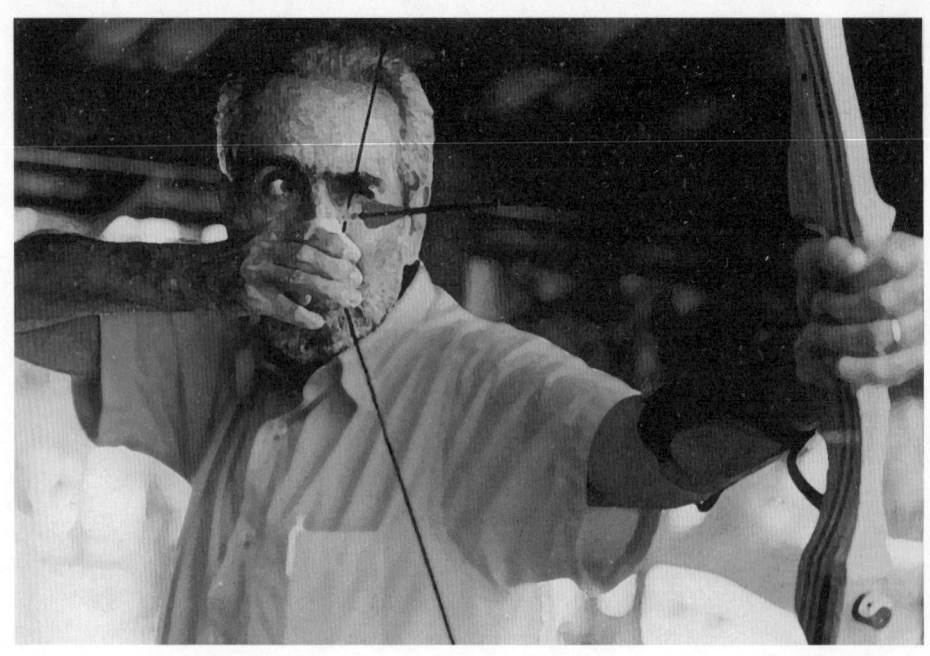

O Arqueiro

GERALDO JORDÃO PEREIRA (1938-2008) começou sua carreira aos 17 anos, quando foi trabalhar com seu pai, o célebre editor José Olympio, publicando obras marcantes como *O menino do dedo verde*, de Maurice Druon, e *Minha vida*, de Charles Chaplin.

Em 1976, fundou a Editora Salamandra com o propósito de formar uma nova geração de leitores e acabou criando um dos catálogos infantis mais premiados do Brasil. Em 1992, fugindo de sua linha editorial, lançou *Muitas vidas, muitos mestres*, de Brian Weiss, livro que deu origem à Editora Sextante.

Fã de histórias de suspense, Geraldo descobriu *O Código Da Vinci* antes mesmo de ele ser lançado nos Estados Unidos. A aposta em ficção, que não era o foco da Sextante, foi certeira: o título se transformou em um dos maiores fenômenos editoriais de todos os tempos.

Mas não foi só aos livros que se dedicou. Com seu desejo de ajudar o próximo, Geraldo desenvolveu diversos projetos sociais que se tornaram sua grande paixão.

Com a missão de publicar histórias empolgantes, tornar os livros cada vez mais acessíveis e despertar o amor pela leitura, a Editora Arqueiro é uma homenagem a esta figura extraordinária, capaz de enxergar mais além, mirar nas coisas verdadeiramente importantes e não perder o idealismo e a esperança diante dos desafios e contratempos da vida.

GAYLE FORMAN

nós somos inevitáveis

Título original: *We Are Inevitable*
Copyright © 2021 por Gayle Forman
Copyright da tradução © 2022 por Editora Arqueiro Ltda.

Todos os direitos reservados. Nenhuma parte deste livro pode ser utilizada ou reproduzida sob quaisquer meios existentes sem autorização por escrito dos editores.

tradução: Marcela Nalin Rossine
preparo de originais: Beatriz D'Oliveira
revisão: Rachel Rimas e Suelen Lopes
leitura sensível: Rebeca Kim
diagramação: Miriam Lerner | Equatorium Design
capa: Simon & Schuster
adaptação de capa: Gustavo Cardozo
impressão e acabamento: Cromosete Gráfica e Editora Ltda.

CIP-BRASIL. CATALOGAÇÃO NA PUBLICAÇÃO
SINDICATO NACIONAL DOS EDITORES DE LIVROS, RJ

F82n

Forman, Gayle, 1970-
  Nós somos inevitáveis / Gayle Forman ; tradução Marcela Rossine. - 1. ed. - São Paulo : Arqueiro, 2022.
   256 p. ; 23 cm.

  Tradução de : We are inevitable
  ISBN 978-65-5565-350-2

  1. Ficção americana. I. Rossine, Marcela. II. Título.

22-78189
CDD: 813
CDU: 82-3(73)

Gabriela Faray Ferreira Lopes - Bibliotecária - CRB-7/6643

Todos os direitos reservados, no Brasil, por
Editora Arqueiro Ltda.
Rua Funchal, 538 – conjuntos 52 e 54 – Vila Olímpia
04551-060 – São Paulo – SP
Tel.: (11) 3868-4492 – Fax: (11) 3862-5818
E-mail: atendimento@editoraarqueiro.com.br
www.editoraarqueiro.com.br

*Para as Heathers, as Kathleens, os Mitchells,
as Beckys e todos os livreiros, que nos
proporcionam um ponto de encontro perfeito.*

"Uma cidade não é uma cidade de verdade se não tiver uma livraria. Pode até levar o título de cidade, mas, se não tiver uma livraria, ela sabe muito bem que não engana ninguém."
— Neil Gaiman, *Deuses americanos*

"Todo ato de criação é um ato de destruição."
— Pablo Picasso

"Minha casa é onde quero estar, mas acho que já estou nela."
— Talking Heads, "This Must Be the Place"

ASCENSÃO E QUEDA
DOS DINOSSAUROS

Dizem que a extinção dos dinossauros demorou 33 mil anos. Passaram-se 33 milênios desde o momento em que o asteroide atingiu a Península de Iucatã até o dia em que o último dinossauro tombou, morrendo de fome e de frio e envenenado por gases tóxicos.

De uma perspectiva universal, 33 mil anos não é muito. Um piscar de olhos. Mas ainda assim são 33 mil anos. Quase dois milhões de segundas-feiras. Não é pouca coisa.

O que eu fico pensando é: eles sabiam? Será que algum pobre tiranossauro sentiu o asteroide sacudir a terra, olhou para cima e pensou: "Ah, merda, acabou"? Será que o camarassauro que vivia a milhares de quilômetros da zona de impacto notou o sol escurecendo com todas aquelas cinzas e entendeu que seus dias estavam contados? Ou o tricerátops se perguntou por que o ar de repente ficou com um cheiro diferente, sem saber que era por causa dos gases venenosos liberados por uma explosão equivalente a dez bilhões de bombas atômicas? (Não que as bombas atômicas já tivessem sido inventadas.) Em que momento daquele período de 33 mil anos eles entenderam que sua extinção não estava próxima, e sim que já tinha acontecido?

O livro que estou lendo, *Ascensão e queda dos dinossauros: uma nova história de um mundo perdido*, de Steve Brusatte, que encontrei perdido em meio a alguns atlas meses atrás, tem muito a dizer sobre como era a vida para os dinossauros, mas não investiga profundamente o que os dinossauros estavam pensando perto do fim. Não são muitas as conjecturas que se podem fazer sobre criaturas que viveram há sessenta milhões de anos, acho. Seus pensamentos sobre a própria extinção, assim como muitos outros mistérios, morreram junto com elas.

~

Fato: ainda existem dinossauros. Quer saber como eles são? Pai e filho em um sebo decadente, passando longos dias vazios consumindo palavras que ninguém por aqui compra mais. O pai, Ira, fica lendo em seu lugar de sempre, uma poltrona com o assento rasgado e deformado por anos de uso, na seção de mapas, perto da janela panorâmica que não é mais tão panorâmica assim por conta de uma rachadura em formato de raio tal qual a cicatriz do Harry Potter. O filho – no caso eu, Aaron – fica largado em um banquinho perto da caixa registradora desnutrida, lendo obsessivamente sobre dinossauros. As estantes, que um dia foram muito limpas e organizadas, estão transbordando, os livros parecendo soldados em uma guerra há muito perdida. Hoje em dia temos mais livros do que quando éramos uma livraria em pleno funcionamento, porque, sempre que vê um livro na lixeira, ou mesmo na rua, Ira o resgata. Somos uma loja cheia de itens abandonados.

Na manhã em que esta história começa, Ira e eu estamos sentados em nossos lugares de costume, lendo nossos livros de costume, quando um gemido pavoroso ressoa pela loja. Parece uma buzina de nevoeiro, mas estamos na Cordilheira das Cascatas do estado de Washington, a 160 quilômetros do mar e de navios.

Ira se levanta de um pulo, os olhos arregalados de pânico.

– O que foi isso?

– Não s...

Minha voz é abafada por um barulho de algo se quebrando, seguido pelos dolorosos sons de livros caindo em avalanche no chão. Uma das nossas maiores estantes se partiu ao meio, como a castanheira em *Jane Eyre*. E qualquer pessoa que tenha lido *Jane Eyre* sabe o que isso prenuncia.

Ira vai correndo até lá e se ajoelha, debruçado sobre os soldados caídos com uma expressão abatida, como se fosse o general que os levou à morte. Não é culpa dele. Nada disso é culpa dele.

– Deixa comigo – digo, na voz sussurrante que aprendi a usar quando ele fica agitado.

Eu o levo de volta à poltrona e o cubro com o pesado cobertor. Então ligo a chaleira elétrica e preparo um chá de camomila.

– Mas os livros... – Sua voz soa carregada de dor, como se fossem coisas vivas; na verdade, para Ira, eles são mesmo.

Ira acredita que livros são milagres. "Vinte e seis letras", ele me dizia enquanto, sentado em seu colo, eu via livros ilustrados sobre irmãos texugos ou lagartas muito comilonas e ele lia alguma biografia do ex-presidente americano Lyndon Baines Johnson ou uma coletânea de poemas de Matthea Harvey. "Vinte e seis letras e alguns sinais de pontuação, e temos palavras infinitas em mundos infinitos." Ele gesticulava para o meu livro, para o livro dele, para todos os livros na loja. "Como isso não é um milagre?"

– Não se preocupe – insisto, indo arrumar a bagunça no chão. – Os livros vão ficar bem.

Os livros não vão ficar bem. Até eles parecem entender isso, espalhados, páginas abertas, lombadas rasgadas, sobrecapas soltas, sem o cheiro de papel novo, sem relevância, sem dignidade. No chão, folheio um velho guia de viagem da Toscana, parando em uma lista de pensões italianas que provavelmente foram extintas pelo Airbnb. Depois pego um livro de receitas, alisando a imagem quase pornográfica da receita de um suflê de queijo que ninguém vai ver, agora que temos o Google. Os livros são órfãos, mas são os nossos órfãos, por isso os ajeito em um canto com a ternura que merecem.

Ao contrário do meu irmão, Sandy, que nunca deu a mínima para ler, mas que leu seu primeiro livro antes mesmo de entrar na escola, eu, que queria desesperadamente as chaves para o castelo de Ira, tive dificuldade para aprender. As palavras dançavam pela página e eu nunca conseguia me lembrar das várias regras da língua. Os professores conversavam com Ira e minha mãe sobre atrasos e interferências. Minha mãe ficava preocupada, mas Ira, não. "Vai acontecer quando tiver que acontecer." Mas todo dia que não acontecia, eu sentia que um milagre estava sendo negado a mim.

Perto do fim do terceiro ano, peguei um livro na biblioteca da escola. Não um daqueles chatos recomendados para o desenvolvimento infantil, mas um romance de gente grande, a capa com a ilustração de um majestoso e simpático leão que parecia estar me fazendo um convite. Abri na primeira página e li: *Era uma vez quatro crianças: Pedro, Susana, Edmundo e Lúcia*. E, com essa frase, meu mundo mudou.

Ira lia para mim desde antes de eu nascer, mas isso não era nem de longe comparável a ler sozinho, da mesma forma que andar de carro como passageiro não é nada igual a dirigir. Tenho dirigido desde então, de Nárnia a Hogwarts até a Terra-média, da Nigéria à Tasmânia até a aurora boreal na Noruega. Todos esses mundos em 26 letras. Na verdade, pensei, o milagre era muito maior do que Ira dizia.

Porém não mais. Nos últimos tempos, o único livro que consigo suportar é *Ascensão e queda dos dinossauros*. Fora esse, mal posso olhar um livro sem pensar em tudo que perdemos e em tudo que ainda vamos perder. Talvez seja por isso que de noite, no silêncio do meu quarto, fantasio que a loja está pegando fogo. Anseio por ouvir aquele barulho de papel queimando. Imagino o calor do incêndio enquanto nossos livros, nossas roupas, nossas lembranças são incinerados. Os discos de Sandy derretidos, formando um rio de vinil. Quando o incêndio tiver terminado, o vinil vai se solidificar, capturando pedaços e peças de nossas vidas. Fósseis que futuras gerações vão estudar, tentando entender as pessoas que viveram aqui e como foram extintas.

– E a estante? – pergunta Ira.

A estante já era. Considere isso uma metáfora para a loja. Nossas vidas. Mas a testa de Ira está franzida de preocupação, como se a estante quebrada o ferisse fisicamente – o que deve ser verdade. E quando algo causa dor em Ira, causa em mim também. Por isso, digo a ele que vamos comprar uma estante nova.

E é assim que começa.

No dia seguinte, Ira me acorda com uma série de sacudidas suaves.

– Aaron – chama ele, com um brilho louco nos olhos castanhos –, você disse que íamos comprar uma estante nova.

Eu disse? Ainda está escuro lá fora. Minha mente está enevoada.

– Anda! – Ele me apressa.

Pisco várias vezes até o relógio digital entrar em foco. São 5h12.

– Agora?

– Bem, temos que ir até Seattle e voltar, e se sairmos às seis horas, mesmo se pegarmos trânsito, estaremos lá às oito, que é quando a Coleman's abre, e teremos terminado às oito e meia e não vamos pegar trânsito, então podemos estar de volta às dez.

De acordo com a placa laminada que minha mãe fez há um tempão, colocada na porta da livraria, a Bluebird Books fica aberta das dez às seis, de segunda a sábado, e fechada aos domingos. Ira insiste em seguir esses horários, mesmo quando neva, mesmo quando estamos doentes. É parte do que chamamos de pacto do livreiro. O fato de que ninguém entra na loja antes de meio-dia – isso quando alguém entra – parece não ser levado em conta na lógica dele.

– Não podemos comprar estantes aqui perto, em Bellingham? – Ainda não estou totalmente acordado, e é por isso que acrescento: – Na Home Depot?

Faço a sugestão mesmo sabendo que Ira não compra nada na Home Depot. Nem na Amazon. Ele continua comprometido com comércios pequenos, independentes. Um dinossauro que apoia outros dinossauros.

– Claro que não! – responde Ira. – Sempre vamos na Coleman's. Sua mãe e eu compramos nossa primeira estante de livros com Linda e Steve. Anda! – Ele puxa as cobertas. – Vamos logo.

Vinte minutos depois, estamos ligando o carro e saindo da garagem. Ainda está escuro, o amanhecer parecendo muito longe. A esta hora, com as lojas todas fechadas, não dá para saber quais faliram (como a que ainda tem manequins empoeirados na vitrine) e quais apenas ainda não abriram.

Ira reduz para acenar para Penny Macklemore, que está abrindo a loja de ferragens, um dos seus muitos negócios na cidade.

– Bom dia, Penny! – Ele abre a janela, despejando sobre nós uma rajada de vento que a umidade faz parecer mais gelada do que realmente é. – Acordou cedo.

– Ah, eu sempre acordo cedo. Deus ajuda quem cedo madruga.

– Estamos indo comprar novas estantes – diz Ira. – Até mais.

Vamos em direção à interestadual, pela rodovia cheia de curvas, passando pelas fábricas que antigamente empregavam metade da cidade e agora estão vazias, parcialmente tomadas pelas florestas que antes elas transformavam em papel.

– Sua mãe e eu compramos todos os nossos móveis na Coleman's – comenta Ira ao entrar na interestadual. – A loja é administrada por um casal. Quer dizer, era, até Steve morrer. Agora, Linda administra com a filha. – Ira faz uma pausa. – Mais ou menos como eu e você.

– Aham – digo.

Será que a filha de Linda Coleman também sonha com um incêndio tomando a loja da mãe? Afinal, madeira é tão inflamável quanto papel.

– Pode passar o tempo que for, Linda sempre se lembra da última coisa que compramos. Mesmo anos depois, ela pergunta: "Ira, como está a mesinha expositora?"

Ira está falando de venda personalizada. Ele acredita muito nesse tipo de transação. Tempos atrás, ele e minha mãe eram muito bons nisso. Antes de o asteroide chegar, arruinar a livraria e desgastar seu cérebro, Ira tinha quase uma memória fotográfica da última leitura de cada cliente e, portanto, uma habilidade fantástica de sugerir o próximo livro. Então, por exemplo, se Kayla Stoddard chegasse, parasse para conversar com minha mãe sobre o novo casaco (com etiqueta e tudo) que garimpara em um brechó, Ira lembraria que os dois últimos títulos que ela comprou foram *Assassinato no Expresso do Oriente* e *Morte no Nilo* e concluiria, de forma correta, que ela estava entusiasmada com Poirot e discretamente teria *Encontro com a morte* pronto para ela. Ele e minha mãe vendiam muitos livros dessa maneira.

– Linda vai achar uma boa substituta para a estante quebrada – diz Ira enquanto um caminhão-tanque nos ultrapassa na subida. – Aí poderemos organizar um pouco aqui e ali e dar um jeito nas coisas.

Ira sempre fala em *dar um jeito nas coisas*. Mas o que ele quer dizer é dar um jeito de voltar no tempo, um tempo anterior à queda do asteroide. Embora eu já tenha lido um bom número de livros sobre a teórica possibilidade de viajar no tempo, até onde sei por enquanto ninguém inventou uma máquina do tempo. No entanto, não o condeno por desejar isso.

Quando chegamos à Coleman's, exatamente às oito, a loja está às escuras e fechada. Dou uma corrida até a porta para ler a placa.

– Aqui diz que abre às nove – afirmo, de longe, para Ira.

– Que estranho. – Ele coça a barba. – Eu jurava que ficava aberta das oito às quatro. Linda organizou o horário assim para que eles pudessem estar em casa à noite com as crianças. Se bem que a filha… Lisa, o nome dela… – Ele estala os dedos para ajudar na conexão sináptica do cérebro. – Se bem que Lisa já é adulta, então talvez tenham mudado o horário. Hoje vamos abrir mais tarde, então – conclui ele, a testa franzida de aflição, como se fosse haver uma fila de gente na porta da nossa loja, esperando-a abrir da mesma forma que nós esperamos agora.

– Bom, quer tomar café enquanto isso? – sugiro.

– Quero.

Voltamos para o carro e seguimos para um centro comercial. Em uma das pontas do estacionamento há um daqueles empórios gigantes que vendem comida saudável. Do outro lado, uma livraria. A vitrine exibe belos cartazes de novos títulos, fotos de autores sorrindo para divulgar lançamentos, o calendário de eventos. Todos são sinais de uma livraria prosperando (no quintal da Amazon, ainda por cima), tendo sobrevivido a algoritmos, pandemia, TikTok. Um lembrete de que nem todas as espécies foram extintas pelo asteroide. Apenas os dinossauros.

Desanimado ao ver isso, Ira afunda no banco do carro e se recusa a sair.

– Só me traz alguma coisa.

A loja de comida saudável está com decoração de Halloween: chapéus de bruxa, abóboras e balas artesanais com "açúcar de verdade", porque aparentemente isso é um atrativo. A área da comida fresca é como um museu: frutas frescas cortadas dispostas simetricamente, um bufê de ovos mexidos e pãezinhos macios que uma lâmpada de calor mantém aquecidos. Vinte dólares o quilo. Na lanchonete perto de casa, o pão com ovo custa cinco dólares, com suco e café incluídos.

Saio para procurar algo mais acessível. E ali, entre fermentações de kombucha e café cultivado à sombra, eu vejo uma mesa com discos em promoção. O mais barato é vinte dólares. O preço sobe significativamente a partir daí.

Um cara hipster tatuado toma conta da mesa. Ele usa um chapéu fedora com uma pena. Não sei se é uma fantasia de Halloween ou um estilo "irônico".

– Você coleciona discos? – pergunta ele.

– Eu? Não! – respondo. – Não gosto de vinil nem de CD, nem de música, na verdade.

O hipster recua como se eu tivesse falado que curto mutilar gatinhos.

– Que tipo de pessoa não gosta de música?

Minha resposta é automática, uma distinção milenar que nem questiono:

– Uma pessoa que gosta de livros.

~

Por volta das 8h45, nós dois paramos no estacionamento da Coleman's já com a barriga cheia de barrinhas de cereal em promoção. Um homem de colete vermelho está abrindo o portão de metal.

– Olá – chama Ira, saindo do carro. – Estão abertos?

– Abrimos às nove.

– Podemos entrar agora? Sou um velho amigo da Linda.

– Quem é Linda?

– Linda Coleman. A dona desde 1970…

Ira aponta para o letreiro, as palavras morrendo em sua boca quando vê o cartaz dizendo SOB NOVA DIREÇÃO.

– Ah, sim, eles venderam a loja – diz o homem.

– Para a sua família? – pergunta Ira, vacilante.

– Para uma rede, a Furniture Emporium. Mas mantiveram o nome, porque o pessoal daqui já conhece o lugar. Só que, na verdade, agora é uma Furniture Emporium.

– Ah, entendi.

O funcionário é bastante simpático. Depois que abre a porta e acende as luzes, ele diz:

– Podem entrar mais cedo. Dar uma olhada, se quiserem.

Ira está à deriva. Anda de lá para cá pelos corredores, indo e voltando feito uma criança perdida no supermercado.

– O que acha dessa? – pergunto, apontando para uma estante de carvalho que parece vagamente a que quebrou, grande e de madeira avermelhada.

– É boa, é boa – responde Ira, repetindo as palavras como sempre faz quando a ansiedade aumenta. – Quanto custa?

Olho para a etiqueta.

– Está na promoção: 445 dólares.

Não faço ideia se isso é muito por uma estante. Ou mesmo se podemos pagar. Embora, tecnicamente, eu seja o dono do sebo, Ira ainda cuida do lado comercial do negócio.

– Vamos querer essa estante de carvalho – diz Ira ao funcionário. – Para entregar.

Eles começam a preencher a papelada. Mas o funcionário não conhece nossa cidade. Pego meu celular e mostro a ele onde fica.

– Hum, poxa, é muito longe.

– Linda sempre entregou pra gente. O próprio Steve dirigia o caminhão. Cobrava cinquenta dólares.

– Para entregar longe assim, vai sair por... – Ele digita algo no computador. – Cento e cinquenta. – Ele olha para Ira. – Melhor o senhor comprar pela internet. Ganha frete grátis.

Pela internet? Seria mais fácil dizer para Ira vender um rim – algo que ele também não faria. Doar? Sim. Mas não vender.

– Ira, ele tem razão – tento dizer.

– Não vou comprar pela internet. De uma rede.

– Mas aqui *é* uma rede.

– Eu sempre comprei meus móveis aqui.

Ele acena com a cabeça para o funcionário, que calcula o total.

– Bem, 445 mais impostos e entrega... O total é 634.

– Seiscentos e trinta e quatro – repete Ira, com uma voz fraca.

– Talvez a gente devesse esquecer isso... – começo.

– Não – insiste Ira. – Precisamos de uma estante. – Com a mão tremendo, ele conta as notas na carteira. – Tenho duzentos em dinheiro. Passa o resto aqui – diz ele, pegando um cartão de crédito da carteira.

– Onde você conseguiu esse cartão?

– Ah, esse eu tenho há anos.

Antes que eu possa dizer que isso é mentira, o cartão é recusado.

– Tenta esse – pede Ira, pegando outro cartão.

– Onde foi que você arranjou esses cartões?

Depois que Ira e minha mãe transferiram a propriedade da loja para o meu nome, no meu aniversário de 18 anos, e meses depois declararam falência, a dívida que estava nos afundando deveria ter sido liquidada. E também deveria tê-lo deixado sem crédito. Ira não deveria conseguir novos cartões.

– Estão todos no meu nome – responde Ira, sua respiração ficando irregular enquanto entrega outro cartão de crédito. – Não vai ser problema para a loja. Nem para você.

– *Todos?* Quantos cartões você tem?

– Só três.

– *Só* três?

– Não é nada de mais. Às vezes a gente tem que descobrir um santo para cobrir outro.

Quando o terceiro cartão é recusado, Ira baixa a cabeça.

– Linda me deixava pagar em prestações – diz ele ao funcionário.

– Claro – responde ele. – Podemos fazer isso.

Ira volta a erguer o olhar, um sorriso de pesar no rosto.

– Obrigado. Tudo bem se a gente der duzentos agora?

– Tudo bem. O restante tem que ser pago antes da entrega. Vamos guardar a estante por noventa dias.

Ira parece confuso. Fica de boca aberta como um peixe fora d'água.

– Ira, ele está falando de compra programada. Não é crédito. Você tem que pagar as prestações antes de receber a estante.

– A-ah – gagueja Ira.

Sua respiração acelera e seus olhos saltam. Eu sei o que vem a seguir.

– Com licença – digo ao atendente.

Levo Ira para um banco do lado de fora e o ajudo a respirar fundo, devagar.

– Vamos deixar a estante pra lá.

– Não! – retruca Ira, a voz rouca, desesperada. – Não podemos.

– Beleza. Vamos comprar pela internet, então.

– Não! – Ele me entrega a carteira. – Vá lá e compre qualquer uma.

– Mas, Ira...

A frustração revira meu estômago. Porque às vezes eu só quero sacudi-lo. Por que ele não vê? Uma estante não vai nos transformar magicamente em uma livraria como aquela do shopping. Para nós, já era. É hora de aceitarmos nossa extinção. Como Linda Coleman aparentemente aceitou.

Mas então eu olho para ele: esse homem alquebrado que deu para mim, para nós, tudo de si.

– Tá bom – digo, pegando a carteira.

Volto para dentro de loja e coloco os duzentos dólares no balcão.

– O que conseguimos comprar com isso?

Conseguimos uma estante de metal.

Isso acaba se tornando importante.

UMA SOLIDÃO RUIDOSA

Na manhã seguinte, Ira coloca uma pilha de livros ao meu lado no balcão e anuncia:
– Dia 1º de novembro. Dia de começarmos a ler uma nova seção.
– Ótimo – digo, forçando um sorriso. – O que temos este mês?
– Europa Central. Comunismo e fetiches sexuais.
– Parece fascinante.
Caso não tenha ficado claro, eu sou uma traça de livro desde criança. Na nossa cidade, isso equivale a ter uma doença contagiosa. Por sorte, havia um punhado de outros doentes na cidade, pessoas espertas, inteligentes, que não encaravam a leitura como um sintoma de impotência sexual. Todas foram embora, obviamente. Para a faculdade, como eu deveria ter ido. Mas, no último ano da escola, estávamos no meio de uma situação complicada com a falência e a transferência da loja, e isso impossibilitou o pedido de uma bolsa de estudos. Então pensei em esperar um ano e tentar outra vez quando tudo estivesse resolvido.
Porém muita coisa pode mudar em um ano. Os dinossauros que o digam. Quando as faculdades abriram as inscrições de novo, Sandy tinha partido. Minha mãe tinha partido. E Ira, embora ainda estivesse de corpo presente, também tinha partido. Sair de casa era impossível. Além disso, eu já era o dono da loja. "Emprego estável para toda a vida", dizia Ira sem um pingo de ironia.
Ira, que estava no meio de um doutorado quando se apaixonou por

minha mãe e abandonou o curso, insistiu para que eu continuasse os estudos, na faculdade ou não. Então atualmente eu frequento a Universidade de Ira. Não é uma escola credenciada e oferece apenas uma especialização, mas não é preciso arcar com as mensalidades e o professor está tão distraído na maior parte do tempo que mal percebe que seu aluno não está lendo todos os livros. Ou melhor, nenhum.

– Este é um dos meus preferidos – diz Ira, dando uma batidinha no livro do topo da pilha, chamado *Uma solidão ruidosa*, de Bohumil Hrabal.

– Fala sobre o quê?

– Sobre um catador de lixo que resgata livros dos aterros.

– É sua biografia, então.

– Rá, rá. É curto mas impactante. Acho que você vai gostar.

– Mal posso esperar.

Ira fica parado, me olhando, então abro o livro, que começa assim: "Há 35 anos trabalho na prensa de papel descartado, e essa é a minha história de amor." A fonte é miúda e as palavras se embaralham na página como quando eu estava aprendendo a ler.

– Bom, hein? – fala.

Ira demonstra um entusiasmo tão genuíno por dividir comigo outro milagre que acabo me sentindo um bosta quando respondo sem nenhuma sinceridade:

– Fantástico.

Satisfeito por eu ter sido fisgado, Ira volta para seu canto e abre seu livro. Assim que mergulha nele, eu largo o meu. Nunca vou ler isso. Vou consultar umas críticas e juntar umas citações e baboseira suficiente para fazer Ira pensar que li. Há dois anos, ele não cairia nessa conversa. Mas, se muita coisa pode mudar em um ano, o mundo pode acabar em dois.

A Bluebird Books já teve um grupo pequeno, porém dedicado, de frequentadores assíduos. Hoje em dia, temos dois: Grover, nosso carteiro, e Penny Macklemore, que aparece uma vez por semana.

– Boa tarde – diz Penny, com a voz arrastada. – Tudo bem por aqui?

Ela fala na cadência de uma professora de educação infantil e usa um moletom estampado com dizeres do tipo vovó de carteirinha. Mas não se deixe enganar: Penny é um tubarão com cabelo pintado de azul que ela arruma duas vezes por semana no único salão da cidade, que por acaso é dela. Também é dona da loja de ferragens, do depósito de bebidas, do supermercado ValuMart e da revendedora de carros usados, onde o falecido marido trabalhou por quarenta anos.

– Muito bem, Penny – responde Ira. – E você, como vai?

– Bem, também.

Penny tropeça na pilha de livros no chão e vai cambaleando em direção à prateleira quebrada.

– Você não disse que ia comprar uma prateleira nova ontem? – pergunta ela.

Ontem. Parece que já faz dez anos. Quando chegamos em casa, Ira e eu estávamos tão desanimados que não conseguimos fazer nada além de arrastar a caixa com as peças da estante nova até o porão.

– Só falta montar – responde Ira.

– Bem, não demore – replica Penny. – Este lugar está sujeito a um processo judicial.

– Quem vai me processar? Você?

Ira ri, como se fosse uma piada, e Penny faz o mesmo, embora eu não duvide que seja capaz disso. Não é segredo para ninguém que ela nutre o sonho de ser dona de um prédio na Main Street, a joia da coroa de seu reino do *Banco Imobiliário*. Também não é segredo que ela gostaria que a nossa loja fosse a tal joia. Estamos exatamente entre o C.J.'s Café e o Jimmy's Bar, imóvel de primeira que Penny afirma estar sendo subaproveitado com um sebo. "Afinal, alguém ainda lê?", sempre pergunta.

– A contação de histórias é tão antiga quanto a linguagem, por isso presumimos que sim – responde Ira quando ela toca nessa questão.

– Bem, se é história que você procura – retruca Penny, arrastando a voz –, tem muitas temporadas de *Grey's Anatomy* na Netflix.

Em resposta, Ira começa seu sermão sobre a primazia da palavra impressa. Sobre a singular experiência arrebatadora da tinta no papel. Sobre como as telas fazem de nós meros espectadores, mas, com os livros, nos tornamos atores.

– *Grey's Anatomy* é capaz disso? – pergunta ele, com a autoridade de alguém que nunca viu um único episódio da série.

– Se você me perguntar o que as pessoas querem... ou melhor, o que *merecem*... – diz Penny, e aponta através da janela para algumas dessas pessoas: um grupo de velhos lenhadores desempregados em sua peregrinação diária do C.J.'s, onde passam a primeira metade do dia, para o Jimmy's, onde passam a segunda – ... é alguma coisa útil.

– Toda cidade merece ter uma livraria e nada é mais útil do que a leitura.

Ira indica um pôster de Frederick Douglass que afirma: "Depois de aprender a ler, você será livre para sempre."

– A gente aprende a ler na escola, Ira – retruca Penny. – E estamos nos Estados Unidos. Já somos livres.

– Foi o que me disseram – comenta Ira.

Penny junta suas coisas. Está prestes a sair quando para, olha para trás, e, em um tom quase solidário, diz:

– Ira, sei que você acha que toda cidade merece uma livraria, mas já pensou que nem toda cidade quer mesmo uma?

Ira suspira.

– Todos os dias da minha vida.

Nosso segundo visitante chega algumas horas depois. Grover costumava nos entregar caixas de livros, exemplares da revista *Publishers Weekly* que minha mãe devorava, catálogos grossos cheios de ofertas da próxima temporada que eu sempre abria antes de todo mundo, inspirando o cheiro do papel, listando os livros que pareciam bons. Na época, Grover passava um bom tempo encostado no banco de balanço da varanda com minha mãe, fofocando – aqueles dois sabiam de tudo: quem tinha noivado, quem tinha sido preso, quem estava grávida. Hoje em dia, ele joga a correspondência como se fosse uma batata quente, pede desculpas pelo atraso e dá o fora.

– Alguma coisa boa? – pergunto enquanto Ira passa os olhos pela correspondência.

– Só porcaria – diz, jogando tudo no cesto de reciclagem. – Como está indo com o Hrabal?

– Muito bem – respondo, mesmo não tendo passado da quarta página.

Depois que Ira se acomoda de novo na poltrona, vou de mansinho até o cesto pegar o "lixo" de hoje e todo o resto que está debaixo dele e levo de volta até o balcão para dar uma olhada.

Encontro várias faturas de cartão de crédito. Na primeira, o limite estourou em mais de 2.700 dólares. Abro outra, também sem saldo. O mesmo com a terceira. As três são uma bola de neve de juros astronômicos, porque Ira vem pagando só o mínimo.

Minha garganta se fecha na mesma hora, e sinto aquele gosto: morangos, doces e passados, e bem na minha língua, apesar de já fazer anos que não como morango. Eu costumava devorá-los aos montes, mas quando tinha 12 anos joguei um na boca e senti minha garganta arranhar. Joguei mais um, e de repente não conseguia respirar. Fui levado às pressas para o pronto-socorro em choque anafilático. Acontece que desenvolvi o que chamam de alergia latente. "Que pena", disse minha mãe. "Ele adora morango." A resposta do médico foi: "Infelizmente, às vezes as coisas que adoramos podem nos matar."

Ah, não brinca!

Em seguida, abro uma notificação da Receita Federal; está em meu nome e é um auto de infração, porque, pelo visto, não entreguei a declaração de imposto de renda. O extrato bancário traz mais notícias ruins: um saldo de pouquíssimos dígitos. Olho para Ira, calmamente lambendo o dedo ao virar a página, como se não estivéssemos neste exato momento à beira da falência.

Como foi que Ira deixou isso acontecer? Não, não é justo. Sei bem como foi. A questão é: como *eu* fui deixar uma coisa dessas acontecer?

Junto as contas e as enfio no cós da calça. Apenas quando o sino da porta toca, Ira ergue os olhos.

– Saindo?

– Aham. Vou encontrar um amigo.

Se Ira prestasse um pingo de atenção, saberia que era papo furado. Não tenho mais amigos. Os que tinha estão na faculdade e, quando voltam – se voltam –, não me ligam. Não posso culpá-los. Sempre brincamos que era fácil separar os vencedores dos perdedores na nossa cidade, porque ali não havia vencedores com mais de 18 anos. Ao ficar, acho que me juntei ao time dos perdedores. A trágica ironia é que, para as pessoas da nossa cidade, sempre fiz parte desse time.

Ando rápido pela Main Street, passando pelo Jimmy's na hora em que os lenhadores saem em massa, às cinco, quando termina o happy hour. Viro à esquerda na Alder Street, a única outra rua comercial no centro da cidade, onde fica o escritório do nosso contador, Dexter Collings.

– Aaron – diz ele quando bato com força à porta. – Eu já estava fechando.

Ofegante, entrego os papéis para Dexter.

– O que é isso? – pergunta ele.

– Mais dívidas. Como pode? Não declaramos falência para dar um fim nisso? E como Ira conseguiu esses cartões de crédito?

Dexter me faz sinal para entrar no escritório, uma espécie de hall da fama dos rodeios do Texas, embora ele tenha nascido em Bellingham. Tem a cabeça de um touro na parede, uma fileira de ganchos com chapéus de caubói, uma estátua de bronze de um peão com seu laço. Ele se senta na grande poltrona com estofado de couro e dá uma olhada nas contas, cantarolando.

– E então? – indago.

– Parece que a conta do hospital veio depois do pedido de falência, por isso não estava inclusa na declaração.

– Então essa cobrança é legal mesmo?

Dexter faz que sim e põe a conta de lado.

– E o imposto de renda? – questiono.

– Avisei para o seu pai que tinha que declarar, mas acho que isso lhe escapou. – Ele passa os olhos pelas faturas. – Hum.

– O que foi?

– Estes aqui parecem recentes. São de um ano atrás, então seu pai estava apto a solicitar novos cartões. Pelo menos, todos têm um limite baixo. – Dexter estreita os olhos diante das letras miúdas e assobia. – E altas taxas de juros. Como está seu fluxo de caixa? – pergunta ele, passando para o extrato bancário.

– Está mais para um conta-gotas.

– Você ganha o suficiente todo mês para cobrir as despesas?

Dou de ombros.

– Não vendemos quase nada na loja, mas Ira diz que está liquidando sua coleção de livros raros.

Tento me lembrar da última vez que Ira teve uma remessa para Grover despachar. Não me recordo de nenhuma.

– Está vendo isso? – pergunta Dexter, mostrando um depósito de oitocentos dólares no extrato bancário e uma cobrança do mesmo valor no cartão de crédito. – Me parece que Ira vem sacando dinheiro dos cartões para cobrir as despesas do negócio.

Ah, Ira...

– Isso é insustentável – acrescenta Dexter, como se não fosse óbvio.

– O que eu faço?

– Encontre uma forma de aumentar sua renda.

– Acredite, estamos tentando. Posso fazer outro empréstimo ou algo assim? Para ganhar fôlego? Descobrir um santo para cobrir outro?

– O patrimônio já está atrelado a empréstimos – responde Dexter, folheando os papéis. – Por conta disso, e da sua idade, vai ser difícil conseguir crédito, mesmo tendo a loja como garantia.

– Traduz, Dex. Não faço ideia do que isso quer dizer.

– Quer dizer que não dá para descobrir um santo para cobrir outro quando os dois já estão descobertos. E mesmo se desse... – ele junta todos os papéis e me devolve – ... você estaria só adiando. – Ele deixa a voz morrer.

Dex é um cara muito legal. Não quer me dizer que somos dinossauros pós-apocalípticos. Mas eu já sei disso.

– O inevitável – concluo.

Dexter assente.

– Eu sinto muito.

UMA LIÇÃO PARA NÃO ESQUECER

A loja está fechada quando volto do escritório de Dexter, então entro sem fazer barulho. Ando devagar até o armário onde Ira estoca sua coleção rara. Está trancado, mas ele guarda a chave no gaveteiro. Quando abro a porta, as prateleiras estão vazias.

O cheiro de amido do macarrão sendo cozido vem flutuando do andar de cima, mas, em vez de subir para o apartamento, destranco o porão, acendo as lâmpadas fluorescentes e desço pela escada rachada e bamba.

O porão está dividido em dois. No lado caótico está a arca de Noé bagunçada da minha mãe: uma dúzia de caixas embaladas ao acaso com tudo o que ela deixou para trás. A manga de um roupão arco-íris que chamávamos de José desponta de uma caixa. A cafeteira elétrica, de outra. A coleção de livros sobre dependência química que ela leu com Ira – talvez o único momento em que a literatura falhou com ele – está em um caixote no canto ao lado da antiga bicicleta ergométrica dela.

Ira se ofereceu para despachar algumas de suas coisas, mas mamãe diz que está sempre de mudança. É verdade, mas não acho que seja esse o motivo. Quando foi embora, parecia que precisava amputar cada fragmento do que tinha sido nossa vida: roupas, livros, bicicleta.

Ira.

Eu.

O outro lado do porão aparenta uma organização espartana. Pregadas na parede estão dezenas de caixas de madeira, trancadas. A única chave está no meu bolso.

Minha mãe costumava dizer que problemas financeiros são só problemas matemáticos. Reabilitação, fase um: as economias para a faculdade de Sandy. Programa de terapia selvagem: a segunda hipoteca da loja. Reabilitação, fase dois: as economias para a minha faculdade.

Fico pensando se Sandy não seguia uma lógica semelhante. Dez papelotes de heroína: a câmera fotográfica da mamãe. Vinte comprimidos de óxi: meu notebook. Um punhado de adesivos de fentanil: a primeira edição autografada de Ira de *Uma lição para não esquecer*, do premiado Ken Kesey.

Tiro a chave do bolso e abro a primeira caixa, que é a última em ordem alfabética, X a Z: em X, as bandas *X Ambassadors*, *X-Ray Spex*, *XTC*. E assim por diante. De acordo com o índice plastificado pregado no verso da tampa, há 167 discos de vinil apenas nesta caixa, uma fração da coleção de Sandy.

Abro as outras onze caixas, uma por uma. Deslizo a mão pelas capas plásticas de proteção, impecáveis, meticulosamente alinhadas, como uma formação militar. Este é o legado dele, a única coisa que Sandy se recusou a destruir, aquilo que amava mais do que a qualquer um de nós.

Encontre uma forma de aumentar sua renda, sugeriu Dexter.

Tem 2.326 discos aqui embaixo.

Problemas financeiros são só problemas matemáticos, dizia minha mãe.

Tranco as caixas e enfio a única chave de volta no bolso.

Você tem que me prometer, afirmou Sandy.

As três vozes se confrontam na minha mente enquanto subo em direção ao monte de cinzas da nossa loja. Esse é o verdadeiro legado do meu irmão.

~

Mas o que posso fazer?

É isso que me pergunto, sentado frente a frente com Ira, comendo espaguete de pacotinho com molho enlatado e um parmesão com gosto de serragem. Será que não posso vender uns discos de Sandy para sair da cratera que ele abriu? Depois do que ele fez. Depois do que eu fiz.

– Como estão seus amigos? – pergunta Ira.

Levo um segundo para lembrar que Ira pensa que passei a tarde curtindo com meus amigos, e não na companhia do contador.

– Bem, tudo bem – minto.

Vou achar algum clube de música cheio de pessoas como Sandy. Não vou vender tudo, apenas o bastante para pagar a hipoteca por alguns meses, tirar o pé da lama. Só umas centenas. Ele mal ia perceber.

(Claro que ele ia perceber.)

– Na verdade – digo a Ira, a ideia criando raízes, porque acho que posso, *sim*, fazer isso –, vou sair com eles hoje à noite. Se não tiver problema eu usar o carro.

– Ah, que bom – responde ele, ainda que seja dia 2 de novembro e, mesmo que eu ainda tivesse amigos, nenhum deles estaria em casa de férias.

Mas é isso que Ira faz. Confia nas pessoas. É sua perdição.

A casa de shows mais próxima é uma boate chamada Outhouse – embora fosse tanto uma "boate" quanto o café servido no C.J.'s é o "fino torrado italiano". (É Nescafé. Vi os pacotes.) Basicamente, é uma garagem adaptada com a estrutura básica de um bar e umas mesas dobráveis de plástico para expor o *merchandising* da banda.

Chego e sondo o lugar, pago o couvert, então volto para o carro, abro o porta-malas, pego uma caixa e a ponho no meio-fio. Não consigo levá-la para dentro. Pesa uma tonelada. Mas o que devo fazer, então? Anunciar "Vinil à venda", como o vendedor de *Gorros à venda*, o primeiro livro que Ira diz ter lido para mim (no útero, no dia em que minha mãe fez o teste de gravidez e deu positivo)? Será que mostro meus produtos às escondidas, como os caras dos filmes que ocultam um tesouro em joias roubadas sob o casaco? Considerando que a maioria das pessoas na frente da boate são mulheres, não tenho certeza de que vai rolar. Mulheres colecionam discos, ou isso é mais coisa de homem, como assassinatos em série?

Se Sandy estivesse aqui, saberia exatamente o que fazer. Ele tinha a mesma visão de Ira para coisas como gravações e valores. Sem mencionar seu radar. Estávamos de carro e ele de repente gritava para parar em alguma venda de garagem específica, mesmo que parecesse igual a dezenas de outras pelas quais tínhamos acabado de passar. De alguma forma, Sandy sabia que naquela liquidação, atrás do cortador de grama enferrujado, haveria uma caixa de discos e, em tal caixa, entre os Andrea Bocellis e os Barry Manilows, um raro LP de dez polegadas contrabandeado do The Who. De dentro da boate, ouço o retorno estridente da guitarra. Minha cabeça começa a latejar. O que eu estava pensando? Não posso fazer isso, não *mesmo*. Por diversos motivos. Abro o porta-malas, ponho a caixa de volta e jogo um cobertor em cima.

– Ei, eu te conheço.

Eu me viro e não vejo ninguém.

– Aqui, cara.

E é quando vejo Chad Santos. Chad estava uns anos à minha frente na escola, era um dos garotos descolados praticantes de snowboard, chegado a uma cerveja, que andava por aí cumprimentando todo mundo e dizendo coisas do tipo "Só curtindo o melhor da vida". Há alguns anos, Chad saiu voando de uma encosta, fraturou a coluna e agora está em uma cadeira de rodas. Acho que não está mais curtindo o melhor da vida dele.

– Veio ver a Beethoven's Anvil? – pergunta Chad.

– Ver o quê?

– A Beethoven's Anvil. – Chad abre um sorriso largo. – Nunca vi nenhum cara da nossa cidade num show dessa banda.

– Ah, não vim para isso.

Tento fechar o porta-malas, mas Chad se põe no caminho.

– Desculpa, pode me dar licença?

Chad espia dentro do carro.

– O que você tem aí?

– Nada.

– São discos? – quer saber ele, puxando o cobertor.

– Não.

– Parecem discos.
– Sim, é que na verdade não são meus.
– São do Sandy?

Ao ouvir o nome do meu irmão, sinto um aperto no coração, como se alguém abrisse meu peito para arrancá-lo.

– Você é o irmão do Sandy, né? – pergunta Chad. – Desculpa, não lembro seu nome.

Como não respondo, Chad estende a mão. As costuras da luva sem dedo supermoderna estão se desfazendo.

– Sou o Chad.
– Aaron.
– Aaron, é verdade. Cara, não consigo lembrar quando foi a última vez que te vi.

Eu lembro. No primeiro ano do ensino médio. Eu estava voltando da escola a pé com Susanna Dyerson. Nós nos aproximamos por conta do amor mútuo por *Os sofrimentos do jovem Werther*, e nossas conversas literárias acabaram evoluindo para sessões de amassos no parque, para onde estávamos indo quando Chad passou com sua turma me bombardeando com latas de cerveja vazias. Aquilo foi, como outras coisas que aconteciam na época, um pouco humilhante. Só que, de repente, Susanna lembrou que precisava ir para casa e, depois disso, quis ficar só na amizade.

– É sempre um prazer falar com você, Chad.

Há sarcasmo suficiente na minha voz para corroer meus dentes, mas Chad não parece notar. Apenas sorri, assente e se recusa a sair do caminho.

– Então, se não está aqui pela Beethoven's Anvil, não me diga que veio ver a Silk Stranglers. – Ele balança a cabeça, profundamente desapontado. – É um lixo.

– Não vim aqui para ver a Silk Stranglers nem a Beethoven's Envy.

– Anvil – corrige Chad.

– Nem essa aí.

Ele inclina a cabeça para o lado.

– O que está fazendo aqui, então?

– Indo embora.

Fecho o porta-malas e pego a chave no bolso, dando a volta em torno dele.

– Legal te ver – minto. – Se cuida.

– Espera aí, cara. – Chad vem atrás de mim. – Por que não fica mais um pouco? A Beethoven's Anvil é maneira pra caramba. E juro que, se você não gostar, eu reembolso seu couvert.

Dou um passo à direita, sem saber por que Chad está sendo tão insistente; só pode ser para me pregar uma peça. Ele manobra a cadeira para sua esquerda, bloqueando minha passagem.

– Você vai curtir.

– Por que acha isso?

– Bem, você é irmão do Sandy, né?

Eu era. Só que agora não mais. E nunca fui igual a ele.

– A gente se vê por aí, Chad.

Forço minha passagem, sem hesitar, e entro no carro. Quando me afasto, ele ainda está na calçada. Vejo Chad ficando cada vez menor no retrovisor.

Chego em casa e não consigo ficar lá. Quando era mais novo, Sandy me disse que os livros ganhavam vida à noite. Ele queria me assustar, mas fiquei fascinado com a ideia. Só agora que estou mais velho e sei que não é verdade, é que isso *realmente* me apavora.

Continuo pela Main Street, passando pelo Jimmy's, até chegar ao outro lado da cidade, na revendedora de carros usados. O balão inflável que dança freneticamente o dia inteiro está agora murcho em um canto. Faço o retorno na Oak Ridge Boulevard, a principal rua comercial fora do centro da cidade, onde fica o ValuMart. Também está escuro, os carrinhos guardados na loja. Continuo dirigindo, sem perceber para onde estou indo até ver a loja de ferragens, uma luzinha acesa nos fundos.

Estaciono na rua deserta e caminho através da neblina. São quase dez horas quando dou uma batidinha à porta trancada, mas Penny Macklemore atende sem demora, sorrindo, como se estivesse o tempo todo à minha espera.

AS 35 REGRAS PARA CONQUISTAR O HOMEM PERFEITO

Meus pais se conheceram por causa dos livros. Eu existo por causa dos livros. Sério.

Ira tinha descoberto o milagre das 26 letras tão precocemente que, no sexto ano, na hora em que todos os alunos tinham que se levantar e contar o que queriam ser quando crescessem, ele anunciou que queria ser leitor. A professora lhe disse que aquilo não era uma profissão, a menos que quisesse ser professor de literatura. Ira estava no meio do doutorado em literatura comparada quando percebeu que amor pelos livros *não* era o mesmo que amor pela academia. Odiava a politicagem do departamento, as rixas, a pressão para publicar. Não queria publicar. Queria ler. Talvez a professora do sexto ano estivesse certa e aquilo não fosse uma profissão.

Ele cruzou o país de carro, na esperança de descobrir o que queria fazer. Parou em cada bazar, em cada leilão de acervo, em cada liquidação de livraria que encontrou, colecionando livros pelo caminho. Ao chegar ao extremo noroeste de Washington, já tinha cerca de quatrocentas obras – e nenhuma ideia do que fazer da vida. Estava prestes a desistir e voltar para o doutorado quando viu uma mulher pedindo carona no acostamento.

Em julho, já estavam casados. Em setembro, já tinham comprado um imóvel de dois andares na rua principal de uma cidadezinha montanhosa, com um apartamento no andar de cima e um ponto comercial no térreo, onde venderiam livros usados – aqueles quatrocentos que Ira tinha na coleção seriam o catálogo inicial. Bem às vésperas da inauguração, minha mãe achou que deveriam saber um pouco mais sobre o que estavam fazendo, então foi à primeira das muitas feiras de negócios que passaria a frequentar. Naquele ano, só se falava de um livro chamado *As 35 regras para conquistar o homem perfeito*, uma espécie de guia de namoro retrô que ensinava mulheres solteiras a arranjar um marido, basicamente escondendo todas as suas características menos desejáveis até que tivessem um anel no dedo e fosse, em princípio, tarde demais para voltar atrás. Ela teve um insight e encomendou vinte exemplares, que esgotaram quase que de imediato.

Mamãe brincava dizendo que pôs uma das regras do livro em prática, iludindo Ira com um sebo cheio de clássicos empoeirados que ele poderia colecionar, apenas para levá-lo a vender sucessos contemporâneos como *As 35 regras* e *Crepúsculo*. E enquanto ela lidava com todos os livros novos e conversava com os clientes, Ira continuava colecionando alegremente as edições raras e sendo o algoritmo humano da relação.

"Yin e Yang", era como ela dizia.

"Eros e Tânatos", era como Ira dizia.

Viu?

~

Por alguma razão, passo algumas noites depois de voltar do escritório de Penny pensando em *As 35 regras*. Talvez porque esteja chovendo forte e vá continuar chovendo durante os próximos seis, oito meses. Aliás, foi o clima do Noroeste que "regrou" Ira.

No ano em que conheceu minha mãe, o verão foi mágico, daqueles em que o sol chega cedo à festa, em maio, e é o último a ir embora, cambaleando, só em meados de outubro. Quando o tempo revelou suas cores verdadeiras – ou seja, uma única cor: cinza –, era novembro e a Bluebird Books já se encontrava em funcionamento. A aliança estava firme no dedo.

Ira nunca gostou muito do clima cinza e escuro do inverno, mas depois do asteroide, quando Yin perdeu seu Yang, quando Tânatos ficou sozinho, os efeitos se tornaram insuportáveis. Atualmente, ele vive com frio, até mesmo no verão. A umidade penetra em seus ossos. Ele reclama de dores nas juntas, sofre de uma constante tosse pigarrenta. Dorme de luvas e meias grossas de lã. E toda noite escalda os pés na banheira, tentando se livrar da friagem.

É assim que eu o encontro esta noite, encolhido na borda da banheira, enrolado em sua velha manta de lã. Quando sairmos daqui, vamos para algum lugar quente, onde o sol teime em despontar no céu, não importa o que diga o calendário. Vou reverter as regras de Ira. Convencê-lo a se mudar para um lugar onde fique aquecido e, se não feliz, pelo menos não tão triste.

– Ira, preciso te contar uma coisa – digo ao mesmo tempo que o telefone fixo começa a tocar.

– Você atende? – pede ele. – Deve ser sua mãe.

Óbvio que é a mamãe. Quem mais ligaria para o telefone fixo?

Decidi não contar a Ira o que eu ia fazer antes que estivesse feito. Queria esperar até que fosse tarde demais para voltar atrás. Agora é. E tenho que contar a ele.

– Preciso falar com você. Agora.

– Pode atender o telefone primeiro?

A secretária eletrônica está desligada, então o telefone continua tocando. Ela sabe que estamos em casa.

– É importante.

– Sua mãe é importante.

Ele fala com toda a sinceridade, sem amargura. Acredita que ainda somos uma família. Apenas um tipo diferente de família.

– Tá bom – resmungo. Pego o fone da extensão da cozinha, atendo com um suspiro. – Oi, mãe.

– Aaron, meu amor...

Li histórias sobre como a dor ou o trauma mudam as pessoas da noite para o dia. O cabelo preto fica grisalho. A pele lisa fica enrugada. Com minha mãe, tinha sido a voz. Costumava ser forte e clara, apesar de assumidamente desafinada quando cantava, algo que fazia com frequência. A mulher do outro lado da linha, no entanto, soa como uma idosa, embora mamãe ainda não tenha nem 50 anos.

Ouço cachorros latindo ao fundo. Isso é novidade. Significa que ela se mudou de novo.

– Onde está agora?

– Em Silver City, Novo México, cuidando de dois cachorros, cinco periquitos e dois gatos, que são bravos, então só ponho comida para eles.

É o que ela faz agora, pula de galho em galho, cuidando de animais de estimação. Na última vez que conversamos, ela estava em Orlando, na Flórida, tratando de um tubarão-epaulette em um enorme aquário doméstico com mais de mil litros.

– Como você está, meu amor? – pergunta ela.

Penny me deu uma caneta-tinteiro chique para assinar, mas eu não soube acertar o ângulo muito bem e acabei com o polegar cheio de tinta. Dou uma esfregada no jeans, mas a mancha só vira um borrão. Estou me sentindo a própria Lady Macbeth.

– Bem, tudo bem.

– E as coisas na loja?

– Do mesmo jeito – respondo.

E embora quase sempre seja verdade – minha rotina e a de Ira é incansavelmente, bem, uma rotina –, esta noite é pura ficção.

Há uma pausa estranha. Ao fundo, ouço o canto dos pássaros.

– O que está lendo ultimamente? – pergunta minha mãe.

Em nossa família, essa pergunta é para puxar conversa, nos moldes de "Como está o tempo por aí?".

– Ira está lendo autores das Índias Ocidentais e me pôs para ler os da Europa Central.

– Aqueles escritores que só têm consoantes nos nomes?

– Esses mesmos. Como é Silver City?

Ouço o gorgolejo da água escoando da banheira, indicando que Ira está quase terminando e já posso desligar o telefone.

– Os moradores chamam de Silver. É legal. Muito sol.

Ira vem de mansinho para a cozinha, descalço, os dedos compridos e finos como os da mão, brancos e com pelos pretos. Ele me dá um beijo, a barba indomável fazendo cócegas no meu pescoço. Passo o telefone sem me despedir.

A voz dela ecoa no ar. Ainda está falando comigo quando Ira leva o telefone ao ouvido.

– Oi, Annie. Sou eu agora.

– Quando desligar, preciso falar com você – digo a Ira.

Ele assente.

– Você trancou lá embaixo? – pergunta.

– Tudo em ordem.

Ira vai para o quarto, levando o fone com todo o cuidado, deixando um rastro de pegadas molhadas na madeira. Antes de entrar, ele se vira para mim e diz:

– Obrigado por ser quem você é.

Ele sempre me diz isso. E normalmente respondo, em uma cortesia de Oscar Wilde: "Todas as outras personalidades já tinham dono." São as nossas velhas falas, mas esta noite, sabendo o que acabei de fazer, não dou conta de dizer nada.

A ÁRVORE GENEROSA

No fim das contas, Ira fica no telefone com minha mãe até altas horas, então não tenho chance de conversar com ele. No dia seguinte, quando desce para abrir a loja, Ira está acabado, a barba parece mais grisalha, a postura mais curvada, a frágil carcaça ainda mais mirrada.

Quando o vejo assim, não consigo tirar da cabeça que ele é a encarnação humana de *A árvore generosa*, não só porque é alto e magro, mas também porque todo mundo vive tirando pedaços dele. Juro que nunca entendi por que alocamos esse livro na seção infantil. Seu lugar é em autoajuda, com os outros sobre relacionamentos disfuncionais. Ou talvez na seção de terror.

A chuva constante e forte durou a noite toda, e de manhã apareceu mais uma goteira no teto. Pego outra panela para conter a água, mas enquanto vou à caça de uma lona para cobrir os livros, Ira tropeça na panela, que acerta em cheio sua canela.

– Merda! – grita ele, pulando em um pé só.

– Desculpa.

– Por que está pedindo desculpa? Por acaso controla a chuva?

– Quem dera – respondo. – Quer que traga um chá?

– Eu mesmo pego.

Mas, no caminho até a chaleira, ele dá uma topada na pilha de livros que está no chão desde que a prateleira desabou. Solta outro grito. Quando enfim se acomoda na poltrona, derrama todo o chá no colo.

– Parece que levantei com o pé esquerdo – diz ele, subindo para se trocar.

Ira volta com o suéter ao contrário, mas não tenho coragem de dizer. Também não tenho coragem de contar o que fiz ontem à noite. É melhor esperar até que sua maré de azar acabe.

Depois de muitos suspiros e uns resmungos, Ira finalmente diz:

– Se você não se importar de ficar de olho na loja, acho que vou dar uma caminhada para clarear as ideias.

– Tudo bem. Vai lá.

Ira sempre dá umas "caminhadas" – o que tenho quase certeza de que é um eufemismo para fumar um baseado – quando fica agitado. Ele tenta esconder isso de mim, talvez porque pense que vou julgá-lo. Se fosse qualquer outra pessoa, pode ser que eu julgasse mesmo. Mas, como é Ira, não levo a mal. Além do mais, ele volta quase sempre mais calmo.

– Quando chegar, preciso conversar com você – acrescento.

– Ok – responde ele, pegando sua jaqueta impermeável, uma capa de chuva amarelo-vivo, como a que eu usava no ensino fundamental.

Trinta segundos depois, ele volta.

– O que você esqueceu? – pergunto.

Ira sempre foi um pouco distraído, mas nos últimos tempos vive perdendo as chaves, os óculos, os sapatos.

– Tem um colega seu te chamando lá fora.

– Manda entrar.

– Não dá. Ele é cadeirante.

– Chad? O que será que ele quer?

Ira dá de ombros. Vou com ele até a calçada, onde Chad me cumprimenta de um jeito elaborado, uma sequência de *high-fives* e soquinhos que eu acabo errando.

– O que está fazendo aqui? – pergunto quando o tal cumprimento finalmente termina.

– É assim que recebe seus clientes?

Nem me passou pela cabeça ter Chad como cliente.

– Foi mau. Está procurando um livro?

— Claro. O que você tem aí?
— É um sebo, Chad. Temos uma variedade enorme de livros.
— Até quadrinhos?
— Até quadrinhos. Tem algum específico em mente?
Chad coça o queixo, onde haveria um cavanhaque se ele tivesse um.
— *Mulher-Maravilha*?
— Alguma edição específica?
— Não, a que tiver.
— Mais alguma coisa? Além de *Mulher-Maravilha*?
— Bem, eu gostaria de dar uma olhada na variedade de livros que vocês têm, mas não tem como entrar na sua loja, né? – Ele aponta para os degraus.
— Hum, tá. Foi mal.
Chad move a cadeira para a frente e para trás, depois dá uma inclinada como se empinasse uma moto. As folhas molhadas são esmagadas sob as rodas. Então, com a maior naturalidade, diz:
— Se tivesse uma rampa, eu poderia ver as coisas pessoalmente.
— É. Deveríamos mesmo ter uma rampa – respondo, distraído, de um jeito educado e nada sincero.
Mas já é o bastante para Chad.
— Sabe, tenho uma chapa de compensado lá em casa que pode servir.
— Aham – concordo, enquanto observo Ira caminhando pela Main Street.
— Antes servia de rampa de skate, mas agora só fica encostada lá, porque... não posso mais andar de skate – lamenta-se Chad. – Sabe como é, porque sou paraplégico.
— Sinto muito.
— Você podia ir lá dar uma olhada.
— Aham.
Vejo Ira ficando cada vez menor. Logo vai sumir de vista. Eu devia simplesmente correr atrás dele. Acabar logo com isso.
— Pode usar a chapa como rampa – continua Chad.
— Aham.
— Legal. Vamos, então.

– Para onde?
– Para a minha casa. Pegar a chapa. Para a rampa.
– Que rampa?
– A rampa que você acabou de dizer que ia pôr aqui.
– Acho que eu não disse isso, não.
– É claro que disse. Um segundo atrás. Vamos.
– Agora?
– Você tem mais alguma coisa para fazer?

Acompanho a capa de chuva de Ira até ele virar na Alder Street, então o perco de vista. O peso do que desencadeei me dá um nó no estômago.

– Vamos, então – diz Chad.

Olho para a Main Street. Depois para a loja vazia.

– Vou trancar a porta. – Faço uma pausa, pensando se não seria melhor deixar um bilhete, porque Ira nunca olha o celular. – Quanto tempo vai demorar?

– Só uns minutos.

Como ainda não conheço Chad, acredito nele. Então tranco a porta sem deixar nenhum bilhete e o acompanho até sua caminhonete. É tão alta que uma pessoa sem deficiência física precisaria de uma escadinha para subir, e me pego imaginando como Chad consegue entrar quando ele me pergunta:

– Quer ver uma coisa maneira?
– Tá.

Chad abre a porta do motorista e pega uma pequena caixa que se parece com o antigo console do Xbox. Aperta um botão, que faz baixar uma plataforma sobre a qual ele posiciona a cadeira. Outro botão, e a plataforma sobe até a altura da cabine. Chad desliza para o banco do motorista e dobra a cadeira de rodas antes de pressionar mais um botão para acionar a roldana que engancha a cadeira e a iça até a carroceria. Toda a operação dura cerca de um minuto.

– Você vem ou não? – chama Chad.

Escalo o lado do passageiro e me arrasto para o banco com muito menos graça. No caminho até sua casa, ele me mostra como controla o acelerador, os freios e todo o restante pelo volante.

– A cidade fez uma vaquinha on-line para eu poder reformar minha caminhonete. Custou cinco mil. Muito bacana, né?

– É, bacana – concordo, seco.

Quando chegamos à casa, toda térrea, Chad aponta para o quintal, onde, sob uma lona, está a velha rampa de skate. Ele se instala debaixo da cobertura da varanda.

– Você não vai ajudar, não? – pergunto.

– Não posso ir até lá. Tem muita lama. Minha cadeira vai atolar. Vou te dar as coordenadas daqui. Vai ser moleza.

Não é moleza. É duro feito arame farpado. Como não pensei em trazer luvas, corto as mãos arrancando os pregos da chapa de compensado. Como não trouxe uma capa de chuva, fico encharcado até a cueca. Em determinado momento, enquanto arrasto a chapa para a caminhonete, escorrego em uma poça de lama e caio de bunda no chão.

Chad morre de rir, obviamente. No eco de sua risada, ouço Sandy. E depois ouço toda essa maldita cidade rindo de mim.

Falta pouco, lembro enquanto me levanto. Logo nunca mais terei que ver qualquer um desses otários de novo.

~

Quando chegamos à loja, Ira está no meio de um colapso nervoso porque os dez minutos de Chad se multiplicaram, o que significa que deixei a livraria trancada e sozinha durante o horário comercial, além de Ira do lado de fora sem o celular. Ele está na varanda, andando de um lado para outro com aquela impaciência maníaca, a barba toda desgrenhada, como se tivesse enfiado o dedo em uma tomada.

– Me desculpa! – grito, saltando da caminhonete antes mesmo de Chad estacionar. – Desculpa mesmo.

– Aonde é que você foi? Bati duas vezes e ninguém atendeu, então pensei que... – A voz de Ira some.

Seu corpo está trêmulo. Eu o abraço com força, tentando imitar seu cobertor pesado. A lama seca racha com o abraço.

– Me desculpa.

– Foi culpa minha, Sr. Stein! – grita Chad enquanto desce da caminhonete para a cadeira. – Aaron se ofereceu para construir uma rampa na loja!

– É mesmo? – pergunta Ira, atencioso, apesar do pânico.

– Já até trouxemos a madeira na caçamba – continua Chad, apontando para o pedaço de compensado envergado que se projeta da carroceria. – Só temos que arrumar um corrimão. Depois, talvez, reforçar com uns tijolos e fixar no lugar. Moleza.

– Você não falou nada sobre o corrimão – respondo. – Nem sobre reforçar e fixar.

– E o que achou que a gente ia fazer? Só apoiar a chapa na escada?

Fico quieto, porque foi exatamente isso que pensei que íamos fazer.

– E vamos precisar desmontar aquilo.

Chad aponta para o banco de balanço azul e amarelo da varanda, onde mamãe se sentava, chovesse ou fizesse sol, e ficava cumprimentando as pessoas. Os passantes sempre iam conversar com ela e acabavam entrando na loja. Ira costumava dizer que esse era o canto da sereia.

– Ele não falou nada sobre desmontar o balanço – digo a Ira. Depois, me viro para Chad. – Acho melhor deixar isso pra lá.

– Mas a gente já trouxe a madeira.

– Então leva de volta.

– Ah, cara… Minha mãe vai me matar. Essa chapa está largada no nosso quintal, se desmanchando, fazendo a coitada sofrer. Daí, quando você sugeriu a rampa…

– Eu não sugeri a rampa – interrompo.

– Pensei em como seria uma boa reaproveitar a chapa e ainda tornar sua loja acessível para cadeirantes. Além disso, vocês fariam minha mãe feliz. – Ele se dirige a Ira. – Ela fica arrasada vendo essa madeira lá, Sr. Stein. Diz que é um lembrete constante do que eu perdi.

Às vezes, o balanço da varanda range, como se minha mãe ainda estivesse ali. Mas é apenas o vento.

– Eu entendo – responde Ira, olhando para o balanço e dando uns puxões nervosos na barba.

– Então, do ponto de vista da minha mãe – continua Chad –, se instalassem uma rampa aqui, estariam fazendo um reaproveitamento de verdade dessa madeira e ainda por cima dariam à loja um ar receptivo e acessível. Seria, tipo, um triplo mitzvah.

Depois disso, Ira e eu trocamos olhares, embasbacados, incertos de que tínhamos ouvido direito. Mitzvah é um termo judaico que literalmente significa "bênção", mas que pode ser traduzido como "boa ação". Não tenho certeza de que já ouvi alguém daqui usar essa palavra, muito menos um cara como Chad – caso não tenha ficado claro, não há muitos judeus nessas bandas.

Não confio em caras descolados, mesmo que estejam em uma cadeira de rodas e saibam um pouco de iídiche. Já morei nesta cidade tempo o bastante para entender as coisas. Mas Ira, a Árvore Generosa, jamais diria não a um mitzvah, e eu jamais diria não a Ira.

E assim instalamos a rampa.

PEANUTS

Faz cerca de duas horas que estamos trabalhando em nosso projeto condenado quando os Lenhadores aparecem. Nesse meio-tempo, consegui arrancar uns pregos, serrar uma parte do corrimão e escorar a placa no degrau da varanda. Mandei Ira, todo trêmulo, ir se aquecer lá dentro e estou prestes a mandar Chad ver se estou na esquina no momento em que alguns sujeitos, na peregrinação diária do C.J.'s para o Jimmy's, decidem parar em frente à loja.

O coroa mais velho – seu nome, fico sabendo, é Ike Sturgis – se aproxima. Tem uma longa barba castanha que lembra a de Ira e a mesma aparência sofrida de muitos dos homens que trabalharam nas montanhas, logo é impossível saber sua idade. Poderia ter uns 40. Ou quem sabe uns 90.

– O que é que estão fazendo aí? – pergunta ele, com uma voz bem gutural.

– Instalando uma rampa – responde Chad.

– Uma rampa, é? – Com o bico da botina, ele dá um toquinho na quina da madeira. – Com isto aqui?

– Deve ser uma placa temporária. Só para escorar – diz outro dos Lenhadores, que tem a cara vermelha e parece grávido de uns seis meses de cerveja. Sem a barriga, é igualzinho àquele idiota, Caleb, com quem Sandy costumava andar.

– Foi o que pensei, Garry – responde Ike antes de se virar para mim e para Chad. – Porque vocês dois não pensariam em usar um compensado como rampa, não é, meninos?

– Hum, sim, quer dizer, a gente ia, né, Aaron?

Obrigado por me jogar aos leões, Chad.

– A ideia foi *dele* – falo.

– Richie, quer explicar para esses meninos por que essa chapa não vai dar certo? – pergunta Ike.

– Ah... porque isso aí é compensado – responde Richie, que deve ser apenas alguns anos mais velho do que eu, portanto muito jovem para já ter trabalhado nas montanhas.

– E está podre, ainda por cima. – Ike pisa forte na tábua; ela estala. – Não vai aguentar muito peso.

– Eu andava de skate nela – diz Chad. – Dava certo.

– Usos diferentes – explica Ike. – Tem um problema de padrão de desgaste. O skate passa por toda a madeira, indo e vindo. Já com a cadeira, as rodas sobem e descem na mesma trilha. Pressão mais concentrada. Física básica.

– Bem, eu fui reprovado em física – diz Chad.

– Eu também – acrescenta Richie.

Então os dois comemoram o fracasso mútuo com um *high-five*. Nossa cidade, senhoras e senhores, em poucas palavras.

Ike cospe uma bolota de tabaco dentro de uma garrafinha vazia de chá gelado.

– Garry, que fim levou o resto daquele pinho que usamos no seu sótão?

– Tudo guardado – responde Garry. – As pranchas estão na casa do Joe Heath.

– Acha que tem o bastante para uma rampa?

De repente, vem o zunido da trena de Garry sendo esticada. Ele se agacha e estreita os olhos para medir a distância até a calçada.

– Tem umas peças de trinta por trinta. Acho que dá.

– Aquele pinho velho realmente resiste ao teste do tempo – diz Ike.

– Está tão bem envernizado que dá até para ver as fibras – acrescenta Garry.

– Esse compensado não serve para nada, é só lixo – conclui Ike.

Garry concorda.

Eles conversam um pouco mais sobre a madeira, sem dirigir nem uma palavra a mim ou a Chad, que ao trazer esse espécime inferior de madeira foi logo derrotado com apenas um ou dois golpes. Não está tão derrotado como eu, mas quase. Depois de alguns minutos, eles guardam as trenas e seguem caminho pela Main Street.

A placa de quinta categoria ainda está precariamente apoiada no degrau. E é tudo tão patético. Todas as coisas que passam por nossa loja acabam apodrecendo. Eu já estava cansado disso antes de iniciarmos este projeto, mas agora chega. E, muito em breve, tudo será problema de Penny.

Chad pigarreia. Eu me viro e olho feio para ele por ter criado tanto problema hoje, quando já tenho problemas de sobra sem sua intervenção.

– Acabamos? – pergunto.

Chad abre a boca para dizer alguma coisa, mas, antes de ter a chance, já estou subindo a escada, respondendo por ele. Acabamos.

Ao entrar, vejo Ira dormindo na poltrona. Eu o cubro com uma manta e verifico meus e-mails. Fiz contato com alguns compradores de livros por atacado para falar sobre a aquisição do acervo. Alguns escreveram de volta, pedindo o inventário, que não temos, mas eu posso estimar. Não pagam muito, uns míseros dólares, mas vai render uns trocados, assim como o dinheiro da venda do prédio. Não muito, mas será o suficiente para sair daqui, fugir da chuva e da podridão, dos Lenhadores e dos caras descolados.

Ira ainda está dormindo quando uma caminhonete estaciona em frente à loja, o motor engasgando. Não dou bola até ouvir vozes. Garry e Richie estão descarregando duas pranchas gigantes de madeira da carroceria. Atrás deles vem Chad – que ou foi embora e voltou, ou nunca foi embora – e Ike, carregando uma caixa de ferramentas que faz com que a caixinha de Chad pareça um porta-joias.

– O que está acontecendo? – pergunto.

– O que está acontecendo – responde Richie, enquanto ele e Garry começam a derrubar a rampa de compensado que acabamos de construir – é que vamos construir uma rampa de verdade para vocês.

Uma rampa de verdade. Chad estremece.

– Calma aí – falo. – Nunca conversamos sobre isso.

– Do que você está falando? – retruca Ike. – Ficamos bem uns vinte minutos conversando sobre isso.

– Não, *vocês* conversaram. Entre si.

Ike coça o nariz. É um pouco torto, como se tivesse sido socado mais de uma vez.

– Nunca me perguntaram se podiam – continuo. – Nem para o meu pai.

– Prefere um pedaço de compensado fraquinho do que essas belezas de placas de madeira maciça? – questiona Ike.

– Não prefiro nenhum dos dois.

– Mas como é que seu amigo aqui vai entrar na loja?

– Chad – acrescenta o próprio.

– A gente mal se conhece – respondo, quase ao mesmo tempo.

– Como é que o Chad, que você mal conhece, vai entrar na sua loja? – rebate Ike.

Do mesmo jeito de sempre. Não entrando.

– Temos todo o equipamento aqui – insiste Ike, raspando a botina na calçada.

– Mas nunca conversaram comigo. E não podemos pagar – argumento.

– Quem falou em pagar alguma coisa?

Ele pensa que sou idiota? Acha que não reconheço uma Lucy? O idiota é você, cara, porque eu cresci com a pior Lucy de todas.

Lucy, a propósito, é uma personagem de *Peanuts*. Quando éramos crianças, adorávamos esses quadrinhos. Sandy ficava especialmente entusiasmado com a velha pegadinha em que Lucy segurava a bola para Charlie Brown chutar e todas as vezes, no último minuto, puxava a bola e ele caía de costas. Meu irmão mais velho achava muito engraçado Charlie Brown sempre cair nessa. Imagino que já era um sinal, mas eu era novo demais ou o idolatrava demais para perceber. Não percebi nem mesmo uns anos depois, quando Sandy ficou mais indiferente e depois mais cruel e começou a fazer coisas como me chamar no seu quarto só para tirar minha calça com um puxão enquanto seu amigo Caleb tirava uma foto. Ou me implorar para passar o sábado vendo TV com ele, só para no domingo fingir que eu não existia.

Levei muito tempo, muito mais do que deveria, para entender que Sandy era Lucy. E eu era Charlie Brown. Mas não sou tão idiota quanto antes, então digo a Ike que não vamos precisar dos seus serviços para construir uma rampa.

E talvez tudo tivesse acabado aí. Mas então Ira vem até a varanda arrastando os pés descalços, com os olhos inchados depois da soneca.

– Aí está você – diz ele, um pouco desnorteado, antes de se virar para o grupo na calçada e dar um aceno de cabeça. – Oi, Ike.

– Ira – responde ele, brusco.

– O que te traz aqui? Precisa de um livro?

– Se estiver tudo bem para você, vamos instalar uma rampa decente aqui.

Ira pisca duas vezes, ainda meio sonolento.

– Ah, tudo bem.

Ele volta para dentro, sem nem pensar no assunto. Sem nem me consultar.

Ike dá um sorrisinho, como se isso resolvesse tudo. Mas não resolve nada. Ira nem sequer é o proprietário legal da loja. E, daqui a um mês, nem eu serei.

Acabo me dando conta, meio tarde, de que talvez Penny não queira uma rampa para cadeiras de rodas. Mas com certeza não vai querer aquela fajuta que construímos pela metade. E depois de anos caindo na conversa de Lucy, talvez seja minha vez de puxar a bola. Então, digo a Ike para instalar a rampa.

– Só não espere que eu pague por isso.

Durante as horas seguintes, ouço o som do martelo, da serra, a voz dos homens vindo de fora enquanto eu fervo por dentro. Porque já sei que é inevitável. Virão aqui em algumas horas tentando me extorquir.

Às cinco, Ira sobe para fazer o jantar, então estou sozinho na loja quando Ike volta, exatamente como eu sabia que ia fazer. Mas estou bem preparado. Já separei vinte dólares, o suficiente para duas jarras de cerveja no Jimmy's. Ele não vai arrancar mais *nada* de mim.

– A gente acabou por aq... – começa Ike, o resto da frase morrendo em sua boca enquanto observa a loja: as pilhas de livros instáveis, as panelas de água, as manchas escuras no teto.

Ao ver a prateleira no chão, ele solta um suspiro. Passa a mão pela rachadura, franzindo a testa tão profundamente que o suor poderia até se acumular nas rugas.

– É de mogno?

Dou de ombros.

– Acho que sim – respondo.

– Uma madeira como essa não racha à toa.

– Se você diz...

– Vai consertar?

– Substituir. Temos uma prateleira de metal no porão.

Ike literalmente estremece.

– Você não pode substituir essa beleza por metal. De repente a gente pode...

Pronto. A bola puxada.

– Obrigado por sua ajuda – interrompo de uma vez, deslizando os vinte dólares pelo balcão, encarando-o com meu olhar mais duro.

Ike olha para o dinheiro, então se vira de novo para a prateleira. Depois balança a cabeça e, sem tocar no dinheiro nem dizer mais nada, vai embora.

GAROTA EXEMPLAR

Na noite seguinte, Chad chega bem quando estou fechando a loja.
– O que você está fazendo aqui? – pergunto.
– Nossa, você precisa mesmo melhorar o serviço de atendimento aos clientes. – Ele olha ao redor. – Pensei em testar a rampa. Está funcionando.
Chad ergue as mãos enluvadas e balança seus dedos calejados à mostra.
– Bom saber. – Faço uma pausa. – Se é só isso, estamos fechando.
– Ah, e aquele livro?
– Que livro?
– *Mulher-Maravilha*?
Certo. O livro. Tudo se tornou uma tremenda confusão ontem, e acabei não contando a Ira sobre a venda da loja. Hoje passei o dia todo ensaiando para contar, mas ele estava distraído e indisposto, então terá que ser esta noite.
– Você tem? – pergunta Chad.
Suspirando, vasculho o que costumava ser nossa bem-organizada seção de graphic novels e multimídia e encontro duas edições de *Batgirl*.
– Servem essas?
Chad dá de ombros.
– Por que não?
– Vai querer as duas? São duas pratas cada.
Ele assente, pegando uma bolsa presa à cadeira. É preta e forrada de adesivos de skatista. Chad abre o fecho de velcro e pega uma nota de cinco.

– Fica com o troco.

– Obrigado.

Coloco o dinheiro no caixa, mas Chad continua esperando. Abro a porta, imaginando que talvez precise de ajuda, mas ele simplesmente fica parado ali.

– É o mínimo que eu podia fazer para compensar todo o trabalho que teve por causa da rampa – responde ele.

– Não faz mal. Tudo bem.

Não estou mais bravo. Só cansado. E nervoso. Ouço os passos de Ira lá em cima. Sinto o fardo do que preciso contar a ele.

– Hum… – Chad move a cadeira para a frente e para trás, sua versão de andar de um lado para outro. – Preciso confessar uma coisa.

– O quê? – pergunto.

– Olha, o lance é que… não vim aqui por causa dos quadrinhos.

– Você queria outra coisa?

Isso acontece, ou costumava acontecer, com uma frequência surpreendente. Os caras que vêm aqui fazendo muito alarde sobre as biografias políticas de que ouviram falar, mas logo depois perguntam discretamente se por acaso também temos aquele tal *Cinquenta tons de cinza*.

– Não vim por causa de nenhum livro – responde Chad.

– Por que veio, então?

– Bem, vai parecer meio maluco e estranho…

Tenho aquela sensação de estar no ar, prestes a cair de costas, o medo de ser Charlie Brown.

– … e que sou muito esquisito – continua Chad –, o que sou mesmo, mas não foi esse o lance de ontem.

– Qual foi o lance de ontem?

– Então, não vim comprar quadrinhos ou qualquer outro livro nem instalar uma rampa aqui. – Chad se concentra em uma mancha na sua calça. – Vim porque, depois que te encontrei no show aquela noite, queria ver se você estava a fim de ir a outro show da Beethoven's Anvil. Pensei que você podia tentar vender os discos do seu irmão de novo.

– Não estou vendendo os discos dele.

– Ah. Bem, mesmo assim, pensei que talvez quisesse ir comigo amanhã à noite, que já virou hoje à noite. Agora, na verdade.

Paro, espero cair a ficha. Será que ouvi bem?

– Você me manipulou para construir uma rampa porque queria que eu fosse a um show com você?

– *Manipular* é uma palavra muito forte, não acha?

– É, Chad? É mesmo? Minhas mãos estão destruídas. – Levanto os pulsos inchados. – Além disso, todos os Lenhadores se envolveram e tenho certeza absoluta de que ainda vão me cobrar por causa disso.

Chad ri.

– É, as coisas meio que saíram do controle, mas é legal ter uma rampa aqui, porque agora posso vir te visitar. E me desculpa por não perguntar de cara se você queria ir ao show comigo, mas é que fiquei com medo de você dizer não.

– *Você* ficou com medo de *eu* dizer não?

Chad dá de ombros.

– Não tenho muitos amigos na cidade, sabe? E com certeza nunca vejo ninguém que conheço num show da Beethoven's Anvil.

– Eu não estava no show! E, Chad, você e eu não somos amigos. Nunca fomos amigos.

– Pesado!

– Quer saber o que é pesado? Você jogou uma lata de cerveja em mim! De um carro em movimento. Eu estava saindo com uma garota de quem gostava e que gostava de mim também, mas depois disso ela parou de gostar.

– Poxa, cara, eu fui um empata-foda…?

Espero Chad rir. Dizer para eu me animar. Levar na esportiva. Que são águas passadas. Que eu devia colocar isso em perspectiva, porque ele está em uma cadeira de rodas. Mas ele apenas olha para baixo, balançando a cabeça.

– Eu era um idiota – diz ele, olhando para mim. – Me desculpa mesmo.

O pedido de desculpas me pega completamente desprevenido.

– Tudo bem. Já faz muito tempo.

– Faz mesmo – concorda Chad, em tom solene. – Enfim, não vou mais te incomodar. Desculpa pela rampa. E por suas mãos. E pela lata de cerveja. E, bem, por tudo.

Chad vai em direção à porta, de ombros curvados. Parece tão desolado. E Ira, bem, posso contar a ele amanhã.

– Ei, Chad.

Ele se vira.

– Só vou pegar meu casaco – falo.

⁓

Só quando estamos em plena interestadual, a mais de sessenta quilômetros da cidade, é que o resto da confissão de Chad vem à tona.

– Então... – diz ele, casualmente. – Essa boate para onde vamos, Maxwell's, tem um problema.

– Que tipo de problema?

– Tipo... uns degraus.

– Uns degraus?

– Talvez um lance de escada.

– Um *lance* de escada? – Faço uma pausa. – E como é que vamos fazer para você subir um lance de escada?

– Descer, na verdade.

– Como é que vamos fazer para você *descer* um lance de escada?

– Essa parte é fácil – responde Chad. – Você pede pra Hannah.

– Quem é Hannah?

– Hannah Crew. É a vocalista da Beethoven's Anvil. E ela é demais.

– Demais do tipo tão forte fisicamente que vai te carregar escada abaixo?

– Cara, seria ótimo, mas Hannah não tem nem 1,60 metro. Ela vai arranjar pessoas para me carregar. Confia em mim. Ela sempre arranja. Tudo o que você precisa fazer é entrar na boate e encontrá-la, o resto é moleza.

– Foi por *isso* que você apareceu na loja? Não queria me convidar para ir ao show, mas me usar para arranjar pessoas que te carreguem até o interior da boate?

Chad abre um sorriso largo.

– *Usar* é uma palavra muito forte, não acha?

– Que tal *enganar*? *Tapear*? *Ludibriar*?

– Você tem um vocabulário impressionante, cara. Aposto que mandou bem nos exames de admissão.

Quase gabaritei em Interpretação de Texto, não que isso tenha me servido de alguma coisa.

– Você não é um narrador confiável, sabe disso, né? – digo a ele.

– Isso é tipo o cara que narra aquela série *Jane the Virgin*?

– É quando o narrador da história não conta toda a verdade. Às vezes porque ele próprio não percebe o que é real. Outras vezes porque está tentando nos enganar.

– Ah, quer dizer tipo a Amy, de *Garota exemplar*?

– Você leu *Garota exemplar*? – pergunto, impressionado, porque a Amy é o exemplo perfeito de narradora não confiável.

– Era um livro? Achei que fosse filme.

– O livro veio *antes* do filme.

– Ah. Eu não sabia. – Chad batuca no volante. – Olha, entendo que evidências recentes me fazem parecer um grande babaca, mas eu queria mesmo sair com você. Fiquei chateado por você não ter ficado, na outra noite. E você vai gostar da banda.

– Eu duvido. Realmente não curto música como as outras pessoas.

– Bem, pode até não curtir música, mas vai adorar a Beethoven's Anvil.

Chad acaba tendo razão. Sobre isso e muito mais.

―

Chad me deixa em frente à boate, me instruindo a encontrar a tal Hannah e lhe dizer que ele está lá em cima. Promete que ela cuidará do resto. Depois que pago meu couvert e minha mão é carimbada, me dou conta de que Chad não disse *como* encontrar Hannah nem mesmo como ela é. A boate é escura e cavernosa e está cheia de hipsters. Talvez eu me sentisse menos deslocado se a casa estivesse repleta de sósias do Elvis.

Tento perguntar ao barman se ele conhece Hannah, mas não consigo sequer chamar sua atenção. Tento perguntar na banca de *merchandising* da banda, mas, embora eu grite, a pessoa não me ouve. A situação está me deixando nervoso e com vontade de mijar. Estou procurando o banheiro quando de repente uma porta se abre e do outro lado vejo uma garota lendo um livro com toda a tranquilidade, como se estivesse em uma biblioteca, não em uma boate.

Sinto um leve formigamento estranho.

Então vejo *o que* ela está lendo. *O sobrinho do mago.*

Oficialmente, esse é o sexto volume de *As crônicas de Nárnia*, mas na verdade é o primeiro. Lewis o escreveu como um prelúdio dos outros. Todo mundo já leu *O leão, a feiticeira e o guarda-roupa*, mas apenas os fãs de carteirinha chegam ao sexto livro.

O formigamento se espalha por todo o meu corpo.

Muitos anos atrás, quando Ira parou no acostamento para minha mãe, ela quase não entrou no carro. Ele estava na estrada fazia quatro semanas, e a situação era: barba desgrenhada, olhos vidrados, o banco de trás cheio de livros e embalagens de comida. "Seu pai estava passando uma impressão bem esquisita, do tipo Charles Manson", disse ela. Minha mãe quase saiu correndo, mas uma coisa a deteve. E essa coisa foi uma música.

"Assim que a ouvi, uma sensação dominou meu corpo inteiro", ela sempre dizia. "Sei que parece loucura, mas foi como uma mensagem do meu eu do futuro para o meu eu do presente, dizendo que, de alguma forma, aquele homem e eu não apenas estávamos destinados a acontecer, mas que, de certo modo, já tínhamos acontecido. Parecia... inevitável."

Olho fixamente para a garota lendo esse livro, meu coração trovejando tão alto que ela deve até ouvir. Porque ergue o olhar. Tem olhos castanho-escuros e uma constelação de sardas na ponte do nariz.

– Precisa de alguma coisa?

Eu lembro por que estou ali.

– Desculpa, estou procurando a Hannah. Hannah Crew.

Ela baixa o livro.

– Então você está me procurando.

Meus ouvidos começam a zumbir, do mesmo jeito que vão zumbir depois de cada show da Beethoven's Anvil a que eu for.

Inevitável.

Ah, merda!

Pela primeira vez, Chad não exagerou, e Hannah faz exatamente o que ele prometeu. A garota reúne um monte de caras para carregar Chad e a cadeira escada abaixo e depois ela mesma o empurra pelo meio da multidão, nos posicionando bem ao lado da caixa de som.

– Vocês podem formar uma zona de proteção para esses dois? – pergunta ela às pessoas ao nosso redor. – Caso a arena fique muito selvagem.

Todos concordam. Mais tarde descubro que as pessoas sempre dizem sim a Hannah.

– A menos que queiram me pôr para surfar na multidão – sugere Chad, abrindo um sorriso. – Eu não recusaria.

– Não mesmo, tenho certeza – retruca Hannah. – Vai nos bastidores chamar a gente para tirar você daqui quando quiser ir embora.

– Valeu, Hannah – diz Chad, cutucando minhas costelas. – Agradece.

– Valeu – repito.

– De nada – responde Hannah, então pula no palco, quase como uma bailarina, ou uma líder de torcida... o que, fico sabendo depois, ela já tinha sido.

Chad a observa se afastar.

– Incrível, né?

Meus ouvidos estão zumbindo. Meu coração está palpitando. Meu estômago, embrulhado. Não tem como essa garota ser meu inevitável. Não importa o que está lendo. E, de qualquer forma, mesmo se fosse, eu não quero que seja. Aprendi que o inevitável sempre nos ferra.

– Pode me dar a chave? – peço a Chad. – Vou esperar na caminhonete.

– Por quê?

– Eu realmente não quero ficar aqui. Quer dizer, estou feliz por ajudar você a entrar e tudo mais, mas prefiro não assistir ao show.

Chad me olha feio.

– Qual é o seu problema, cara?

– Nenhum! Eu te disse, música não é minha praia.

– Como é que você sabe que uma coisa não é sua praia se nunca experimentou?

– Eu *já* ouvi música.

– Mas não *esta* música.

– Nunca fui submetido a um afogamento simulado também, mas posso garantir com toda a certeza de que não vou gostar.

Chad fica emburrado.

– Eu não convidei você só por causa da carona. Achei que estava a fim de curtir a banda.

– Não estava. Não estou. Só te fiz um favor.

– Da próxima vez, me poupe da sua pena.

– Pode me dar a chave? Vou deixar o celular ligado caso você precise de alguma coisa.

Assim que Chad pega a chave, porém, as luzes se apagam e a multidão avança.

– Agora é tarde demais – diz ele. – Vai ter que ouvir a Anvil, querendo ou não.

～

Passo a maior parte do repertório curto e alto da banda tentando escapar da gigantesca caixa de som, que está pulsando no mesmo ritmo da minha dor de cabeça. Mas há uma horda de fãs girando, e cada vez que saio da Zona de Proteção de Chad, sou atacado por cotovelos e pés, agredido pela gritaria. Depois de um tempo, eu me rendo, me curvando, dedos nos ouvidos, tentando olhar para tudo menos para a garota no palco, mas não consigo parar de olhá-la.

O repertório enfim acaba.

– Podemos ir agora? – pergunto a Chad quando a banda sai do palco.

– Você odeia diversão mesmo, né? – indaga ele.

– Eu falei que não gosto de música.

– Beleza. Vamos dar um oi para a banda.

– Não podemos só ir embora?

– Você vai me carregar lá para cima? – pergunta Chad. – Precisamos da ajuda da Hannah. Além disso, quero agradecer.

Avançamos pela horda, Chad gritando, todo feliz, "Aleijado passando!", algo que abre caminho de forma quase tão eficaz quanto Hannah.

No camarim, Chad me apresenta ao resto da banda: Libby na bateria, Claudia no baixo e Jax na guitarra principal (se eu gravei bem, esses são os nomes). Meus ouvidos estão zumbindo de verdade agora e não consigo escutar.

Eu procuro Hannah. Não a vejo, fico aliviado.

E decepcionado.

– Você arrasou pra cacete hoje – diz Chad para Jax, puxando o saco. – Puro *fuego*. Achei que fosse me mandar pelos ares.

– Valeu – agradece elu.* – Dava para ver você do palco.

– Quem quer cerveja? – oferece Claudia, abrindo um fardo com seis latas.

Eu balanço a cabeça.

– Não, valeu.

– Eu fico com a dele – brinca Chad, estendendo a mão para minha lata.

– Você disse que a gente ia embora.

– Relaxa aí, irmão. Vou levar exatamente cinco minutos para acabar com essas duas cervejas. – Chad abre um sorriso para a banda. – Não levem a mal. Ele odeia música.

– Não odeio, não!

– Quem é que odeia música?

Já conheço a voz dela.

– O Aaron! – responde Chad.

Eu me viro e vejo Hannah Crew. Ela oferece um refrigerante para Jax e me dá um sorrisinho engraçado.

– Nunca falei que odiava música – retruco.

– Irmão, você comparou ouvir a banda com um afogamento simulado! – rebate Chad.

Hannah arqueia a sobrancelha esquerda. Uma pequena cicatriz desponta bem no meio.

– Essa eu nunca tinha ouvido.

– Usei uma hipérbole – explico.

---

* Pronome da linguagem neutra que se refere geralmente a pessoas não binárias, como Jax, que não se identificam com os gêneros masculino e feminino. *(N. da E.)*

– Hipérbole? – pergunta Hannah.

– Aaron curte palavras difíceis. É um devorador de livros mesmo – explica Chad. – A família dele tem até uma livraria.

– Sério? – pergunta Libby. – Qual é?

– Bluebird Books – respondo.

– Aquele sebo? – continua Libby, e menciona o nome da nossa cidade.

– O próprio.

– Então... – começa Hannah, arrastando a palavra. – Ter uma livraria implica odiar música?

– Eu não odeio música!

– Ah, me poupe. Uma hora atrás, ele estava implorando para ir embora. E ainda está louco para vazar daqui – diz Chad, depois se vira para mim, batendo na têmpora com os nós dos dedos. – Ainda nem tentamos vender seus discos.

– Você está vendendo discos? – Claudia se inclina para a frente, subitamente interessada.

Lanço um olhar mortífero para Chad.

– Já te falei que não estou vendendo discos.

– Então você não levou uma caixa de vinil ao Outhouse na outra noite? – questiona Chad.

– Levei, mas... – Minha voz morre.

– Então deixa eu ver se entendi – diz Hannah, esmagando a lata de refrigerante. – Você está vendendo discos *e* esteve em dois shows nossos, mas odeia música?

Olho feio para Chad.

– Ah, dá uma trégua para ele – pede Chad. – Aaron é gente boa e entende tudo de livros. Por exemplo, sabiam que *Garota exemplar* é um livro e só virou filme depois?

– Todo mundo sabe disso – responde Libby.

– Ah. – Chad enrubesce.

– Para você se sentir melhor – diz Jax –, até o ano passado, eu não sabia que *As patricinhas de Beverly Hills* era baseado em *Emma*, de Jane Austen.

– Bem, Aaron provavelmente sabia. Sabe tudo isso e muito mais. Ele já leu tudo.

– Tudo? – Hannah pega *O sobrinho do mago*. – Você já leu esse?

Depois que li *O leão, a feiticeira e o guarda-roupa* no terceiro ano, devorei o resto da série de uma só vez. Quando cheguei ao final de *A última batalha*, comecei a ler *O leão, a feiticeira e o guarda-roupa* de novo. Eu relia a série inteira todos os anos, começando no meu aniversário, como uma peregrinação de volta a mim mesmo. Minha mãe costumava chamar Nárnia de meu primeiro amor.

O que eu penso: *Sim, Hannah Crew, eu li O sobrinho do mago. E o fato de você estar lendo significa alguma coisa. Mesmo que eu não queira.*

O que eu digo:

– Nunca ouvi falar.

UMA DOBRA NO TEMPO

Ira acorda resfriado na manhã seguinte. Culpa a mudança de clima, mas imagino que a combinação da nossa desastrosa viagem à Coleman's com a desventura da construção da rampa tenha algo a ver com isso. Ele está ruborizado e tremendo sob a manta de lã.

Toco sua testa: está suada e quente.

– Você está com febre.

– Estou bem – insiste ele.

– Deixa eu medir sua temperatura.

Volto para o apartamento e procuro o kit de primeiros socorros, mas tudo o que encontro é um punhado de band-aids tão velhos que a cola nem gruda mais.

– Vou ao mercado! – grito. – Precisamos de um termômetro. E de algum remédio para a gripe. E de band-aid.

Ira meneia a cabeça. Está muito abatido.

– Talvez uma canja de galinha?

Canja de galinha foi o único prato judaico que minha mãe aprendeu a cozinhar. Fazia sempre que alguém se sentia mal por qualquer problema de saúde, fosse um resfriado ou um pulso torcido. Era o que cozinhava para Sandy quando ele se desintoxicava em casa, e passava horas tentando convencê-lo a tomar uma colherada. Ela e Ira tinham fé nos poderes de cura do prato. Eu nunca comprei a ideia. Canja é canja, mas, neste momento, o que vier é lucro.

Decido ir a pé até o ValuMart, não porque seja uma caminhada particularmente agradável – a maior parte do trecho é de oficinas mecânicas e postos de combustíveis –, mas porque não está chovendo, e isso vai me dar mais tempo para descobrir como vou contar a Ira.
Decidi vender a loja.
Não, isso faz parecer que ainda estou pensando no assunto. Eu *vendi* a loja. Já se passou uma semana desde que bati à porta de Penny e disse:
– Se quiser comprar a nossa loja, não é Ira que precisa ser convencido, sou eu.
Penny me fez uma oferta que não posso recusar.
Só que não fez. Perguntei a ela quanto pagaria pelo ponto. Ela escreveu um número em um pedaço de papel e o deslizou pela mesa. Era tão baixo que mal dava para cobrir a hipoteca, que dirá nossa dívida.
– Esquece – falei, me levantando para sair.
Penny correu atrás de mim com um sorrisinho.
– Aaron, um conselho profissional de graça: não se abandona uma negociação na proposta inicial. Entra. Vamos negociar.
E eu entrei.
Você não percebe, Ira? Somos os dinossauros e o asteroide já caiu.
Penny entendia isso. Levou cerca de uma hora para chegarmos a um valor razoável que serviria como um pé-de-meia para que Ira e eu pudéssemos recomeçar. Mais uma hora para negociarmos os pormenores: ela nos deixaria ficar no apartamento, pagando aluguel, até encontrarmos um novo lar, e concordou em não falar da transação a ninguém antes de eu contar a Ira.
– Nós dois sabemos que você está tomando a decisão certa – disse ela quando finalmente chegamos a um acordo. – Na verdade, a única decisão possível.
Ira, não se pode lutar contra o inevitável. O inevitável sempre vence.
Ajustados os termos do acordo, Penny insistiu que eu ficasse para um brinde de comemoração. Contra os meus protestos, ela serviu uma dose de uísque para cada um.

– Você sabia que quase comprei seu imóvel alguns anos atrás, quando sua família passou por todos aqueles problemas? – perguntou ela, depois de tomar o próprio uísque e eu fingir bebericar o meu. – A negociação não deu em nada. – Ela sorriu. – Mas eu sabia que cedo ou tarde ia conseguir.

Os corredores do ValuMart são estreitos, os pisos, arranhados, os produtos, embrulhados em celofane e nada atrativos. Pego o remédio para gripe, um termômetro e uma caixa de curativos genérica, e vou à seção de carnes para pegar frango, mas os únicos pedaços ali estão emborrachados e amarelos, então por um minuto só penso em voltar àquele lindo empório de alimentos saudáveis, com seu piso lustroso e toda a comida natureba, embora eu saiba que Ira tem razão sobre corporações como aquela.

Ponho o frango de volta, pegando no lugar algumas latas de sopa. Coloco os produtos na esteira rolante. Eu conheço a caixa, uma garota da minha idade chamada Stephanie Gates. Ela passa minha compra enquanto ficamos em silêncio, fingindo ser completos desconhecidos.

No caminho para casa, passo pelo C.J.'s. A mesa redonda da frente, onde os Lenhadores costumam passar a manhã toda, está vazia. Tenho um mau pressentimento.

Aperto o passo.

Nossa loja está à vista, a caminhonete de Ike estacionada na frente.

Começo a correr.

Chego quando Richie está tirando uma escada da carroceria.

– O que... vocês... estão... fazendo... aqui? – pergunto, ofegante.

– Bom dia para você também – diz Garry, puxando uma lona da caminhonete. – Viemos pintar.

– Pintar? – Eu ofego. – Como é? Por quê?

Então Ike aparece, segurando uma lata de tinta de vinte litros em cada mão.

– Bem, olha só, os rapazes e eu estávamos num impasse sobre pintar ou não a rampa para deixar combinando com a fachada, e foi quando percebemos que a própria fachada estava em mau estado.

Com o cotovelo, Ike aponta a frente do prédio, revestida de ripas, que um dia foi azul-celeste (mamãe gostava de manter tudo combinando com o nome do sebo, que significa "azulão"), mas que agora desbotara para um tom mais bem descrito como nublado.

– Enfim, levei uma lasca da parede pintada para o Joe Heath. Você conhece o Joe?

– Não.

– Ele reformou o celeiro velho que costumava ser sua loja de sucatas. Quer se aposentar e está tentando passar adiante todo o estoque que sobrou, incluindo várias latas de tinta da mesma cor do seu prédio. Dá só uma olhada.

Puxando um misturador do casaco como se fosse uma espada, Ike abre uma lata e continua:

– Bem, não é exatamente igual. – Ele dá uma misturada na tinta, e a emulsão se torna azul-acinzentada, adquirindo uma tonalidade entre o azul-celeste de antigamente e o cinza de hoje. – Mas é quase. E achamos melhor agir depressa se quisermos fazer tudo enquanto o tempo está firme.

– Posso começar a lixar? – pergunta Richie.

– Claro – responde Ike. – Começa com a de trezentos.

– Espera! – grito. – Para.

– Por quê? – indaga Richie. – Acha que precisamos de uma lixa de duzentos em vez de trezentos? Ike, o garoto acha que devemos usar a de duzentos.

– Eu nunca falei isso!

– Quer a de cem, então? – questiona Richie, escandalizado.

– Não quero nenhuma.

– Ora, você acha que devemos lavar com jato de pressão? – indaga Garry. – Falei para vocês que devíamos usar a lavadora de alta pressão.

– E eu falei para você que a lavagem a jato é um atalho para burros – rebate Ike. – Vai fazer a madeira virar pó.

– Parem! – berro.

Eles param.

– O que está acontecendo?

– Já falei para você – responde Ike. – Vamos pintar.

– Ninguém falou que vocês podiam pintar.

– Ira acabou de falar – afirma Ike.

Respiro fundo para conter minha frustração, contando um, dois, três, quatro, cinco, para não perder a merda da minha paciência com Ira. Mas que inferno! Só fiquei fora por uma hora.

– Não é o Ira que decide.

– Bem... – Ike faz uma pausa para enfiar uma bolota de tabaco na boca. – É melhor alguém decidir. Porque precisa ser feito.

Bem na hora, Ira chega se arrastando à varanda envolto em uma manta de lã, parecendo Jesus.

– Você voltou. – Ele espirra. – Trouxe o remédio? Acho que estou mesmo com febre.

– Você falou para eles que podiam pintar?

Ira faz uma pausa para refletir, como se não lembrasse, ainda que essa conversa tenha, sem dúvida, ocorrido na última hora.

– Temos dois dias com um pouco de sol – argumenta Ike –, o que é um milagre em novembro.

– Ele tem razão – diz Ira.

– Não importa. Não precisamos que o prédio seja pintado.

Ira acompanha o olhar de Ike em direção à fachada: a pintura está manchada, faltam algumas ripas.

– Com todo o respeito, eu discordo – retruca Ike. – Na verdade, suspeito que muitos dos danos internos sejam causados pela infiltração da água que vem de fora. Arrisco dizer que foi isso que fez aquela linda estante de mogno rachar. Aquela que vocês vão substituir por... – Ele se cala e balança a cabeça antes de cuspir o resto da frase: – *Metal*.

– É que não podíamos arcar com o custo de uma estante de madeira nova – explica Ira.

Ah, pelo amor de Deus.

– Por que *comprar* uma nova quando se pode consertar a velha? – indaga Ike. – Mas se vocês não encontrarem a origem da infiltração, vai começar tudo de novo. Então, antes mesmo de pensar em consertar lá dentro...

– Calma aí! – grito. – Ninguém vai consertar nada lá dentro. Nem aqui fora.

– Por que não? – pergunta Ira. – Quer dizer, já faz um tempo que estamos querendo. É que nunca dá certo. E agora esses senhores querem ajudar. De graça.

– Ira – falo, com toda a calma. – Nada disso é de graça.

– Ike jurou que não nos custaria nada.

Dou uma gargalhada, alta e cáustica.

– É porque ele acha que somos otários. Todos eles acham.

– Provavelmente não tão otários quanto você acha que nós somos – revida Garry.

Ike dá um assobio agudo colocando os dedos na boca, para acalmar os ânimos.

– Como eu falei para o seu pai, vocês não precisam se preocupar com dinheiro, mas estamos desperdiçando um dia de céu limpo, então será que podemos parar com esse bate-boca e começar a trabalhar?

– Dizer para alguém não se preocupar com dinheiro é o primeiro passo de todos os golpes.

– Aaron! – repreende Ira. Para Ike, ele diz: – Me desculpa. Não sei que bicho o mordeu.

– Dezenove anos vivendo nesta cidade, esse é o bicho que me mordeu. E sei que, quando pessoas como vocês dizem que uma coisa é de graça, nunca é.

– Pessoas como nós? – indaga Garry. – Você nem conhece a gente.

– Você é irmão do Caleb, certo?

Seu rosto endurece.

– O que ele tem a ver com isso?

– Ele foi muito escroto comigo.

– Grande novidade. Ele foi escroto com muita gente. Você é só mais um.

– Com licença...

Uma mulher de meia-idade se aproxima da loja. Veste um uniforme de enfermeira na cor turquesa e um All Star de cano alto verde-fluorescente. Óculos de armação arco-íris pendurados por um cordão púrpura pendem de seu pescoço. Todos param para olhar, e não só por causa do traje. A mulher é negra, e na nossa cidade há quase tantas famílias negras quanto judias.

– Me disseram que aqui era uma livraria – diz ela, observando os Lenhadores e Jesus-Ira. – Mas talvez eu tenha sido mal informada.

– Não. É uma livraria, sim! – responde Ira, praticamente gritando. – Bluebird Books. É a nossa livraria. Minha e do meu filho, Aaron. Eu sou Ira.

– Oi, Ira. Aaron. Sou Bev. – Ela se apresenta pousando a mão no peito. – Acabei de me mudar para a cidade para trabalhar na clínica. Pensei que seria bom montar uma pequena biblioteca para os nossos pacientes mais jovens, porque às vezes a espera pode ser um pouco longa, e eu gostaria que as crianças tivessem alguma coisa para ver que não fosse uma tela.

Ah, que doce música para os ouvidos de Ira. Ele se endireita um pouco. Sorri.

– Tenho alguns títulos em mente. – Bev mostra um pedaço de papel. – E adoraria algumas recomendações.

O que Bev está pedindo é uma venda personalizada. O efeito sobre Ira é dramático. Ele se apruma, todo empertigado, livra-se da manta.

– Eu com certeza posso ajudá-la com isso – diz ele, abrindo a porta para Bev. – Aaron, vou deixar você resolver a pintura com Ike.

Ira acena para Ike e entra.

Garry começa a estender a lona no chão da varanda.

– Para! – falo, ríspido.

– Você não quer que a gente use a lona? – pergunta Garry. – Vai respingar tinta por todo canto.

– Eu não quero que você use a lona – respondo, depois olho para Richie. – Eu não quero que você use uma lixa de cem, nem de duzentos, nem de trezentos.

– Lixa de mil grãos é exagero – diz Richie.

Olho para Ike.

– Eu não quero que você pinte.

– Bem, o que você quer que a gente faça, então? – indaga ele.

O que eu quero que façam? Para começar, que não tirem proveito da ingenuidade das pessoas. Mas é isso que caras desse tipo sempre fazem, fosse Caleb pegando no meu pé na época da escola ou Ike tentando passar a perna em Ira agora.

– Eu não quero nada de vocês – digo para Ike.

Não faço ideia de que essa é a coisa mais cruel que eu poderia ter lhe dito.

~

Depois que me livro dos Lenhadores, entro e vejo Ira tendo problemas com a venda.

– Nós temos. Nós temos – diz ele, sua voz alta e aguda. – Sei que a gente tinha.

– Temos o quê? – pergunto.

– Ah, Aaron... – Ira está ruborizado e aflito, balançando a cabeça. – Não consigo encontrar nada da lista dela. Antes eu sabia onde cada coisa estava.

– Talvez eu possa ajudar. – Eu me viro para Bev. – O que está procurando?

Ela põe os óculos de arco-íris.

– Qualquer livro das séries *Percy Jackson* e *O Homem-Cão*. Alguma coisa sobre uma sociedade de resgate de unicórnios. Um livro chamado *Como fazer sol*, de Renée Watson. Ah, não seria legal fazer sol por aqui? Qualquer um, também, da série *Extraordinário*. Qualquer livro do Jason Reynolds. Livros da série *Válter, o Cachorrinho Pum*. Um outro sobre *Uma dobra no tempo*, mas não o livro *Uma dobra no tempo*.

– Acho que temos *Uma dobra no tempo* – diz Ira.

– Ah, eu tenho a série toda – comenta Bev. – Esse que procuro fala sobre *Uma dobra no tempo*. Tem um mapa na capa.

– Um mapa na capa, é? – indaga Ira. – Não me é estranho. Deixa eu ver.

Ira vai em direção à estante onde ficavam as seções de turismo, culinária e parentalidade, mas é justamente a que quebrou, e os livros estão espalhados pelo chão.

– Será que não está na seção infantojuvenil e carreira? – pergunto a Ira.

Ele dá meia-volta e vai para o canto onde está essa seção. Ou estava.

– Seção infantojuvenil e carreira? – pergunta Bev.

Era o jeito especial da minha mãe de organizar nosso catálogo, não pelo assunto, mas pelo comportamento do leitor. Ela criou esse sistema pouco depois da inauguração da loja, ao reparar que quando as mães (e como havia mães na nossa cidade) vinham procurando livros sobre como treinar o uso do penico, sempre acabavam passando um tempo na seção de turismo, admirando as capas lustrosas com gêiseres islandeses ou suflês franceses. Ela percebeu que as mães de primeira viagem precisavam de certo escapismo e começou a pôr parentalidade junto com turismo. E organizou os livros infantis com os guias de carreira porque, quando as crianças estavam aprendendo a ler, muitas dessas mães tentavam voltar ao trabalho.

O sistema, como tantas coisas neste lugar, fazia sentido na época em que ela estava aqui. Mas sem ela, e com Ira escondendo os livros órfãos em tudo quanto é canto e recanto, não conseguimos achar mais nada.

Ira começa com os livros ilustrados, deixando desabar uma avalanche deles.

Bev faz uma careta.

– Eu não queria dar tanto trabalho.

– Que nada. Trabalho nenhum.

Ira procura um pouco mais, feito barata tonta, perdido em seu próprio sebo. Bev checa as horas.

– Posso pesquisar no Google. E comprar on-line.

Ira de repente congela como uma estátua, com uma expressão dolorida.

Até tu, Bev?

– Não! – insiste ele. – Volte amanhã. Eu vou achar o livro. Sei que temos. Só estamos um pouco desorganizados esses dias.

Coitada da Bev. Pensou que estava indo para uma livraria de verdade, não para uma fossilizada. E coitado do Ira, sua primeira chance com um cliente novo e está pondo tudo a perder. Nem manteve as aparências.

– Você pode voltar? – pergunta ele.

Bev deve ter ouvido o viés áspero do desespero na sua voz, porque promete voltar. Mas, depois que vai embora, Ira se larga em sua poltrona, abatido e desolado. Como eu, ele sabe que, uma vez que as coisas se vão, nunca mais voltam.

SÓ GAROTOS

Depois do fiasco com Bev, Ira chega ao fundo do poço. Passa o dia todo na poltrona, tossindo, bufando e soltando uns suspirinhos de tristeza contagiosa. Por isso, quando Chad chega todo descontraído, estamos os dois de mau humor.

– E aí, irmão? – diz ele, erguendo a mão para um *high-five*. – Como é que vai a vida?

– Não vai – respondo, dando uma batidinha frouxa na mão dele e recusando o elaborado aperto de mão que vem em seguida.

– Então escuta só. Tenho uma ideia maluca.

– Tem a ver com construir uma rampa que você não vai usar? Me usar para fazer com que seja carregado por um lance de escada?

Chad coça o cavanhaque invisível.

– Você está puto com alguma coisa?

– Por que eu estaria puto? Porque você me faz construir uma rampa e depois some?

– Sumo? – Chad olha para trás. – Eu sumi? Não acho, não. Estou bem aqui.

– Esquece.

– Cara, a gente trepou ou algo assim? – pergunta Chad.

– O quê?

– Quer dizer, nunca trepei com um cara antes, e a ideia não me atrai muito, mas, sabe, pode ser porque fui condicionado a vida inteira a relacionamentos héteros. Mas se a gente trepou e eu não te liguei ou mandei mensagem ou emojis de coração ou sei lá o que fiz para te deixar tão irritado assim...

De repente, eu me sinto mais cansado do que furioso.

– O que você quer, Chad?

– Queria ver se você não estava a fim de um bate e volta até Seattle.

– Por quê? Precisa que eu te carregue por um lance de escada ou algo do tipo?

– Nossa, nanico, você é sempre tão paranoico?

– Diz o cara que me manipulou para construir uma rampa e conseguir que ele fosse carregado pela escada de uma boate e depois sumiu. E não me chama de nanico. Sou mais alto do que você.

– Todo mundo é mais alto do que eu agora. E foi um apelido carinhoso.

– Ah, e tem carinho entre a gente? Eu não sabia.

– Você está puto *mesmo*!

– Não estou puto. Só não gosto de ser usado. Parece que você vem aqui só quando precisa de alguma coisa.

– Então acha que estou, tipo, me aproveitando de você?

– Se a carapuça serve.

Ira assoa forte o nariz.

– O lance, irmão, é que pensei que você talvez fosse *curtir* ir comigo para a cidade grande. Tenho uns assuntos para resolver. E... pode ser que a Beethoven's Anvil toque lá hoje à noite. Mas a gente não tem que ir ao show. Já sei que você não gosta da banda.

– Não é que eu *não* goste – explico, tentando soar casual, tentando fingir que não venho pensando em Hannah, pesquisando a banda no Google. – É que estava muito barulhento ao lado da caixa de som. Meus ouvidos ficaram o dia inteiro zumbindo.

– Essa boate não tem escada. Podemos ficar onde quisermos. Mas eu entendo se você não quiser ir. Podemos pular o show. Só quero mesmo um copiloto para o meu outro assunto.

Ira começa a tossir seco.

– Tudo bem aí, Sr. Stein? – pergunta Chad.

— Pode me chamar de Ira — responde ele, com a voz rouca. — E estou bem. Nada que um banho quente e uma boa noite de sono não resolvam.

Ira tem razão. É melhor tirar o dia para se recuperar. Eu me viro para Chad.

— Beleza. Eu vou.

⁓

— Então, vou ser seu copiloto para quê? — pergunto no caminho para Seattle. — Quer visitar alguma garota?

Chad ri.

— Não, cara. Nós vamos falar com um cara sobre um pinto.

— O quê? — pergunto, confuso.

Chad ri de novo.

— Relaxa, irmão. Não é nada disso que você está pensando.

— O que é, então?

— O que você sabe sobre TRMs?

— O que é um TRM?

— Então não sabe nada, basicamente. TRM é uma sigla para trauma raquimedular. Quando saí voando daquela encosta, rompi a medula espinhal na altura da vértebra torácica T4. — Ele estica o braço e me cutuca abaixo do ombro. — Mas foi parcial.

— Quer dizer que, tipo, você ainda pode voltar a andar?

— É improvável. Mas, olha só, tenho o controle total das mãos. — Ele solta o volante e faz o movimento de abrir e fechar os dedos. — E um bom controle do tronco, então consigo me sentar sozinho e saber quando preciso mijar ou cagar, o que é uma boa.

Chad faz uma pausa antes de continuar:

— Mas tem… um probleminha… no departamento de desempenho.

— Então você não consegue…? — Aponto para o meu colo.

— Fazer subir? — conclui Chad. — Consigo. Mais ou menos. Não é confiável. Ou não do jeito que eu quero. Ou como era antes.

— Não entendi.

— Modéstia à parte, antes do acidente eu era uma máquina de pau duro. Dez segundos de pornô, *bum*, estava duro! Só de ver o sutiã da Sra. Newkirk. Você fez Gramática e Literatura com ela? Ela era gostosa!

Faço que sim.

– Ficava duro pra cacete – continua Chad. – O vento soprava e eu ficava de barraca armada. Só de lembrar de uma ereção, eu já tinha outra. – Ele suspira. – Ah, bons tempos…

– E agora?

Ele suspira de novo.

– Como todo o resto, é diferente.

– Diferente como?

– Pra começar, só consigo ter uma ereção se alguém mexe no meu pinto.

– E daí?

– Bem, eu tenho uma ereção *toda* vez que alguém mexe no meu pau. Até se um gato andar no meu colo. Uma vez, tive uma ereção enquanto uma enfermeira passava uma sonda no meu pinto. E isso não é sexy. Mas meu pau ficou duro porque tinha alguém mexendo nele.

– Tipo um reflexo?

– Exatamente. Inclusive se chama ereção reflexa. Mas o problema é que é o único tipo de ereção que consigo ter. E quero ser capaz de ter ereções psicogênicas…

– Ereções o quê?

– O tipo de ereção que se tem assistindo pornô, ou dando uns amassos em alguém, ou sentindo tesão ou amor. Eu não consigo ficar duro com essas coisas. Preciso de estímulo manual. – Ele faz uma careta e balança a cabeça. – E depois tem os orgasmos.

– Você não consegue… gozar? – Hesito, percebendo que nunca conversei sobre essas coisas com um amigo. Com ninguém.

– Mais ou menos. Eu tenho aquela sensação intensa que se tem antes de ejacular, mas daí não sai nada. É frustrante pra cacete.

– Mas se você fica duro e sente como se estivesse gozando… É bom, certo?

– Olha, é melhor do que nada. Mas não é igual. Não consigo terminar e, mesmo se conseguisse, a ejaculação é um lance físico, como um espirro. Não tem a ver com desejo.

– E isso é tão ruim assim?

– Ah, é – responde Chad. – Pensa só: você está a fim de se apaixonar por alguém e curtir todos aqueles lances físicos e emocionais, e não pode. Já é ruim pra caramba ficar imaginando se alguém se apaixonaria por um "produto defeituoso" como eu. E mesmo que alguém se apaixonasse, será que eu também me apaixonaria? É como se eu não conseguisse transmitir o que está aqui... – ele leva o dedo à cabeça – ... para cá. – Ele aponta para a virilha. Em seguida, continua: – Será que vai acontecer? Não sei se posso contar com o ovo no cu da galinha, mas sei que quero sentir aquele amor intenso. Aquele que faz com que todas as outras merdas da vida valham a pena. – Ele olha para mim. – Quero muito isso. Você não?

Para todos os efeitos, meus pais tiveram esse amor. E veja só no que deu. Então, há uma parte de mim que não quer nem passar perto de um amor que pode ser minha glória ou minha ruína.

Exceto que estou aqui, a caminho de Seattle para ver Hannah Crew.

– Quero, Chad – respondo. – Acho que sim.

∼

O tal homem do pinto é um cara superbonitão, de dentes bem brancos e cabelo engomado, em uma cadeira de rodas. Ele cumprimenta Chad com um caloroso aperto de mão.

– Muito prazer em te conhecer pessoalmente – diz ele, com um sotaque carregado.

Chad me apresenta a Frederic, com quem se corresponde há quase um ano, mas que só agora conheceu pessoalmente, porque Frederic mora em Budapeste, na Hungria.

– Ah, você já leu Magda Szabó? – pergunto. – Acho que *A porta* é a próxima leitura da minha lista.

Frederic me olha sem entender.

– Estou falando porque ela é uma autora húngara.

– Nunca ouvi falar – responde Frederic.

– Aaron é inteligente – diz Chad. – Por isso ele veio comigo.

Frederic pega uma maleta de couro e, ao abri-la com a combinação, levanta a tampa com tanto floreio que espero ver lá dentro o frasco de algum elixir mágico de ereção. Mas o que ele tira dali é um panfleto lustroso com as palavras RECUPERE O SEU EU PRIMORDIAL na capa.

Chad me mostra o panfleto. Está cheio de imagens de homens em cadeiras de rodas, alguns com bebês no colo, outros com lindas mulheres debruçadas sobre eles, todos parecendo muito felizes. Abaixo das fotos estão os depoimentos, com aquelas frases clichês do antes e depois: *Mudou minha vida. Reconstituiu minha família. Devolveu meu futuro.*

Frederic está em destaque na página 3, com uma loura no colo.

– Quem é essa? – pergunta Chad.

– Lena. Minha esposa.

Chad assobia.

– Sua esposa é sensacional.

– Obrigado. Eu acho.

– Vocês já estavam juntos antes do acidente? – indaga Chad.

– Lena e eu nos conhecemos depois.

– E você consegue... sabe? – Chad de repente parece tímido. – Fazer funcionar.

– Lena não tem do que reclamar.

Chad contempla com anseio os casais nas páginas.

– Se amanhã um gênio viesse e dissesse que eu poderia voltar a andar ou voltar a ter uma vida sexual normal, eu escolheria sexo.

Frederic sorri.

– Considere o Dr. Laszlo esse gênio.

– Quem é esse Dr. Laszlo? – pergunto.

– O médico que recuperou minha masculinidade – responde Frederic, apontando no panfleto. – O inventor do Stim.

– Stim?

– Um estimulador do centro de ereção espinhal.

– O que é isso?

– Um pequeno dispositivo que é implantado na coluna vertebral, conectando a região da virilha à área não lesionada da medula espinhal.

Ele se vira para Chad.

– Penso nele como um substituto artificial para as vias neurológicas que o TRM interrompe.

– Como funciona? – pergunto.

– Está no panfleto – responde Chad, e pergunta para Frederic: – Você falou de mim para o Dr. Laszlo? Dá certo com a T4?

– Ele teve resultados excelentes com a T4, a T1 e até a C6. – Frederic faz uma pausa. – Minha lesão é na C6, parcial.

– Uau – diz Chad.

– Uau? – questiono.

– Quer dizer que a lesão foi mais acima, menor chance de recuperar a função erétil, e deu certo para ele – explica Chad, depois pergunta a Frederic: – E quanto tempo demora pra ver algum resultado?

– Como muitos pacientes, notei melhoras antes mesmo de voltar de Bangkok.

– Bangkok? – interrompo. – Tipo, na Tailândia?

– Sim – responde Frederic. – É lá que fica a clínica.

– Não dá para fazer o procedimento aqui? – pergunto a Chad.

– Não, irmão. O governo é lento pra cacete aprovando coisas do tipo, e se eu esperar a burocracia deles, vou acabar chegando aos 60 anos e nem vou mais precisar ter ereção.

– Mas Tailândia? Isso é legal?

– Na Tailândia, é – afirma Frederic.

– É seguro?

– Posso garantir que sim. A clínica é de última geração – responde ele. – A maioria dos pacientes diz que é mais avançado do que tudo que já viram aqui nos Estados Unidos.

– Eu estava em cima do muro – diz Chad –, mas, agora que te conheci, vou fazer!

– Acho que vai ficar bem satisfeito.

– Então, o que acontece agora? O Dr. Laszlo tem todo o meu histórico.

– Sim. Você está apto para a cirurgia. Assim que ele receber o valor do sinal, você entra na lista de espera. Outro terço fica para quando o procedimento for agendado, geralmente com três meses de antecedência. E a última parcela para antes de marcar a viagem.

– Quanto custa? – indago.

Chad ignora a pergunta.

– E quanto tempo na lista de espera?

– Atualmente de nove a doze meses.

– Ok. – Chad assente. – Isso me dá tempo de arranjar o resto do dinheiro, mas, assim que eu der o sinal, já entro na lista?

– Sim – assegura Frederic.

– Vou perder o valor do sinal se não conseguir o restante a tempo?

Frederic sorri.

– Não. O Dr. Laszlo é muito compreensivo com questões financeiras. Só vai perder o sinal se desistir do procedimento.

– Ah, não vou desistir, não. E isso te ajudou mesmo? Você consegue...? – Chad aponta para baixo. – Igual a antes? E vive uma vida normal? Paixão? Casamento?

– Sua Lena está por aí – promete Frederic. – E agora você vai poder encontrá-la.

~

Temos umas horas para matar antes do show, então Chad sugere comida tailandesa.

– Porque, você sabe, daqui a pouco eu vou pra Tailândia – diz ele.

Chad acha na internet um lugar próximo, que diz ter acessibilidade, mas, ao chegarmos lá, as mesas estão tão apinhadas que não tem espaço para ele, e o gerente insiste em reorganizar as coisas enquanto se desculpa sem parar. Percebo que tudo isso deixa Chad constrangido e fico aliviado por ele quando finalmente nos acomodamos.

– Qual é a diferença entre rolinhos primavera e rolinhos de verão? – pergunta ele, olhando o cardápio.

– O rolinho primavera é frito.

– Vamos querer frito. Você come camarão?

– Por que não comeria?

– Não é, tipo, contra a sua religião?

– Não somos tão religiosos assim, Chad. Nem vamos à sinagoga. Não que tenha uma lá perto.

– Ah, legal. Que tal dividirmos um *pad thai* de camarão? Tem a palavra *thai* no nome, então deve ser tradicional. E uns rolinhos primavera?

– Parece bom.

Chad acena para a garçonete e fazemos o pedido. Depois ele acrescenta:

– Na internet diz que as porções são enormes, então podemos dividir para sair mais barato. Porque, você sabe, liguei o modo econômico agora.

– Quanto é o tal Stim?

Chad descola os *hashis* e os esfrega um no outro.

– Não é tão caro quanto você pensa – responde ele. – Na verdade, é bem barato, se comparar com o preço das coisas aqui.

– "Bem barato" talvez não seja a melhor definição para um procedimento médico.

– Eu só quis dizer que não é tão caro quanto o serviço de saúde daqui.

– Quanto é, afinal?

Chad hesita.

– Trinta mil.

– *Trinta mil dólares?*

– Fala baixo? – pede Chad, apontando o restaurante vazio à sua volta.

– Trinta mil dólares é muito dinheiro – sussurro.

– Inclui as despesas de viagem, menos o voo.

– E o voo não é uma despesa de viagem?

– Não, tem a comida. E a estadia na clínica e cinco semanas de reabilitação. Sabe quanto custa a reabilitação aqui? Mil dólares por dia.

– Mas o convênio não cobre?

– Não tudo. Estávamos endividados até o pescoço quando saí da clínica, e tivemos que usar quase toda a grana da indenização para pagar.

E nós também estávamos endividados até o pescoço. E sem nenhum dinheiro para nos salvar.

– Você tem trinta mil dólares?

– Não – admite Chad. – Tenho o suficiente para o sinal e uma parte da segunda parcela. Meu pai... ele entende por que quero tanto isso... e disse que vai fazer um empréstimo para pagar o restante. Mas minha mãe não quer se atolar em mais dívidas por causa de uma cirurgia em outro país.

– Sua mãe parece esperta.

– Comparada com quem? Comigo? – Chad pressiona os lábios, formando uma linha fina.

– Eu não disse isso. É que... Você pesquisou esse procedimento direito?

– Só o que tenho feito é pesquisar.

– Então existem processos? Estudos? Artigos?

Chad revira os olhos.

– Quem é que precisa dessa merda? Fui direto na fonte. Falei com os caras que já fizeram.

– Quer dizer, tipo o Frederic?

– Você tem alguma coisa contra ele?

– Você o conheceu na internet.

– Grande novidade, Aaron. É assim que se conhece pessoas hoje em dia.

– Mas você *conheceu* algum deles? – Faço uma pausa. – É bem fácil aplicar golpes na internet. Você sabe, com um perfil falso.

Chad cai na gargalhada.

– Acha que o Frederic está me dando um golpe?

– Não é bem assim. Mas, sabe... qual é exatamente o papel dele nisso tudo?

– O que você quer dizer com "o papel dele"? Ele é como eu. Só que fez a cirurgia e tem a Lena.

– E ele está em Seattle por acaso?

– O que tem? As pessoas vêm a Seattle o tempo todo.

– E ele não trabalha para a clínica?

– Não sei. Acho que não.

– Mas o nome do médico é Laszlo, certo?

– É.

– E ele é húngaro?

– Como é que eu vou saber?

– O nome é húngaro. Tem um autor famoso chamado László Krasznahorkai.

– Aham. – Chad parece entediado.

– Bem, você não acha meio esquisito que um cara da Hungria, que por acaso está na cidade e por acaso fez a cirurgia, se encontre com você por pura bondade? – Faço uma pausa. – Tipo, ele obviamente trabalha para a clínica. De repente nem é paraplégico. De repente a Lena nem é esposa dele.

– Você viu o panfleto!

– Qualquer um pode fazer panfletos!

– O que você quer dizer?

– Quero dizer que parece suspeito e talvez você devesse pesquisar mais.

– Entendi – retruca Chad. – Porque obviamente sou muito burro para descobrir as coisas sozinho, já que não leio livros como você nem conheço autores como László Krapishinski.

– Krasznahorkai – corrijo.

Chad me olha feio.

– Sei que você acha que sabe tudo sobre mim, mas, se me conhecesse há mais de duas semanas, saberia que venho pesquisando isso desde o dia em que acordei no hospital.

– Só não quero ver alguém se aproveitando de você.

– Por que você acha que sou um idiota? Só porque eu não sabia que *Garota exemplar* era um livro você pensa que não fiz uma avaliação cuidadosa e tomei a decisão certa? Seu irmão tinha razão sobre você.

Ao ouvir a menção a Sandy, sinto meu sangue gelar.

– Meu irmão tinha razão sobre o quê?

– Ele disse que você era um merdinha arrogante e certinho.

– Sandy disse isso? – Minha voz falha. A mágoa é humilhante de tão fresca, mesmo depois de tanto tempo.

Maldito Sandy! Ele é o motivo de eu não confiar nos panfletos. Ao longo dos anos, recebemos muitos deles, de lugares chamados Novos Horizontes, Segundas Chances, Futuros Independentes, todos recheados de testemunhos sinceros, promessas de solução. E, no início, até acreditei neles. Nossa, quanta esperança tive de que um dia Sandy se tornasse um daqueles finais felizes.

Eis o que os panfletos não contam: que a taxa de recaída para a maioria dos vícios é superior a cinquenta por cento. Que, por causa da forma específica com que os opioides permanecem por mais tempo no organismo do que outras substâncias, a desintoxicação se torna ainda mais complicada. Que justo quando se pensa ter chegado à linha do gol, os opioides dão uma de Lucy e puxam sua bola. E que milagres não existem.

– Eu só estava tentando ajudar.

– Não preciso da *sua* ajuda. Pode ser que eu nunca volte a andar, pode ser que eu nunca volte a ter uma ereção, pode ser que eu nunca me apaixone nem que alguém se apaixone por mim, mas ainda prefiro ser eu mesmo do que ser você.

– O que quer dizer com isso? – pergunto.

– Quero dizer que você é um covarde.

– Sou covarde por quê?

– Você fica no alto do seu pedestal, odiando tudo, julgando todo mundo como se fosse melhor do que nós, quando na verdade não passa de um bunda-mole.

– Se eu sou tão covarde assim – retruco, o sangue fervendo –, por que você está andando comigo?

– Quer saber? É uma excelente pergunta!

Chad empurra a cadeira para trás, xingando enquanto manobra ao redor da mesa. Demora um pouco e, assim que consegue, a garçonete está chegando com os nossos pratos.

– E a sua comida? – pergunta ela. – Não está com fome?

– Não. – Chad joga uma nota de vinte e olha para mim. – Perdi o apetite.

Peço a comida para viagem e volto para a caminhonete, e lá está Chad, emburrado no banco do motorista. Subo no banco do passageiro e ele arranca do estacionamento sem dizer uma palavra. Imagino que estamos indo direto para casa. Mas ele vai para a boate e, ainda sem falar comigo, sai do carro. Corro atrás dele, que entra no bar, onde minha entrada não é permitida. Então fico sentado na boate vazia por uma hora, depois por duas horas, compondo uma tese na cabeça sobre como ele é babaca.

Eu sou covarde? Porque fiz algumas perguntas básicas sobre um procedimento questionável em outro país? Não. Chad é um idiota. Sempre foi um idiota. Está apenas me usando. E, desculpa, mas quem não sabia que *Garota exemplar* era um livro? Só um palhaço ignorante mesmo.

A banda de abertura começa a tocar: é barulhenta e desagradável, a batida do baixo tão gemida que soa mais como um móvel pesado sendo arrastado. Penso em ligar para Ira e pedir carona, mas ele está doente, na cama, dormindo. Estou preso. Como sempre.

– Não esperava te encontrar aqui.

A prova de que o meu humor está péssimo é que a visão de Hannah Crew surgindo da névoa não faz com que eu me sinta nem um pouco melhor. Ela se senta ao meu lado, as pernas vestidas em uma meia-arrastão a centímetros das minhas, o capuz do casaco bem justo em torno da cabeça.

– Você deve ser masoquista – diz ela.

– É. Faz sentido.

– Está com o Chad?

– Não sei.

– Não sabe?

– A gente veio junto. Mas ele está no bar. Eu acho. Não sei. Não consigo entrar lá.

– Eu entendo. – Hannah assente.

Ela toca meu pulso. As unhas, pintadas de cinza-metálico, estão roídas até o sabugo, e imaginá-la roendo as unhas faz meu coração se apertar.

– Quer que eu ache alguém para vir buscá-lo?

– Quem? Chad? Não. Ele que vá para o inferno.

– Vocês brigaram?

– Não! Nem somos amigos.

– Pareciam bem próximos.

– Faz só umas semanas que nos conhecemos.

– O tempo nem sempre é uma boa medida para coisas como o amor, sabe?

– É. Sentimentos não são fatos – concordo, resgatando um dos dizeres da reabilitação de Sandy.
– Exatamente – diz Hannah, me encarando e se levantando logo depois. – Bem, se você prefere ficar sozinho...
Não quero ficar sozinho. Estou cansado de ficar sozinho.
– Fica. Por favor. Me desculpa. É que tem sido um dia daqueles.
– Todos os dias são assim. A gente só tem que viver um de cada vez.
– Estou tentando.
– Quer conversar sobre isso?
Faço que não.
– Agora não.
– Tudo bem.
E ficamos ali, em silêncio, mas não é estranho. É reconfortante, como se Hannah fosse alguém que eu já conheço há muito tempo. Alguém que eu estava destinado a conhecer.
– Me desculpa ter comparado sua banda com um afogamento simulado.
– Relaxa. Já ouvi coisa pior. Pelo menos você estava sendo sincero.
– Mas eu não estava. Ainda nem tinha ouvido vocês quando falei isso.
– E agora que já ouviu a gente tocar, mudou de ideia?
– Aham. – Faço uma pausa. – Não é um afogamento simulado, está mais para tortura da gota d'água.
– Tipo uma leve tortura chinesa? – indaga Hannah, pousando a mão no peito. – Oh, estou emocionada, meu coração está acelerado.
Eu que o diga.
– Não é nada pessoal. É que não ligo para música.
– Não liga para música – repete Hannah. – O que isso quer dizer, afinal?
Dou de ombros.
– A música não me desperta muita coisa, como acontece com as outras pessoas. Livros, sim. Mas música, não.
– Então é um ou outro?
Na minha família, sim. Uma distinção secular. Anos me definindo à semelhança de Ira, por oposição a Sandy.

– Talvez? – falo.

– Então explica isso para Patti Smith.

– Patti Smith?

– Musicista. Poeta. Escritora. Gênia. Ela compôs um dos álbuns mais incríveis de todos os tempos, *Horses*, e escreveu uns dos livros mais incríveis também. *Só garotos*, o livro de memórias dela, é minha bíblia.

Guardo bem o título para ler depois. Ou tentar.

– Música e livros não são primos distantes – continua Hannah. – São mais como gêmeos fraternos. Formas diferentes de se contar uma história.

– É o que falam, mas é que as letras de música não me dizem muita coisa.

– As letras são só uma parte, como os diálogos em um livro. Mas músicas têm muito mais do que isso. Textura, ritmo e emoção.

O entusiasmo dela é tão contagiante que quase acredito no que diz.

– Quer dizer, se forem bem-feitas – continua Hannah. – É difícil compor uma boa música, que dirá uma perfeita.

– O que faz uma música ser perfeita?

– É totalmente subjetivo, mas para mim é a música que reúne todos os elementos... instrumental, ritmo, letra... para produzir uma experiência emocional. É o que eu quero que nossas músicas façam. Mas... – Ela abre um sorriso. – É impossível. Porque o que é perfeito para mim pode ser só barulho para outra pessoa.

– Acho que nenhuma música vai ser perfeita para mim.

– Bem, desafio lançado. – Hannah dá um chutezinho no meu tornozelo. – Vou ter que encontrar a música perfeita para você.

– Quem é a masoquista agora?

Hannah ri.

– Vai ficar aqui fora se lamentando ou entrar? Tem um *cooler* cheio de refrigerante no camarim.

Ela se levanta, alisando a roupa e me dando a mão para me puxar. Ficamos ali em pé por um momento, ainda de mãos dadas.

Nenhum de nós solta até chegarmos à porta do palco, que Jax abre com força.

– Procurei você em tudo que é canto!

Hannah olha o celular.

– Achei que a gente ainda tivesse meia hora.

– Não você – diz Jax, olhando para mim. – *Você*.

– Eu?

– Você é o amigo do Chad, né?

– Ele está bem?

Sinto um nó na garganta. Se alguma coisa acontecer a Chad... quando estamos brigados...

– Ele está bem. Só vem comigo...

Seguimos Jax até o bar, passando direto pelo segurança. Há um pequeno tumulto ao redor de Chad, que caiu da banqueta.

– Onde está a cadeira dele? – grito.

O barman aponta para o canto. Corro para pegar a cadeira e ajudo Hannah e Jax a levantar e acomodar Chad. Ele parece uma boneca de pano, tombando para a frente. Jax o segura bem a tempo.

– Ele precisa tomar um ar – diz Hannah, tomando a frente. – Vamos levá-lo lá para fora.

– E a comanda dele? – pergunta o barman.

– Elu vai cuidar disso – responde Hannah, apontando para Jax.

Hannah e eu levamos Chad ao estacionamento. Jax aparece uns segundos depois com uma garrafa de água, que coloca na boca dele.

– Consegue beber?

Chad dá uns golinhos, depois engasga, tosse e vomita.

– Ah, credo – diz Hannah.

– Foi mal – balbucia Chad, e regurgita de novo.

– Bota tudo pra fora – diz Jax, dando uns tapinhas em suas costas.

Chad balança a cabeça, infeliz.

– Foi mal – repete.

– Está tudo bem – responde Jax, antes de se virar para mim. – Pode levá-lo para casa?

– Não sei dirigir a caminhonete dele – respondo. – Vou esperar até ele ficar sóbrio.

– Isso pode levar a noite inteira – diz Hannah. – Ele está bebaço.

Jax olha para trás, em direção à porta do palco.

– Temos que entrar logo. Aaron, fica aqui com ele. Eu vou voltar para te ajudar assim que o show acabar. Ou a Hannah.
– Ok.
Jax entra. Hannah fica mais um pouco.
– Você vai ficar bem?
Faço que sim.
– Você é um cara legal, sabia?
Engulo o nó na garganta. Não sou. Chad tinha razão. Sou um covarde.
– Tenho que ir – diz ela. – Já vamos começar.
– Toca mais alto para eu ouvir daqui de fora.
– Não pense que eu não vou! – responde ela, desaparecendo pela porta lateral.
Chad está balbuciando alguma coisa. Eu me agacho diante dele.
– O quê?
– Betaable?
– O quê?
– Behtanvil.
– Ah, Beethoven's Anvil. Não se preocupe. Vamos ver a banda tocar outro dia.
Ele concorda com a cabeça. Depois apaga. Está começando a chover, então eu o empurro para debaixo do toldo perto da porta. Dá para ouvir a Anvil tocando. Dá para ouvir Hannah cantando "To Your Knees", a mesma música com que abriram o show na outra noite. Daqui de fora, não soa tão ruim. Fecho os olhos e a imagino pulando pelo palco. Meu pé acompanha as batidas.
Um pouco depois, Chad acorda. Chama meu nome e balbucia:
– Azuprisszumja.
– Não entendi.
– Achuquipricizumija.
– Você quer mijar?
Chad faz que sim.
– Ah. Ok. O que eu faço? Precisa que eu abra o zíper da calça? Bote você de pé?
Ele aponta para a bolsa atrás da cadeira.

– Ziploc. Cateter.

Abro a bolsa e acho o Ziploc, que contém um monte de drenos embrulhados em alumínio.

Entrego a Chad, mas ele está tão bêbado que deixa cair.

Pego do chão.

– Você abre – diz ele.

Tento achar a abertura.

– Anda! – berra Chad.

– Para de gritar! Está me deixando nervoso.

Eu me atrapalho com o papel-alumínio, mas consigo abrir. É um tubo comprido com uma ventosa numa extremidade e uma bolsa na outra.

– E agora? Quer que eu...

– Cacete!

– O que foi? O que aconteceu?

Mas logo ouço o som de água pingando. E não está chovendo tanto assim. Chad abaixa a cabeça.

– Eu me mijei todo – diz ele, escondendo o rosto entre as mãos e balançando a cabeça. – Sou um merda. Um merda. Um merda. Um merda.

– Você não é um merda. Pode acontecer com qualquer um.

– Já aconteceu com você?

– Não exatamente, mas acredite, eu sei muito bem o que é humilhação.

– Você me ajuda? A me trocar? Tenho uma muda de roupa reserva na caminhonete.

– Sim. Claro.

Busco o conjunto de moletom de Chad na cabine. Abro o zíper e tiro a calça dele. Eu o limpo da melhor forma que posso e o visto com o moletom, antes de jogar a calça suja no lixo.

– Me desculpa – diz Chad depois que terminamos.

Não sei se ele está se referindo ao xixi ou ao que disse antes, quando me chamou de covarde. Mas chega uma hora em que tais distinções deixam de ter importância.

– Me desculpa também.

AMANHÃ VOCÊ VAI ENTENDER

Como Chad ainda está muito bêbado para dirigir quando o show termina, Jax toma as providências para passarmos a noite no loft de um amigo. Depois de nos levar na van e nos acomodar, o pessoal da banda retorna à boate para pegar os equipamentos.

No dia seguinte, demora um pouco para Chad acordar, ainda de ressaca, e ir buscar a caminhonete na boate, então já passa do meio-dia quando chegamos à loja. A caminhonete surrada de Ike está estacionada na frente.

– Esses caras estão fazendo outro serviço para você? – pergunta Chad.

– Não. Não estão.

Pulo da caminhonete e subo as escadas correndo. A estante quebrada foi esvaziada de tudo que restava nela e arrancada da parede, revelando um contorno fantasmagórico.

– O que está acontecendo? – grito para Ike. – O que fizeram com a estante?

– Tivemos que tirá-la para encontrar a fonte do vazamento – explica ele. – Como eu suspeitava, tem infiltração na parede.

– Onde está o Ira? O que fizeram com ele?

– O que fizemos com ele? – zomba Richie. – Ele foi até o C.J.'s para pegar um café, porque não tem café aqui. Que tipo de livraria não vende café?

– O bom é que chegamos a tempo, porque um pouco mais de água e esta bela estante antiga poderia não ter mais conserto. E teria sido uma tragédia. – Ike acaricia a madeira. – Ela é uma belezura.

– É mesmo – acrescenta Garry, alisando o outro lado da estante.

Isso seria esquisito mesmo se Ike não parecesse estar falando da estante como se ela fosse uma mulher.

– Mogno? – pergunta Richie.

– É. Não se vê mais um trabalho artesanal assim, né?

– Não mesmo.

– O piso também – continua Ike. – É de carvalho-vermelho.

– Encaixe macho-fêmea? – indaga Richie.

Ike confirma com a cabeça. É como se a qualquer segundo eles fossem começar uma masturbação coletiva apreciando a madeira.

O sino da porta toca e eu me viro, esperando que seja Ira. Mas é Chad.

– Só queria ter certeza de que está tudo bem.

– Definitivamente não está nada bem – falo. – Esses caras confiscaram a loja.

– Confiscaram? – questiona Richie.

– Ele gosta de usar palavras difíceis – explica Chad.

– Ninguém confiscou nada – rebate Ike. – Estamos trocando ideia.

– Não tem nada para trocar ideia! Já falei para vocês, não vamos pintar o prédio.

– Você tem toda a razão. A gente tem um problema maior para resolver.

– O quê? Não! Nenhum problema. Nada para resolver.

– A infiltração precisa de atenção, e tem algumas vigas podres. – Ike aponta para uma parte do assoalho que ele desmontou.

Fico furioso. Eu só passei menos de 24 horas fora.

– Com o peso desses livros – continua Ike – e o estado desse assoalho, é um milagre que a estante não tenha ido parar direto no porão.

– Não seria nada bom – diz Richie para mim.

– Sim, Richie. Estou ciente disso.

– Bem, você não parece estar ciente, porque não tomou nenhuma providência.

– E este belo pedaço de mogno... – continua Ike, tirando a bandana para lustrar a estante. – Não dá para jogar no lixo. Nem substituir por prateleiras de metal. Uma madeira como esta merece uma segunda chance.

– Tá bom – concordo. – Fica com a estante. Dá para ela uma segunda chance, até uma terceira. Mas deixa a gente fora disso.

– Mas é a *sua* estante – diz Ike. – A gente ia consertar para *você*.

– Se estão falando de reparos, eu alargaria os corredores – opina Chad, meio acanhado. – Só uma sugestão.

– Não é má ideia – concorda Ike. – A área útil não está sendo aproveitada com tanta eficiência. Daria para ajeitar mais estantes aqui dentro. Organizar um pouco melhor.

– Ou simplesmente organizar, para começo de conversa – brinca Chad.

– *Está* organizado! – declaro.

– Sério? – Garry aponta para a estante no chão. – Então por que é que tem livros de receitas junto com os de psicologia infantil?

Não vou explicar o sistema organizacional da minha mãe para Garry. Ele não entenderia. Nem é da conta dele.

– Parece bem desorganizado – diz Chad. – Você pelo menos tem um sistema de estoque?

– Temos – respondo.

Apesar de não termos. Minha mãe tinha o controle de tudo em uma planilha, só que não é atualizada há anos.

– Um sistema de estoque *digital*? – pergunta Chad.

– Não exatamente.

– Não exatamente?

– Não.

– Não? Como é que vocês fazem vendas on-line? – pergunta Chad.

– Não fazem! – responde Richie. – Entrei no site, mas só deu mensagem de erro.

– Eu posso programar um sistema de banco de dados – ofereceu Chad. – Estou fazendo um curso.

– Não precisamos de um banco de dados.

– Que tipo de livraria não tem um estoque digital? – questiona Chad.

– O tipo que não serve café – responde Garry.

– Nem tem um site – acrescenta Richie.

– Nós *temos* um site! – afirmo.

Chad faz uma busca no celular.

– Mensagem de erro. Você esqueceu de renovar o domínio?

Eu me lembro vagamente de receber uns e-mails, já faz tempo, dizendo que tínhamos que renovar. Mas era um dos milhares de pequenos incêndios que nunca consegui apagar. E agora o lugar todo está pegando fogo.

O sino da porta toca de novo e Ira entra com toda a leveza, trazendo dois cafés. Atrás dele vem Bev, trazendo mais dois.

– Vejam só quem acabei encontrando – anuncia Ira. – Oi, Aaron. Oi, Chad. Querem café?

– Não, obrigado, Sr. Stein.

– Pode me chamar de Ira – responde ele.

– Bom ver todos vocês de novo – diz Bev. – Eu estava dizendo a Ira que descobri o título do livro que fala sobre *Uma dobra no tempo*, mas que não é *Uma dobra no tempo*. Chama-se *Amanhã você vai entender*, de Rebecca Stead. Não tenho certeza se a pronúncia é "Stéd" ou "Stid".

– Aaron, você pode procurar esse livro, *Amanhã você vai entender*? – pede Ira.

– Preciso falar com você.

– Tudo bem, mas primeiro vêm os clientes.

– É importante.

– Assim como os nossos clientes. Por favor, procure o livro para a Bev.

– Mas, Ira!

Ele me interrompe com um olhar.

– Tá bom – concordo, cruzando os braços e enrolando na seção de filosofia e de jogos e quebra-cabeças, porque não confio em deixar Ira, nem mesmo em sua versão vendedor, com esses caras.

Ike começa a conversar com Ira:

– Então, eu consultei os registros na Secretaria Municipal e faz alguns anos que vocês pediram uma licença para passar o encanamento. Será que chegaram a fazer isso?

– Por que você está consultando nossas licenças? – questiono.

– É o primeiro passo para a reforma – responde Ike.

– Reforma? Que reforma?

– Aaron, acho que você devia procurar o livro mais para lá. – Ira aponta para a seção infantojuvenil e carreira. Depois se vira para Ike. – Tem encanamento naquela parede, *sim* – responde ele. – A própria Annie se encarregou disso. Ela queria montar uma cafeteria aqui.

As vendas estavam caindo, e os clientes, sumindo. Minha mãe tinha a esperança de que um café trouxesse receita e também pessoas. Não tínhamos como contratar alguém para fazer o trabalho, então ela encomendou vários livros de "Faça você mesmo" e começou a trabalhar por conta própria. Estava no meio do caminho quando o asteroide caiu.

– Viu? – diz Richie, de boca cheia outra vez. – Livraria tem que ter café.

– Cala a boca! – respondo.

– Aaron! – ralha Ira. – Olhe os modos. E poderia, por favor, achar o livro para a Bev?

– Posso voltar depois – diz ela. – Parece que estão ocupados.

– Não! – assegura Ira, com veemência. – Aaron vai achar o livro para você.

– Como é que vou achar o livro para ela? – grito. – Não consigo achar nada aqui.

– Acharia se tivesse um sistema organizacional de banco de dados – intromete-se Chad.

– Cala a boca, Chad!

– Aaron! – Ira arfa. – O que deu em você para falar desse jeito com os clientes?

– Não esquenta, Sr. Stein. Ele teve uma noite longa – explica Chad.

– Acho que já vou – diz Bev.

– Não! – exclama Ira. Então acrescenta, com a voz trêmula: – Por favor.

– Dona enfermeira, como é mesmo o nome do livro que está procurando? – pergunta Garry.

– *Amanhã você vai entender* – responde ela. – E meu nome é Bev.

– Por acaso é esse, Bev?

Garry vai até a frente da loja, trazendo, milagrosamente, um exemplar de *Amanhã você vai entender*.

– Epa – continua ele, folheando as páginas. – Parece que alguém escreveu nele.

Pego o livro e verifico a falsa folha de rosto.

– O *autor* escreveu nele.

– Nossa, que falta de respeito – comenta Garry.

– Foi *autografado* pelo autor.

– Autografado? Vocês trazem autores aqui? Que maravilha! – Bev bate palmas de alegria. – Tem uma agenda de eventos aí? Ou está on-line?

– Eles não têm site – replica Richie.

– Nós temos site! Só está fora do ar.

– Mas podemos pôr de volta no ar – diz Ira. – Depois da reforma. Então dá uma olhada lá, sim.

– Que reforma? – pergunto, exaltado.

– Vou olhar – diz Bev, pagando pelo livro. – A livraria da minha cidade tinha tantos eventos. Leitura com autores e um clube do livro e do tricô. Ele se chamava Costura e Literatura. – Ela brinca com o cordão dos óculos e sorri, o pensamento distante. – Saudades!

– Costura e Literatura – repete Ike. – Não é má ideia.

Depois que Bev sai, puxo Ira para o canto.

– Vai me contar o que está acontecendo?

– Eu sei. Desculpa. Devia ter falado com você antes. Mas, quando você saiu ontem, Ike e os rapazes apareceram, e conversamos sobre os reparos.

– Ira – protesto.

– Eu sei! Eu sei. Mas Ike disse que muito material pode ser reaproveitado. E Joe Heath está se aposentando.

– Fiquei sabendo.

– Joe está passando adiante o estoque a preço de custo, abaixo do custo. Muita coisa vai sair de graça.

– Vamos supor que seja verdade, o que eu duvido… E a mão de obra?

– Ike disse que poderíamos pagá-los com cafezinhos.

– *Cafezinhos?*

– E creme – acrescenta Ira. – Ike gosta de baunilha francesa e Garry prefere avelã.

– Ira. – Seguro suas mãos. Estão tão magras e frágeis. Ele tem apenas 52 anos. Quando foi que ficou tão velho? – Isso não vai acontecer. Você entende isso, certo?

– Mas por que não? – questiona Ira, puxando as mãos e indicando, em um gesto amplo, toda a loja. – Não é uma grande obra. Apenas umas placas de gesso, uma nova mão de tinta. Para dar uma repaginada no lugar. Por que não podemos voltar a fazer eventos com autores? Um clube do livro? Por que este lugar não pode ter uma segunda chance?

Porque não há segundas chances após a queda dos asteroides. Basta perguntar aos dinossauros.

Eu preciso contar a ele.

Por que não consigo?

Eu não consigo contar.

– E se for tarde demais? – pergunto.

– Não é tarde demais. Não se trabalharmos juntos. Lembra daquele livro que eu lia para você? *Sopa de pedra.*

Sopa de pedra é mais um daqueles clássicos infantis água com açúcar que, assim como A *árvore generosa*, é baseado em uma mentira perigosa. Três soldados famintos fingem cozinhar uma sopa de pedra e convencem o povo pão-duro da cidade a lhes dar comida, em tese apenas para "enriquecer" o prato, e assim fazem uma boa refeição. No livro, tudo termina em felizes para sempre. Mas e na vida real? O que aconteceria quando aquela gente percebesse a tramoia? Correriam atrás daqueles soldados com forcados e tochas.

Ira não percebe, mas eu, sim: ele está sendo alimentado com água e pedra por Ike e os Lenhadores. Está sendo alimentado com água e pedra por seu próprio filho covarde.

– Pelo menos deixe que consertem a estante – implora Ira. – Foi a primeira que compramos para a loja. Sua mãe que escolheu.

A expressão no rosto dele, tão sincera, tão esperançosa... acaba comigo. É como se Ira acreditasse que, juntando as lascas de uma madeira despedaçada, alguma coisa mudaria. Mas não vai. Isso não vai trazer a loja de volta. Não vai trazê-los de volta.

– Ira – começo. – Isso não vai funcionar...

Vejo o rosto do meu pai murchar. Um coração não pode se partir tantas vezes. Ao contrário da madeira, não dá para consertar.

E é só uma estante. Que mal pode haver?

No fim das contas, muitos.

O AROMA DO DESEJO

O bulbo olfativo é uma partezinha do cérebro com acesso direto à amígdala, que, de acordo com um livro que li há alguns anos, chamado *O aroma do desejo*, é o motivo pelo qual podemos estar andando na rua, sentir um odor – de um perfume ou das agulhas de pinheiro secando ou da fumaça fedorenta de um cigarro – e, *bum*!, somos transportados para algum lugar no tempo associado àquele cheiro. Não é uma memória. É algo mais poderoso. É o mais perto que podemos chegar de uma máquina do tempo.

Ao acordar na manhã seguinte com o cheiro do café, sou transportado para um mundo diferente, um tempo diferente: minha mãe está na cozinha, vestida com o roupão arco-íris, dançando, usando a faixa dele como microfone para cantar. Sandy se levantou cedo, está bebericando café, implicando com mamãe por cantar a mesma música todo santo dia.

– Você nunca tem vontade de mudar o disco? – pergunta Sandy.

– Não mais do que tenho vontade de mudar você.

Ira está na loja, preparando-se para um novo dia. E por um minuto tudo está bem.

Mas então ouço a voz grave de Ike. E percebo que minha mãe não está na cozinha. Nem Sandy. É apenas meu bulbo olfativo me enviando para um mundo que não existe mais.

Até nosso próprio cérebro pode dar uma de Lucy e nos sacanear!

Lá embaixo, Ira está na correria com a velha cafeteira da minha mãe, reabastecendo as canecas dos Lenhadores. É só arranjar um avental e já pode conseguir um trabalho no C.J.'s.

Ele está trocando uma ideia com Ike enquanto Richie e Garry encaixotam os livros da estante quebrada.

– Devíamos encaixotar mais alguns, já que estamos trabalhando nisso, assim temos mais espaço para circular. – Ike aponta para as pilhas bambas e me pergunta: – O que você acha?

O que eu acho é que esses caras estão passando a perna na gente, apesar de não saber como.

O que eu também acho é que os livros vão *precisar* ser encaixotados para serem enviados aos atacadistas.

– Sei lá – respondo, depois sugiro, balançando a perna, como quem não quer nada: – Talvez a gente devesse encaixotar todos os livros.

– *Todos* os livros? – questiona Ira. – Acho desnecessário.

– Vai dar mais espaço para Ike trabalhar, de repente até para alargarmos os corredores, como Chad disse, e assim termos a chance de organizar melhor.

Pareço tão convincente que quase convenço a mim mesmo.

– Para mim não tem problema – diz Ike. – Tenho muitas caixas na caminhonete e, trabalhando em três, não vai tomar muito tempo.

– Obrigado, Ike – respondo, animado, antes de me virar para Ira. – Ei, estava aqui pensando que talvez a gente pudesse sair para jantar hoje.

– Por quê? – pergunta Ira, e sua surpresa é justificada.

A gente nunca sai para comer. Comemos porque nosso corpo exige. Mas o convite para jantar fora sinaliza um evento. Vai me forçar a lhe contar. Além do mais, li que restaurantes são bons lugares para términos; estar em público desencoraja uma cena.

– Vamos comemorar alguma coisa? – indaga Ira, na esperança de que seja esse o motivo.

Sim, nossa fuga dessa cratera úmida, bolorenta, esquecida por Deus, penso. Mas não digo isso. Apenas respondo:

– Vamos comemorar as segundas chances.

O sorriso hesitante de Ira desponta como um raio de sol, e parte do meu coração morre. Uma coisa é ser covarde, outra é ser cruel.

~

Eu me acomodo na varanda com o livro de Brusatte, abrindo-o em uma página aleatória sobre a descoberta de um alossauro em Wyoming que os paleontologistas apelidaram de Grande Al. Esse dinossauro foi uma descoberta tão importante que ganhou um episódio especial num programa de TV. Fico imaginando o que ele pensaria a respeito, não estando apenas morto, mas também extinto, e ainda assim tendo seus quinze minutos de fama. Não é qualquer um que ganha esse tipo de segunda chance.

Mas nem mesmo Brusatte consegue prender minha atenção hoje. Vestígios da viagem no tempo desta manhã ainda perduram, e de alguma forma não estou totalmente neste mundo.

Pego o celular e abro um vídeo da Beethoven's Anvil que achei ontem à noite. A imagem está granulada, e a qualidade do som está horrível, o que não faz diferença, porque o som não é o motivo pelo qual não paro de assistir. É ela. Hannah. Vejo o vídeo algumas vezes. Relembro nossa conversa na boate na outra noite. Pego o Brusatte, volto a largá-lo, assisto ao vídeo de novo.

Sempre que a vejo, sinto aquela coisa: o inevitável.

A questão é: eu não confio no inevitável.

Quer dizer, o que o inevitável já fez por mim?

Arruinou minha vida, só isso.

Guardo o celular, pego o livro outra vez, mas acabo meio que encarando o vazio. O fluxo de pedestres na Main Street no dia mais movimentado de novembro não é lá grande coisa, mas hoje está especialmente fraco, então, quando vejo alguém vindo na minha direção, uma garota igualzinha a Hannah, tenho quase certeza de que estou alucinando.

Ela chega mais perto, o rabo de cavalo alto balançando, vestindo um moletom extragrande com a frase TIME DE ANIMADORAS DE TORCIDA HILLSDALE em letras descascadas.

Não pode ser ela.

Afinal, por que ela estaria aqui? Na minha cidade? Andando na minha rua? Acenando?

Não é assim que a vida funciona. E definitivamente não é assim que a *minha* vida funciona.

Eu aceno de volta.

Ainda estou dormindo? Será que o bulbo olfativo me lançou, como uma catapulta, não para o passado, mas para o futuro de outra pessoa?

– O que você está fazendo aqui? – grito.

Ela hesita diante da minha grosseria, como se eu estivesse questionando seu *direito* de estar ali, quando na verdade estou questionando a *realidade* da sua presença ali. Suavizo o tom.

– É que não esperava te ver por aqui.

– Me desculpa por não ter marcado horário. Estou vendo que você está muito ocupado.

Hannah pega o Brusatte.

– Dinossauros, hein? – Ela abre no sumário, corre o dedo pela página. – Não sei por que pensei que você estaria lendo alguma obra existencialista. Dostoiévski ou Goethe ou algum desses autores.

Ela acabou de citar dois dos meus autores favoritos. Quem *é* essa garota?

– É bom?

– Talvez. – Dou de ombros. – Quer dizer, eu li quatro vezes seguidas.

– Quatro vezes? – Ela balança a cabeça, fazendo o rabo de cavalo sacudir. – Deve ser muito bom.

– É muito bem escrito, mas não é por isso que fico lendo.

– Por quê, então?

– Não sei. Acho reconfortante.

– Dinossauros são reconfortantes?

– Eles não, tem mais a ver com o lembrete de que tudo acaba. Dinossauros. Famílias. Pessoas. A raça humana.

– Ah, é, muito reconfortante.

– Você me acha esquisito?

– Contemplar a extinção às onze e meia de uma manhã de sábado é definitivamente esquisito. – Hannah faz uma pausa. – Mas é meu tipo de esquisito.

Meu coração acelera.

– Vamos ver os livros, então.

– Merda. Eu não sabia que você viria. Estão praticamente encaixotados.

– Por quê?

– Uma pequena reforma.

– Que trágico. Eu vim de tão longe – diz ela.

– Você está procurando alguma coisa específica? Posso tentar achar.

Eu sei que é impossível. Já é difícil encontrar as coisas quando estão no chão. Mas, por ela, vou revirar este lugar.

– Não. – Ela me encara, seus olhos escuros brilhando e cheios de malícia. – Já que não vai rolar de ver os livros, acho que você vai ter que me mostrar os discos.

~

Eu guio Hannah através da loja enquanto Garry nos encara de queixo caído, como se eu estivesse levando um centauro para casa. Ike tira um chapéu invisível. Richie faz um som de beijo.

– Não liga para eles – digo a Hannah ao descermos as escadas. – São um bando de selvagens.

– Ah, eles são inofensivos.

– Não sei, não.

Acendo as luzes. Os olhos curiosos de Hannah observam o entulho da minha mãe. A bicicleta. O roupão. Os livros sobre dependência química. Vejo as perguntas se formando em seu rosto. Rapidamente, aponto na direção oposta.

– Vem ver os discos – chamo, balançando as chaves.

– Trancados? – pergunta ela. – É uma cena de crime discográfica?

Acertou em cheio, Hannah.

– Você nem imagina.

Abro as caixas e Hannah começa a fuçar uma delas.

– Puta merda. LP da Versus. Da Velvet Underground. – Ela olha para mim. – São todos desse tipo de banda?

– Acho que sim.

– Muito impressionante para alguém que odeia música.

Por um segundo, vejo Sandy debruçado sobre as caixas, obcecado por seus adorados discos.

E talvez Hannah também veja. Ou talvez tenha caído a ficha dela de como é dissonante alguém que declaradamente odeia música ter uma coleção dessas. Ou talvez ela tenha decifrado meu olhar. Porque ela entende.

– Não são seus?

Sandy construiu o armário em um único fim de semana, em uma explosão de energia maníaca, não parando nem para comer nem para dormir até que tivesse terminado de instalar todos os compartimentos, forrando-os com um plástico especial para não empenar com a umidade e colocando cada álbum em seu devido lugar.

– Não – respondo. – São do meu irmão.

Hannah está segurando um álbum da Violent Femmes firme contra o peito. Ela o põe de lado e pergunta bem baixinho:

– Ele morreu?

Sandy poderia ter me dado sua coleção por diversos motivos: podia ter sido preso. Ou se tornado um Hare Krishna. Podia ter superado a obsessão por colecionar e ter se casado, tido filhos, ficado velho e chato. Mas Hannah está certa.

– Ele morreu – confirmo.

– Agora faz sentido.

– O quê?

– Não sei. Essa vibe que você tem. De tristeza. Senti emanando de você naquele dia que você ficou me observando ler.

– Você me viu?

– Vi, *stalker*. Eu ia te mandar cair fora, mas por algum motivo não mandei.

– Eu não queria ficar espiando. É que você estava lendo *O sobrinho do mago*.

– E daí?

– Esse livro é importante para mim.

– Você disse que nunca tinha ouvido falar dele.

– Eu menti.

– Por quê?

– Não sei. Entrei em pânico. Nunca vi ninguém lendo esse livro antes. E esse livro, a série inteira, é meio que muito especial para mim. Foram os primeiros livros em que eu mergulhei. Quando criança, eu era obcecado por eles. Minha mãe costumava dizer que Nárnia foi meu primeiro amor.

Isso a faz rir, mas de um jeito legal.

– Quem foi seu segundo amor? Harry Potter?

VOCÊ, penso. *Você, você, você.*

– Vamos fazer um pacto – diz ela. – Você não mente para mim e eu não minto para você.

Hannah estende a mão para selarmos o acordo e parece que ela está segurando um daqueles brinquedos que dão choque no aperto de mão, porque no mesmo instante sinto um arrepio. Um arrepio delicioso.

– Combinado.

Ela se vira para as caixas.

– Como ele era? – pergunta Hannah, pegando um álbum duplo do Prince. – Esse seu irmão.

Vejo Sandy de novo, me entregando a chave. Pisco para a imagem sumir. Não quero vê-lo aqui, agora.

– Na verdade não lembro. Faz muito tempo.

Tecnicamente, Sandy morreu há quinze meses, mas já fazia anos que vinha morrendo pouco a pouco, então isso parece ser verdade suficiente para que eu não viole nosso pacto.

Eu aponto para o álbum do Prince.

– Quer ouvir ou vai ficar só namorando o disco?

Ela observa o porão.

– Tem um toca-discos?

– Lá em cima. Posso trazer para cá. Me dá um segundo.

– Beleza. Vou continuar procurando uma música perfeita para você.

– Vai cansar de procurar.

– Adoro um desafio.

Na loja, Garry e Richie estão brincando de arremesso com os livros. Eu intercepto um exemplar de *O coração é um caçador solitário* que Garry está lançando para Richie como se fosse um frisbee.

– Vocês podem pelo menos fingir ter algum respeito? – reclamo.

– É um livro comum, não a Bíblia – retruca Richie.

Eu nem me dou ao trabalho de responder.

– Onde está Ira? – pergunto, olhando ao redor.

Ele jamais ia tolerar que os livros fossem tratados desse jeito.

– Dando uma caminhada – responde Ike.

– Tenham cuidado – falo, sério, subindo a escada estreita até o apartamento.

O único toca-discos que ainda nos resta está no quarto de Sandy, enredado em um nó górdio, aparentemente insolúvel, de fios e cabos, remanescentes de sua oficina. Ele tinha 14 anos quando começou a consertar aparelhos de som velhos usando os componentes que seu faro encontrava nos cantos escondidos das lojas de tranqueiras e no lixo, com o mesmo sexto sentido que o alertava quando havia vinis raros por perto. Durante um tempo, Sandy fechou negócios bem rápido, enviando aparelhos de som para todo o país. Usava o dinheiro para comprar discos. "Financia o vício dele", brincava mamãe, quando nossa família ainda podia fazer piada sobre vício.

Faço uma pausa em frente à porta do quarto, de onde pende o pôster de *Milo Goes to College*, primeiro álbum da banda Descendents. Parei de entrar nesse quarto quando Sandy se tornou um babaca, porém, mesmo agora que ele se foi, eu ainda evito. Vira e mexe sinto seu cheiro, e então aquele bulbo olfativo engraçadinho me manda para uma viagem no tempo, e nunca sei onde vou parar: será que vai me lançar uns dez anos de volta ao passado, quando eu e Sandy "acampávamos" em um forte de lençóis? Ou será que vai me jogar de volta àquela manhã, quando os gritos animalescos da minha mãe ecoavam pela casa? Às vezes não sei qual lembrança é pior.

Prendo a respiração e entro com tudo no quarto. O único toca-discos que resta é um vagabundo, com alto-falantes embutidos, imprestável para venda. Eu o arranco do meio dos fios e o carrego escada abaixo, passando pelos Lenhadores enxeridos.

Hannah está sentada de pernas cruzadas no chão de cimento, com cinco álbuns espalhados à sua frente.

– Minha salva de abertura. – Ela aponta para as capas, uma a uma: Prince, Versus, The Rural Alberta Advantage, Scrawl e Lorde. – Cinco das minhas músicas perfeitas estão aqui. Vamos ver se alguma delas cola.

Ligamos o toca-discos e ela coloca Prince primeiro.

– "Starfish and Coffee", para todos os esquisitos presentes.

É uma boa música. Até gosto. Não odeio. Mas não adoro. E ela não desperta em mim o que desperta em Hannah.

Porque cada vez que a agulha arranha o vinil, Hannah fecha os olhos, seus dedos tocando acordes invisíveis, sua boca articulando a letra. Dá para ver que ela viaja para algum lugar e eu gostaria de ir junto, mas não consigo.

– E aí? – pergunta Hannah, depois de tocar "Team", da Lorde, sua quinta música perfeita.

Dou de ombros.

– É legal.

– *Legal?*

– Bem, talvez seja perfeita. Não sei dizer.

– Acredite, se fosse a música perfeita, você saberia.

– Podemos continuar tentando?

– Eu adoraria, mas... – Ela olha a hora no celular. – Tenho um compromisso.

Hannah se levanta, segurando os discos contra o peito, e dá um passo na minha direção. Eu me levanto para encará-la. Estamos tão perto que sinto seu cheiro, um pouco mentolado, um pouco enfumaçado. Fico imaginando se é esse o sabor que eu sentiria se a beijasse.

Ela me estende os discos. Eu os pego, mas ela não solta.

– Cinco a zero. Tsc, tsc, tsc. – Hannah balança a cabeça. – Estou fora de forma.

– Avisei que eu era uma causa perdida.

– Meu tipo favorito.

Hannah fica na ponta dos pés para me dar um beijo em algum lugar entre a bochecha e a boca.

– Vou pôr você na lista do show de hoje à noite – murmura ela. – Aparece lá. E vamos continuar tentando.

CLUBE DA LUTA

Assim que Hannah vai embora, eu ligo para Chad.

– Adivinha só o que vamos fazer hoje à noite.

– Lição de casa – responde ele.

– Não mesmo.

– Tenho um projeto para...

– Esquece o seu projeto – interrompo. – Vamos ver a Beethoven's Anvil!

Chad faz uma pausa.

– Vão abrir para a Sheaths, certo?

– Vão? Não faço ideia.

– Vão, sim. Em um teatro grande, o ingresso é caro. E está esgotado há meses.

– E se estiver na lista?

– Quem está na lista?

– Nós dois.

– Como é que *nós* estamos na lista?

– A Hannah colocou nosso nome.

– Quando?

– Hoje. – Faço uma pausa. – Ela apareceu aqui. A gente passou um tempo juntos.

– Você passou um tempo com a Hannah Crew?

– Não foi só isso. Ela me beijou.

– Tá de sacanagem!
– Bem, foi meio que um beijo. Meio na boca, meio na bochecha.
– Então foi mais um lance de amigos?
– Não acho que foi um lance de amigos.

Será que foi? Eu me lembro da sensação quando apertamos as mãos. A palma da minha mão ainda está formigando. Não, não é um lance de amigos.

– Me pega às seis?
– Beleza.

Só depois de desligar é que me lembro de ter convidado Ira para jantar hoje à noite, para me forçar a contar a ele sobre o sebo. Mas esse tormento pode esperar até amanhã.

⁓

Chad aparece às cinco e fica parado no meio-fio. É legal que esteja ansioso, mas Ira faz cara feia se eu saio mais cedo, e depois que eu dei para trás no nosso jantar, não fico à vontade para insistir.

– Não posso sair antes das seis – digo a Chad.
– Não esquenta. Vim buscar as caixas.
– Que caixas?
– Aquelas caixas ali.

Chad aponta para os degraus, onde Ike, Richie e Garry carregam duas caixas cada um.

Eu corro para detê-los.

– Esses são os nossos livros?
– Meus é que não são – retruca Richie.
– O que estão fazendo com eles?
– Levando para o Chad – responde Ike, com toda a inocência. – Pra aquele treco de nome esquisito lá.
– Banco de dados – diz Richie.
– Isso aí – confirma Ike.
– De que banco de dados eles estão falando? – questiono Chad.
– O que eu estou programando. Para o meu curso – responde Chad. Quando não digo nada, ele acrescenta, impaciente: – Eu te falei que

estava fazendo um curso de sistemas de banco de dados. Esse é o meu projeto.

– Não faço ideia do que você está falando.

– Nós *falamos* sobre isso. Semana passada.

– Não falamos, não.

– Falamos, sim – responde Chad calmamente. – Você disse que não conseguia achar nada na loja e eu falei que conseguiria se tivesse um banco de dados.

– E daí você mandou ele calar a boca – acrescenta Richie.

– Foi isso mesmo – concorda Chad. – Mas você está sempre me mandando calar a boca e, de qualquer jeito, os caras estavam encaixotando os livros, aí o Ike me deu um toque e meu projeto foi aprovado. Até fui à biblioteca hoje. A bibliotecária me disse que tem um software especializado que normalmente custa os olhos da cara, mas é de graça pra estudante. – Chad abre um sorriso. – De nada!

Quando Chad volta às seis, meu humor azedou.

– Que bicho te mordeu?

Subo na caminhonete e olho para trás em direção à loja. As prateleiras agora estão vazias. Chad está programando um banco de dados. Os Lenhadores estão "trabalhando por café". Ira acha que a loja vai ter uma segunda chance. Tudo porque sou muito bunda-mole para dizer a verdade.

Respiro fundo. Olho para Chad.

– Preciso te contar uma coisa.

Chad solta um suspiro dramático.

– Você não está chateado por causa dos livros ainda, né? – pergunta ele, enquanto passamos pela escola.

Um grupo de crianças está traçando círculos na grama lamacenta com suas bicicletas.

– Não, mas você deveria ter me consultado primeiro.

– Você quer que eu me ajoelhe e peça pra me deixar catalogar seus livros? Desculpa, irmão, não dá – debocha ele.

Passamos por outra escola, onde uma garrafa circula de mão em mão entre um grupo do ensino médio.

– Estou te fazendo um favor. Programando uma coisa pra você usar na sua loja – continua Chad, avançando o sinal na saída da cidade e acelerando a caminhonete em direção à interestadual. – Isso pode até aumentar as vendas.

– Eu não contaria com isso. Caso não tenha reparado, nosso negócio não está exatamente prosperando.

– Eu sou cadeirante, não cego. Mas tive uma aula de gestão no último semestre e o professor nos mandou fazer um plano de negócios. Seu pai diz que vocês não têm nada, o que é uma doideira. Precisa de um plano de negócios para conseguir coisas como empréstimos da Administração de Pequenos Negócios, aquela agência governamental. Você sabia que pode pedir um empréstimo?

– Já estamos afundados em dívidas. Outro empréstimo não vai resolver.

– Poderia resolver, sim. Se você negociar as dívidas e consolidar todas em um único empréstimo com juros baixos da APN, pode economizar milhares de dólares. E então usaria essa economia para diversificar sua fonte de receita.

Olho abismado para Chad, que está encarnando nosso contador Dexter Collings.

– É, sou mais inteligente do que você pensa! E, sem ofensa, mas você e seu pai parecem não saber administrar um negócio.

Minha mãe costumava lidar com o lado administrativo da livraria, mas depois do asteroide nem ela conseguiu pôr a casa em ordem.

– Não me ofendeu. Mas, Chad, nem mesmo o melhor plano de negócios vai nos salvar.

– Como você sabe?

– Porque...

Porque vendi o negócio para Penny Macklemore.

– Porque nossa loja não passa de um sebo em uma cidade pequena onde as únicas pessoas que leem compram livros novos na internet. – Faço uma pausa. – Estou pensando em passar o ponto. Sair dessa enquanto podemos. Como a Coleman's fez.

Vejo a informação pairando no ar e por um segundo acho que Chad me entende, porque sua expressão alegre se torna pensativa.

– Sabe quanto tempo leva para cair de uma altura de 25 metros? – pergunta ele.

– Não.

– Cerca de três segundos. Olha, você provavelmente acha que três segundos não são nada, mas acredite, quando se está despencando de uma encosta, parece muito tempo. Tempo suficiente para pensar: "É, acabou pra mim."

– Sinto muito, Chad. Deve ter sido assustador.

– De novo, você não está entendendo aonde quero chegar, irmão. Eu tinha *certeza* de que estava morto também. – Ele entra na rodovia e pega a faixa rápida. – Mas olha pra mim agora, cara. Olha só pra mim agora.

~

O Bogart's Ballroom, lugar onde a Beethoven's Anvil vai tocar hoje à noite, é um daqueles grandes teatros em Tacoma. Na década de 1950, era um cinema chique, nos anos 1970 tornou-se um esqueleto abandonado e quase foi demolido na década de 1990, até que ressuscitou como uma casa de shows, ao entrar no cenário de Seattle.

Uma multidão aguarda do lado de fora, algumas pessoas seguram cartazes implorando ingressos extras. Eu olho para eles com um ar presunçoso. Não precisamos de ingresso. Estamos na lista. O desânimo causado pelos Lenhadores começa a se dissipar. Hannah colocou *meu* nome na lista.

Chad estaciona enquanto luto para abrir caminho na multidão e retirar nossos ingressos na bilheteria, mas a mulher assoberbada me manda ir até a entrada dos fundos para pegar pulseirinhas.

Entrada dos fundos. Pulseira. Eu me sinto, possivelmente pela primeira vez na vida, um cara descolado.

A sensação dura até Chad e eu nos aproximarmos do armário humano que está fazendo a segurança na porta dos fundos.

– Oi – digo, com a voz esganiçada de um idiota. – Estamos na lista da Beethoven's Anvil.

Sem sequer dar uma olhada na prancheta, o Armário responde:
– Não.
– Estamos, sim. Aaron Stein e Chad Santos. Ou talvez Aaron Stein e acompanhante.
– Não estão na lista.
– Você se importa de verificar? – pergunto. – Era pra gente ter sido incluído hoje.
– Não preciso verificar – responde ele. – Já verifiquei mais cedo.
– Você não pode olhar?
Dou uma batidinha na prancheta e o cara rosna para mim como se eu tivesse invadido uma propriedade privada. Depois olha, talvez por meio segundo, antes de soltar um belo "Não".
– Você nem olhou!
O Armário olha feio para nós.
– Talvez você tenha entendido errado – sussurra Chad.
– Tenho certeza absoluta de que não entendi errado – respondo.
– Talvez ela tenha esquecido?
– Mas faz só oito horas.
– Bem, talvez ela tenha mudado de ideia.
De todos os cenários, esse é o mais provável. Mas não parece ser o estilo de Hannah fazer uma coisa dessas. Se ela mudasse de ideia, teria a coragem de partir meu coração pessoalmente.
– Você não pode ligar pra ela? – pergunta Chad.
– Não tenho o número – balbucio, não querendo que o Armário ouça, mas é claro que ele ouve.
– *Groupie* – zomba ele quando seu walkie-talkie chia.
– Você não pode simplesmente usar seu walkie-talkie? Fala pra Hannah Crew que Aaron Stein está aqui.
– Tenho cara de secretária?
– É só ligar. Por favor.
– Sinto muito. Não acato ordens de *groupies*.
– Parceiro, não chama a gente assim, não – diz Chad. – É desrespeitoso com a banda e com a gente. Nós somos fãs.
– Como é que funciona com as meninas? – continua o Armário.

– Vocês caem de língua? Ou oferecem massagens nos pés e uma manicure? Hein?

– Isso foi bem machista – responde Chad. – Você devia rever essa sua masculinidade tóxica.

– Vocês dois têm exatamente trinta segundos até eu e minha masculinidade tóxica chutarmos vocês daqui. – Ele olha para Chad. – E não pense que não vou fazer isso só porque você está nessa cadeira.

– É bom saber que você tem princípios – retruca Chad, totalmente inabalável. Depois começa a dar meia-volta. – Vamos, irmão. Ele não vale a pena.

Estou tremendo por causa da adrenalina quando chegamos à caminhonete. Dou um murro na porta.

– Ei! Não desconta na Dodge, não – repreende Chad.

– É que eu odeio caras assim.

– Quem? Aquele cara? Deixa ele pra lá.

Dou um soco na minha cabeça.

– Ei! Está tudo bem, nanico – insiste Chad. – Podemos esperar pela banda. E ver a Hannah quando o pessoal estiver tirando os instrumentos da van.

– Aí que eu vou me sentir um *groupie* patético mesmo.

– Não deixe caras como aquele mexerem contigo assim.

– Caras assim sempre mexem comigo. – Abro a porta da caminhonete. – Vamos embora.

– Tem certeza de que não quer ficar?

Este é o quarto show da Beethoven's Anvil a que vou, mas até agora só consegui assistir uma vez. O placar está três a um. Talvez o universo esteja tentando me dizer alguma coisa.

– Tenho certeza.

Chad baixa o elevador da cadeira.

– Sabe, caras assim só querem se exibir.

– É, exibir seus músculos. Que são enormes.

– Que nada. Eles ficam se exibindo para esconder o quanto têm medo.

– Ele? Com medo? – Solto uma risada e subo no banco do passageiro.
– Do quê? De nós?

– É.

– Por que aquele cara teria medo de nós? Sem ofensa, Chad, mas ele poderia esmagar nós dois com uma das mãos.

– Ele tem medo de ficar igual à gente.

– Por que ele teria medo disso?

– Ok. Como explicar? – indaga Chad, olhando no retrovisor como se a resposta estivesse lá. – Você já viu *Clube da Luta*?

– Não, mas li o livro.

– Sério? Esse livro também veio antes?

– Aham.

– Todos os filmes vieram de livros?

– Só os melhores.

– Então você conhece a história?

– A primeira regra do Clube da Luta é que você não fala sobre o Clube da Luta.

Chad assente.

– Então, eu vi esse filme um monte de vezes no ensino médio. Eu e os caras costumávamos ficar bêbados e assistir. E o lance era que, naquela época, eu pensava... todos nós pensávamos que o Tyler era demais. O mais fodão dos fodões. Tudo o que a gente queria ser. Um herói que fodia e lutava e não aturava merda de ninguém. E talvez eu continuasse pensando assim pra sempre, mas alguns meses depois do meu acidente eu fui ver o filme de novo e percebi que passei a vida toda assistindo a um filme diferente, porque de repente me dei conta de que o Tyler não era pra ser o herói. Ele era completamente maluco. Como é que não vi isso antes?

Dou de ombros.

– Acho que muitos caras querem ser como o Tyler – digo.

– Mas você, não.

– Não, eu não. Mas, como eu disse, li o livro.

Chad dá uma risadinha.

– Eu tenho uma teoria. Esses caras, como aquele segurança lá, caras como eu era, acham que têm que ser iguais ao Tyler e andam por aí dando uma de valentão. Mas, na verdade, não somos nada disso. Estamos apenas presos ao fingimento. E quando alguém finge uma coisa dessas, vive com medo de ser pego, e daí redobra a atuação. Para ninguém conseguir enxergar a verdade.

– Que profundo, Chad.

– Profundo como a Fossa das Marianas. – Chad pisca. – Tenho profundezas ocultas.

– Estou começando a ver.

– Olha, não estou dizendo que quero ficar nessa para sempre, sem saber se algum dia vou transar normalmente ou me apaixonar. Mas ter me libertado de viver fingindo ser um Tyler, meu amigo, foi um alívio. Porque, no final, esses caras estão muito piores do que eu. – Ele abre um sorrisinho. – Estão piores até do que você.

– Obrigado.

Chad dá uma batidinha na minha mão.

– De nada, filhão.

Caímos em um silêncio amigável, o rastro dos pneus marcando um ritmo tranquilizador no asfalto molhado.

– Você acredita mesmo nisso tudo? – pergunto depois de um tempo.

Um caminhão passa por nós no sentido contrário, e os faróis altos iluminam o carro por um momento. Talvez seja a intimidade do escuro, ou a concentração para dirigir, mas o rosto de Chad perdeu sua habitual descontração e parece de certo modo dolorosamente real. Ele inclina a cabeça para o lado, como se quisesse apoiá-la no meu ombro. Depois volta a se aprumar e, com o olhar fixo na noite escura, admite:

– Não sei, irmão. Mas estou tentando.

O LIVRO DO HYGGE

Aos domingos a loja fica fechada e, como o próprio Deus, Ira tira um dia de descanso. Ele geralmente não sai da cama antes do meio-dia. Já eu acordo cedo não importa o que aconteça, e na época em que ainda conseguia ler sobre outras coisas além de répteis extintos, eu ficava na cama, o nariz enfiado em um livro, até que Ira e minha mãe me fizessem levantar.

Nessa manhã de domingo, aproveito o silêncio para reproduzir cenários alternativos da noite anterior, imaginando o que teria acontecido se aquele babaca do segurança tivesse nos deixado entrar.

Antes de me beijar, Hannah disse que *continuaríamos tentando*. Bato uma punheta imaginando as várias maneiras que poderíamos ter continuado tentando. Enquanto limpo o resultado com uma toalha, Chad me vem de repente à cabeça e compreendo o que ele quis dizer sobre a conexão entre amor e desejo. Em seguida me sinto muito esquisito por pensar nele enquanto limpo minha porra.

Esta é a toca de coelho pela qual estou descendo em espiral quando ouço o barulho de chave na porta da loja. Ira está de pé? Verifico o quarto; ele ainda está dormindo profundamente.

– Olá? – chama Ike da porta. – Alguém em casa?

Ele e os outros dois estão na loja, vestindo suas jardineiras, olhando feio para a cafeteira vazia.

– Cadê o café? – reclama Richie.

– É domingo – respondo.

— E daí? Jesus disse alguma coisa sobre não tomar café no domingo?

— Não faço ideia. — Eu me viro para Ike. — O que estão fazendo aqui?

Antes que ele possa responder, vem um barulho alto. Dou um giro. Garry abriu um buraco na parede dos fundos.

— O que você está fazendo? — grito.

— Derrubando a parede. — Ele demonstra dando outra marretada.

— Pare com isso! — Disparo para pegar a marreta, mas é tarde demais. Há um buraco enorme no gesso. — Que merda é essa?

Garry se ajoelha, passando a mão nos canos expostos.

— Isso que é serviço bem-feito.

— Foi sua mãe que fez o desbaste? — pergunta Richie.

Sou pego de surpresa pela referência a minha mãe.

Ike aponta sua lanterna lá para dentro.

— É um bom trabalho. Um café se construiria praticamente sozinho.

— Café? Você tem conversado com Chad?

— Tenho conversado com Angela Silvestri — responde Ike.

— Quem é Angela Silvestri?

— Era a secretária na escola de ensino fundamental. Acabou de se aposentar. Tremenda confeiteira. Faz uma cuca divina, com uma cobertura de açúcar com canela bem crocante. Sabem o que deixa crocante? — Antes que alguém possa responder, Ike conta com satisfação: — Flocos de cereais. Ela põe na cobertura.

— Ike, falei que vocês podiam consertar a estante. Ninguém falou nada sobre montar um café.

— A gente estava conversando com seu pai — diz Garry. — Achamos que um café daria pra esse lugar um ar mais *hygge*.

— Que lance de "reggae" é esse? — pergunta Richie.

— *Hygge* — corrige Garry, pronunciando a palavra como se a engolisse. — É uma coisa dinamarquesa que ensina a deixar os lugares mais aconchegantes. Minha namorada ganhou *O livro do hygge: o segredo dinamarquês para ser feliz*. Saiu pela casa tentando deixar tudo *hygge*. Botou muitas almofadas e tapetes de pele de carneiro e pintou todas as paredes usando estêncil. É legal.

— Um café vai deixar isso aqui mais *hygge*? — questiona Richie.

– Ah, vai – responde Ike. – Principalmente um café onde tem cuca.

– Dá pra parar de falar de cuca e *hygge*? – grito.

– Nossa – diz Garry. – A gente só está tentando ajudar.

– Ajudar? É assim que você chama? – Eu olho para Ike. – Vivi nesta cidade tempo suficiente para reconhecer uma Lucy.

– Quem é Lucy? – pergunta Richie.

– De *Peanuts*!

Eles me encaram, confusos.

– Vocês sabem. Charlie Brown? Lucy?

– Ah, Lucy van Pelt – diz Richie. – O que tem ela?

– Lucy sempre finge segurar a bola para o Charlie Brown chutar, mas a puxa no último minuto e ele acaba caindo de costas. Bem, eu não vou cair nessa.

– Você está chateado por causa do Charlie Brown? – pergunta Richie.

– Acho que ele está bravo com a Lucy – diz Garry.

– Estou bravo com você! – grito.

– Qual de nós? – pergunta Garry.

– Todos vocês, mas especialmente com você, *você*! – Aponto para Ike. – Nós concordamos que consertariam a estante. Só isso.

– Veja bem, a questão é… essa estante está me tirando o sono – diz Ike. – Está negligenciada. Todo este lugar está negligenciado. – Ele aponta para a estante quebrada, o teto manchado de água, as tábuas do assoalho empenadas. – Ninguém está cuidando direito disso aqui. Se estivesse, não teria chegado a esse ponto.

– Você não pode estar falando sério – digo, a onda de raiva que senti na noite anterior do lado de fora do Bogart's Ballroom voltando dez vezes mais forte. Estou cansado de caras desse tipo.

– É seríssimo. Alguém precisa cuidar desse lugar.

– Não se atreva! – começo, minha voz tremendo. – Não se atreva a *me* dar um sermão sobre negligência.

– Ninguém está dando sermão em ninguém – responde Ike. – Só constatando um fato.

– Ah, você gosta de fatos. Que tal este? Nos últimos anos, nenhum de vocês, nenhum mesmo, deu a mínima para nós. Quer dizer, onde estavam quando precisávamos de suas rifas solidárias? Ou até mesmo de apoio, de visitas. Ou apenas de uma palavra amiga, de pêsames. Então você não tem o direito de falar *comigo* sobre negligência.

– Bem, isso não tem nada a ver com esta bela madeira aqui.

– Cala a boca! Só para de falar dessa estante! Por mim, ela pode pegar fogo que não ligo.

Ike recua diante da ameaça de destruição da sua preciosa estante.

– Você está com a cabeça quente.

– Não me venha dizer como minha cabeça está. E não ponha ideias na cabeça de Ira. Se vocês não sumirem da minha frente agora, eu vou...

– Você vai o quê? – pergunta Richie, zombando de mim do mesmo jeito que o Armário fez.

– Eu vou...

E antes que eu saiba o que vou fazer, já estou fazendo. Movo o punho na direção de Ike.

Eu erro. Claro.

Antes de conseguir recuperar o equilíbrio, estou de cara em uma estante de livros, os braços presos atrás das costas.

– Se acalma, garoto – ordena Ike.

– Você acabou de tentar dar um soco no Ike? – pergunta Garry.

– Vai pro inferno! – grito.

– Vai pro inferno *você* – rebate Garry.

– Calma todo mundo! – exclama Ike, ainda me segurando com força. – Parece que temos um pequeno mal-entendido.

– Nenhum mal-entendido – retruco, empurrando Ike, inutilmente, porque o punho dele é de granito.

– Um mal-entendido, sim. E nós vamos fazer um bule de café, vamos nos sentar como homens civilizados e resolver isso.

Puxo meus braços com tudo no exato momento em que Ike me solta. Dou um passo em falso para trás, e meu cotovelo se ergue e acerta o nariz de Richie.

– Ai! Ele me bateu – choraminga Richie.

– Não bati em você. – Dou um giro e vejo o nariz de Richie esguichando sangue. – Ah, merda!

– Você bateu no Richie! – grita Garry. – Seu filho da mãe!

– Eu dei uma *cotovelada* nele. Por acidente – começo, mas é tarde demais. Garry já está partindo para cima. Porém, mais uma vez, Ike é mais rápido e pula na frente dele.

– Sossega o facho todo mundo! – berra ele, segurando Garry com uma mão, enquanto me joga no chão, e de alguma forma ainda entrega uma bandana para Richie estancar o sangue jorrando do nariz.

É neste exato instante que Ira desce para a loja. Olha para mim, no chão, para a poça de sangue, fica anormalmente pálido e perde os sentidos.

~

Ike insiste em levar Richie, Ira e a mim para a clínica. Garry fica para trás limpando o sangue antes que penetre na madeira. Porque, de acordo com Ike, uma vez que o sangue penetra nos poros, nunca mais sai.

Bev está trabalhando e leva tanto Ira, agora consciente, como Richie, mal sangrando, para o atendimento, enquanto eu e Ike ficamos folheando sem jeito as velhas edições da *Family Circle*, uma antiga revista sobre assuntos domésticos.

Quando termino de ler um artigo sobre como fazer o bolo formigueiro perfeito, olho para Ike.

– Me desculpa por ter te dado um soco.

– Você não me deu um soco.

– Desculpa por ter *tentado*.

– Por que você tentou me bater?

– Não sei. Aquilo que você disse, sobre negligência. Eu me senti um bosta.

– Por quê?

– Bem, porque a negligência é minha culpa, obviamente.

Ike fica em silêncio por um tempo antes de dizer:

– Você conhece minha esposa, Binatta?

Faço que não.

– Os amigos a chamam de Beana.

– A *Beana* é sua esposa?

Beana era uma das nossas melhores clientes, do tipo que aparecia uma vez por semana e comprava um lançamento de capa dura. Mas ela não aparece na loja há séculos. Achei que tinha começado a comprar livros pela internet. Como todo mundo.

– Casado há quarenta anos e ainda firme e forte – responde Ike.

– Eu não sabia. Faz tempo que não a vejo.

– Deve fazer uns seis anos, acho.

Ike pega a lata de tabaco e então olha ao redor da sala de espera, parece se dar conta de que não deveria mascar em um consultório médico e guarda de volta. Em seguida, continua:

– Foi quando a fibromialgia piorou muito. Suas articulações ficaram tão inchadas que era doloroso demais ir pra qualquer lugar. Mas ela adorava ler. – Ike assobia. – Sempre adorou, mas depois que sua saúde piorou e ela teve que largar o emprego, era só isso que fazia. Às vezes dois livros por dia. Um hábito caro, principalmente depois que a fábrica fechou. Quando viu que Beana não aparecia mais com tanta frequência, seu pai ligou perguntando se ela queria ler alguns desses livros gratuitos que as editoras mandam pra vocês antecipadamente.

– As amostras?

– Isso mesmo. Seu pai separava as amostras pra ela. E Beana ficava toda animada porque tinha a chance de ler as coisas antes de todo mundo. Costumava contar para o seu pai de que tipos de livro gostava ou não gostava. Mesmo que não se interessasse por um livro, ela sempre lia até o fim. E seu pai nunca cobrou da gente, falava que Beana estava lhe prestando um serviço e que ele não tinha o direito de cobrar. Me mostrou que os exemplares vinham carimbados com CORTESIA. VENDA PROIBIDA.

Ike pigarreia.

– Mas então, depois de uns anos, comecei a reparar que os livros que ele deixava pra Beana não eram mais aqueles de capa mole, mas os de capa dura, iguais aos que ela comprava antes. E não vinham com aquele carimbo de "venda proibida". Percebi que ele tinha passado a dar livros de verdade pra ela, não os gratuitos.

Faço que sim.

– Quando paramos de comprar livros novos, não recebemos mais os exemplares antecipados.

– Eu não sabia disso. Mas sabia que a gente tinha passado de fazer favores a aceitar favores. – Ike dá uma puxadinha na barba. – Sempre sustentei minha família. Não é legal precisar de caridade. – Ele faz uma pausa, depois prossegue: – Mais ou menos nessa época, nossa filha mandou um desses tablets com leitor pra Beana. Ela não gostou no começo. Não tinha página pra virar. Mas depois se acostumou e adora porque é mais fácil de segurar, mais fácil de enxergar, e ela pode botar lá na biblioteca uma dúzia de livros de uma vez.

– Faz sentido.

– Claro que com o tal do tablet, não tinha muito motivo pra eu aparecer na loja, então não fui mais lá. Mesmo quando eu sabia que deveria. Não só pra comprar livros. Mas pra dar os pêsames, por causa do que aconteceu com seu irmão. – Ike olha para as mãos enrugadas. – Não sei por que não fui. Sabia que estava errado. Mas às vezes se passa muito tempo e não parece mais existir um caminho de volta. Fazia anos que eu não botava os pés lá, até construirmos aquela rampa. E quando vi o que aconteceu com a loja, com o seu pai, fiquei envergonhado.

– Ike – falo, meu coração parecendo de algum modo maior e menor ao mesmo tempo. – Você não destruiu nossa loja. Não é *sua* culpa.

Ike procura a bandana nos bolsos, mas não a encontra, porque ela está no nariz de Richie. Passo uma caixa de lenços para ele, que dá umas assoadas estridentes, como uma buzina, antes de erguer os olhos e dizer:

– Você sabe qual é a maior ameaça à madeira? Não é o fogo. Nem a água. Mas os cupins. Eles entram em uma casa perfeitamente saudável e vão corroendo até não sobrar nada. Posso não ter sido o único, mas fui um dos cupins que enfraqueceram seu alicerce, e juro por Deus que não vou deixar que tudo venha abaixo por minha causa.

– Mas Ike... E se for tarde demais? – pergunto. – E se os cupins tiverem corroído tanto a madeira que não reste mais nada pra salvar?

Ike enxuga os olhos e reflete, mas, antes que responda, a porta se abre e Bev surge, Ira e Richie atrás dela como crianças desobedientes.

– Os dois estão bem. Nenhum osso quebrado. – Ela aponta para Richie, que me olha feio, como se estivesse mais irritado ainda por eu não ter lhe causado uma lesão grave. – E nenhum derrame – conclui, apontando para Ira.

– Tive um ataque de pânico – anuncia Ira, alegremente.

– Tem certeza? – pergunto a Bev. – Ele nunca desmaiou antes.

– Se você tivesse visto seu único filho coberto de sangue, teria desmaiado também – diz Ira com um sorriso bobo.

– Ataques de pânico podem se manifestar de várias maneiras – explica Bev. – É assustador, mas não apresenta risco à vida, a menos que se esteja dirigindo.

– A Bev tem ataques quando está dirigindo. E vocês nunca vão adivinhar o que ela faz para se acalmar. – Quando ninguém adivinha, Ira diz: – Ela canta!

– Fazer o quê? – Bev dá de ombros. – Cantar me acalma.

– Ela vai me ajudar a controlar a depressão e a ansiedade! – conta Ira, todo animado.

– Parece que já ajudou – murmura Richie.

– Ela me deu Lorazepam!

– Dei mesmo – confirma Bev. – E discutimos outras opções.

– Grupos de apoio! – explica Ira. – Bev vai me levar. O marido dela morreu.

– Meus pêsames – diz Ike.

– Obrigada. E sim, os grupos de apoio podem ajudar muito.

– Você vai receitar esses remédios pra ele? – pergunta Ike.

Há um momento estranho. Bev dá um leve sorriso e responde:

– Como eu disse, todas as opções estão na mesa.

– Porque Beana tentou tomar Zoloft, mas teve dor de cabeça – conta Ike. – A gente trocou pra Wellbutrin. Funciona que é uma beleza.

– Meu pai toma Zoloft e não tem problemas – conta Richie, então lembra que está bravo comigo e me olha feio de novo.

– Sinto muito, Richie – digo a ele.

– Todos nós sentimos muito – acrescenta Ike. – E agora somos todos amigos.

– Nossa, que bom! – Ira abre um sorriso reluzente. – Então podemos voltar ao trabalho. Contei a Bev tudo sobre a reforma da loja e prometi que teríamos um Literatura e Costura.

– Costura e Literatura – corrige Ike.

– Esse aí também – acrescenta Ira, depois olha para mim. – Veja, Aaron, eu te disse, não é tarde demais.

– É o que venho tentando dizer a ele. – Ike passa o braço pelos meus ombros.

O dinossauro médio supostamente vivia entre setenta e oitenta anos, o que é a expectativa média de vida de um ser humano. Volto a pensar naqueles 33 mil anos após a colisão do asteroide e antes do desaparecimento do último dinossauro. Alguns devem ter perseverado, certo? Mastigando plantas, comendo tartarugas, fazendo sexo, brincando com seus recém-nascidos. Alguns devem ter sido dinossauros felizes.

E então, quando digo a Ike e Ira que "talvez não seja tarde demais", eu quase chego a acreditar nisso.

A ARTE DA NEGOCIAÇÃO

Penny Macklemore tem alguns escritórios na cidade – um nos fundos da loja de ferragens, outro na revendedora de carros –, mas o lugar mais certeiro para encontrá-la é no C.J.'s Café, onde almoça todos os dias. Cindy Jean não deixa ninguém se sentar na aconchegante mesa do canto entre as onze da manhã e as três da tarde.

– Aaron, que surpresa agradável – diz ela quando me aproximo da mesa.

– Se importa se eu me sentar?

– Por favor!

Deslizo para o sofazinho à sua frente.

– Você está pálido, talvez precise de um pouco de ferro. Cindy Jean, arrume um hambúrguer para esse garoto.

– Estou bem. Só vim falar com você.

– Pega uma batatinha, pelo menos. – Ela mergulha uma batata molenga no ketchup e a leva até minha boca. Não tenho escolha a não ser aceitar. – Muito bem. Quer pedir uma porção de batata frita?

– Não, obrigado. Realmente não estou com fome.

– Fica à vontade. – Ela limpa a boca com um guardanapo e depois mostra os dentes para mim. – Tem pedacinho de alface preso em algum canto?

– O quê?

– Quando a gente envelhece, as gengivas se retraem e a comida fica presa. Gerald costumava me dizer se eu tinha alguma coisa nos dentes, mas ele já se foi, então não tenho ninguém para me avisar. – Ela mostra os dentes de novo. – Tem algum pedaço?

– Não estou vendo nada.

Não confiando muito na minha resposta, Penny pega uma faca e a segura em frente à boca, observando o reflexo. Quando chega a uma certeza razoável de que não há vegetais presos ali, baixa a faca.

– Imagino que tenha vindo falar comigo sobre a reforma que está sendo feita na loja.

– Você já sabe?

Solto a respiração que estava prendendo desde que resolvi desistir do negócio. Se Penny sabe, Ira nunca precisará saber. Afinal, tudo pode acabar bem.

– Faço questão de ficar por dentro de tudo que acontece nesta cidade. O que acha de uma torta? – Antes de eu responder, ela se adianta: – Cindy Jean, hoje tem torta de quê?

– De cereja e de maçã, como sempre. E de abóbora, por causa do feriado.

– Você tem alguma preferência? – pergunta Penny para mim. – Sem ser a de abóbora, porque nunca liguei muito para ela.

– Eu realmente não quero torta.

– Ah, divide uma fatia comigo. Senão, vou comer tudo. De qual você gosta mais? Cereja ou maçã?

– Acho que cereja.

– Cindy Jean, queremos a de cereja. – Penny faz o pedido e se vira para mim. – Então, o que deseja, querido? Quer desistir da venda?

Ela pergunta com tanta desenvoltura, como se já esperasse, que fico com as pernas bambas de alívio.

– Quero.

– E por quê?

– As circunstâncias mudaram.

– Como assim?

– Acho que eu estava errado. Talvez as pessoas daqui queiram, *sim*, uma livraria.

– Interessante. – Penny se vira para a cozinha. – Você está esquentando a torta, Cindy Jean?

– Sim – responde Cindy Jean.

– Não esquenta muito, senão o sorvete derrete. – Ela se vira para mim outra vez. – Você não adora uma torta *à la mode*?

– Acho que sim.

– Eu também! – Ela morde um picles. – Hum, bem temperadinho. Então, você estava dizendo que as pessoas daqui querem uma livraria?

– Acho que sim.

– Bem, você me conhece. Sou mais chegada à TV. Sou uma grande fã daquele reality show *Survivor*. Já assistiu?

– Não.

– Gerald adorava. Nós assistíamos juntos todas as quartas.

– Aham.

A sensação agradável de leveza nas pernas começa a desaparecer e fico cada vez mais tenso.

– Cindy Jean – chama Penny. – Vai trazer meu descafeinado?

– Alguma vez já deixei de levar?

– Só para ter certeza. Quer um café? – oferece ela.

– Não. Não quero café, não.

– Muito bem. Agora, onde eu estava?

– *Survivor*.

– Certo. Então veja, no *Survivor*, quando eles não querem um participante, fazem uma votação para tirá-lo da ilha. Esta cidade votou para tirar vocês da ilha há anos. Uma camada de tinta fresca não vai mudar isso.

– Não é só a pintura. Tem também... outras coisas. – Eu me esforço para lembrar as palavras de Chad. – Nós diversificaríamos nosso fluxo de receita.

Cindy Jean serve a torta e o café.

– Nossa, olha só o que você fez – repreende Penny. – O sorvete virou uma poça.

– Porque a torta está quente. Você queria quente – rebate Cindy Jean.

– Quente, não fervendo.

Penny suspira enquanto dá uma garfada na torta quente, derretida. Ela mastiga, engole e me pergunta:

– Então, o que eu ganho com isso?
– Você?
– Se deixar você desistir do acordo, o que eu ganho?
– Sei lá. Você estaria fazendo a coisa certa. Um mitzvah.
– Um mitz o quê?
– Uma boa ação.
– Ah, você parece até Gerald, que Deus o tenha. Ele não entendia nada de negócios. E eu também não, até ele falecer sem deixar um dólar no banco. E então, ah, você vai gostar disso, eu li um livro.
– Um livro?
– Sim! Mudou minha vida. – Ela dá uma garfada na torta e segura o garfo bem na minha cara. – Quer um pedaço?
– Não, obrigado.
– Ah, pega, vai.

Penny segura o garfo ali até que eu não tenha outra escolha senão aceitar. O recheio é de cereja, mas tudo o que sinto é gosto de morango.

– O livro se chamava *A arte da negociação* – continua ela. – E me ensinou que, nos negócios, nada é pessoal. Não existem boas ações. Então, eu gostaria de saber qual é o meu incentivo para deixar você desistir deste acordo, especialmente porque já gastei uma boa dose de energia, sem mencionar o dinheiro.
– Quanto?
– Ah, cerca de três mil dólares em custos judiciais e taxas bancárias.

Engulo em seco.

– E se eu te pagar de volta?
– Você tem três mil dólares dando sopa?

Nós dois sabemos que não. Mas eu provavelmente poderia arranjar com alguém. Pedir um empréstimo para o Chad. Talvez para minha mãe. Talvez consiga um cartão de crédito no meu nome.

– Posso dar um jeito.
– É um começo, mas só empata os valores. – Penny dá um gole barulhento no café, depois continua: – Mas digamos que você fosse *comprar* minha opção de compra... – diz ela, tamborilando na mesa com suas unhas rosa-chiclete. – Com mais dez mil dólares, eu poderia reconsiderar.

– Dez mil dólares?

– Bem, treze, no total. Até 1º de dezembro.

– Isso é daqui a duas semanas.

– Combinamos de fechar a loja no dia 1º de dezembro.

– Vou apenas desistir do acordo. Eu posso fazer isso.

– Com certeza pode. Lógico, você ainda terá que reembolsar minhas despesas, que sem dúvida vão aumentar. E pagar uma multa. Está tudo no contrato.

– Está?

– Se você tivesse pedido para um advogado ler as cláusulas, saberia de tudo isso.

– Você não disse nada sobre advogados! Estávamos só você e eu assinando o contrato.

– Quem você acha que firmou o contrato? Meu advogado. Sempre tenha um advogado para ler seus termos. Mesmo que os honorários sejam caros. Embora não sejam tão caros a ponto de custar treze mil dólares. Bom, quando você economiza demais, o barato acaba saindo caro. – Ela esfaqueia outro pedaço de torta.

Estou enjoado.

– Eu não acredito que você está fazendo minha loja de refém por treze mil.

– Ah, poxa. Estou só tentando alavancar meus ganhos. Veja bem, os vencedores aproveitam as oportunidades que aparecem. – Ela raspa os últimos pedaços de cereja do prato, e a faca me dá arrepios, como unhas arranhando uma lousa. – Embora eu suspeite de que essa é uma lição que você já aprendeu.

– Do que está falando?

Penny pede a conta a Cindy Jean, depois me diz:

– Bem, por um lado, você me vendeu o prédio sem consultar seu pai. Agora, eu não vou fingir que conheço os altos e baixos da relação de vocês, mas suspeito que fez isso porque queria vender a loja e sabia que ele não concordaria. O que me leva a crer que você tem seus próprios interesses.

– Mas... – gaguejo.

– Ah, não estou te julgando. Muito pelo contrário, admiro isso. Embora eu não entenda mesmo por que você está deixando Ike e aqueles rapazes trabalharem, sabendo que é em vão. Isso é complicado.

– Estou tentando ajudar meu pai.

– Todo mundo sempre diz que está tentando ajudar alguém. – Penny usa o guardanapo outra vez para limpar a boca, que entre o hambúrguer e a torta está parecendo a cena de um crime. – Mas na realidade, Aaron, se formos sinceros, estamos todos só tentando ajudar a nós mesmos.

GUIA DE CLASSIFICAÇÃO INTERNACIONAL DE DISCOS GOLDMINE

Volto à loja naquela tarde e encontro Ira esperando por mim, com sua capa de chuva.

– Tenho que falar com você – digo. – Agora.

– Vou me encontrar com Bev para ir ao grupo de apoio. – Ira sorri. – Minha primeira vez.

– É importante.

– Isso também – responde ele. – Não queremos que seu pai fique desmaiando por aí, não é?

– Mas...

– Vai ter que esperar.

~

Quando dá seis horas e Ira não chega, sou eu quem está à beira de um ataque de pânico. Esta manhã, acordei me sentindo esperançoso. Pensei que tinha encontrado uma forma de fazer tudo dar certo. De fazer Ira feliz. E Chad. E os Lenhadores.

Eu já devia ter aprendido.

Fecho a loja e vou lá para cima fazer macarrão para o jantar. Estou tão desatento e desesperado que, quando o telefone toca, atendo sem pensar.

– Aaron – diz minha mãe. – Que bom que atendeu.

– Oi, mãe. Ira não está.
– Tudo bem. Liguei para falar com você.
– Ah.
Silêncio nos dois lados da linha.
– Como está o clima? – perguntamos em uníssono.
– Ensolarado e frio – responde ela.
– Chuvoso e frio – falo ao mesmo tempo.
– Que azar.
– Já chega de chuva e frio, né?
Silêncio nos dois lados da linha de novo.
– Sobre o que você queria falar comigo? – pergunto.
– Eu estava pensando que talvez você pudesse vir me visitar – começa ela, com hesitação. – Silver não é tão longe. Daria para vir de carro.
– Talvez daqui a uns meses. As coisas estão muito corridas agora.
– Claro, meu amor. – Dá para perceber que ela está tentando esconder a decepção, e isso faz com que eu me sinta um bosta. – Seu pai contou que estão fazendo uma reforma na loja.

Sabendo que o trabalho é em vão, ouço Penny dizer.

O que eu fiz? Agora, não vou só decepcionar Ira, mas Ike e os caras também. Chad estava certo. Eu sou um tremendo covarde.

– Você disse alguma coisa? – pergunta minha mãe.
– Ah, só pensando alto.
– Algum problema?
– Só dinheiro.

Ela ri.

– Problemas financeiros são só problemas matemáticos.
– Problemas matemáticos impossíveis – respondo. – No nível de cálculo diferencial.
– Defina suas prioridades. O resto se resolve.

Na minha experiência, nada se resolve e, a princípio, descarto o que ela disse como uma de suas filosofias hippies idiotas. Mas então penso melhor. Prioridades. Talvez minha mãe esteja certa. Talvez não seja nada no nível de cálculo. Talvez seja aritmética básica: Trair Sandy < Salvar Ira.

De repente, descubro como me tirar do buraco. Como tirar Ira do buraco. A verdade é que eu sempre soube.

– Obrigado, mãe. Isso foi útil.

– Foi?

– Foi, mas agora tenho que ir.

– Ah, tudo bem. – A dor em sua voz sangra por quilômetros.

– Desculpe. É importante. Posso te ligar mais tarde?

Outra vez o silêncio pesa na linha, porque ela sabe que não vou ligar de volta, mesmo sem entender por quê.

– A qualquer hora, meu amor.

Ao desligar, ligo imediatamente para o empório de alimentos saudáveis. Lá se vão vinte minutos desagradáveis de música de espera, três transferências e duas mentirinhas para conseguir o nome e o número de Lou, o cara que vi vendendo discos ali.

Caio na caixa postal. Deixo uma mensagem.

– Ei, meu nome é Aaron. Tenho uns LPs bons pra vender.

Desligo. Depois de trinta segundos, Lou liga de volta.

– Quantos álbuns? – pergunta ele. – Qual gênero? E o estado de conservação? Como estão guardados?

Quando lhe respondo, sua respiração fica meio irregular.

– Posso ir aí agora?

Ira deve voltar a qualquer minuto.

– Que tal amanhã, por volta da hora do almoço?

Vou arranjar algum assunto para Ira resolver fora.

– Você não vai vendê-los antes disso, né? – pergunta ele.

– Não vou.

– Promete?

Se ele soubesse...

– Sim, prometo que não vou.

Lou confirma que virá. Eu o instruo a enviar uma mensagem antes de entrar, e ele concorda. Tenho certeza de que se eu lhe pedisse para cortar o dedo mindinho antes de vir, teria concordado também.

No dia seguinte, os Lenhadores tiram a manhã de folga para o que chamam de "missão de reconhecimento". Não faço ideia do que seja, mas convenço Ira a ir com eles.

– Mas quem vai cuidar da loja? – pergunta ele.
– Eu.
– Mas você já cuidou ontem.
– Vai me dar uma chance de pôr a leitura em dia. – Pego *A guerra das salamandras*, de Karel Čapek, um dos romances europeus que negligenciei. – Estou atrasado – digo, usando o eufemismo do ano.
– Se você está dizendo…
– Estou. Você precisa de dinheiro? – Puxo umas notas de vinte do caixa. – Divirta-se. E não tenha pressa.

~

Eis a questão: Sandy nunca deveria ter me pedido isso. Ele fez logo de mim o guardião dos seus discos. Eu me recuso a me sentir mal por vendê-los. É tanto culpa dele quanto minha estarmos nesta situação.

Mas Ira… Eu me sinto muito mal por mentir para ele, então, como penitência, pego o Čapek e tento mesmo ler. Só a primeira frase ocupa uma página inteira e, embora parte do meu cérebro possa registrar todas as características de uma boa escrita – uma voz forte, um contexto estranho, humor –, minha atenção continua sendo atraída por palavras como *ilha* e *equador*, o que me faz pensar em viajar, o que me faz pensar na Tailândia, o que me faz pensar em Chad, o que me faz pensar em Hannah, de quem não tive notícias.

Ainda estou lutando para passar da página 6 do Čapek quando meu celular vibra com uma mensagem. É do Lou. *Estou aqui. Desculpa por ter vindo tão cedo. Fiquei animado. Me escreve quando eu puder entrar.*

Tudo bem. Pode vir já, respondo.

Quando vejo um Subaru amassado descer a Main Street, sei que é Lou antes mesmo de ele estacionar. Pessoas que colecionam um monte de porcarias que não pode molhar, como livros e discos, tendem a dirigir vans velhas e surradas.

Enquanto o levo até o porão, percebo aquele olhar, aquele olhar que

Sandy tinha quando avistava uma loja de tranqueiras ou uma venda de garagem e gritava "Para!" porque seu radar havia detectado algum vinil. Assim que abro a primeira caixa, a respiração de Lou treme.

Eu lhe mostro o índice laminado.

– Está tudo enumerado, caso você queira saber o que tem em cada caixa.

– Se não se importar, prefiro ir vendo às cegas – diz ele com um sussurro reverente. – Não é sempre que aparecem tesouros como esses.

– Fica à vontade.

Eu me sento na escada. Lou começa a olhar os álbuns, um por um, suspirando de vez em quando. Dá para ver que vai demorar um pouco.

– Vou esperar lá em cima. Se você encontrar algo de que goste, vai separando e dá um grito quando tiver acabado.

Lou não questiona minhas instruções, nem pergunta por que esse negócio é tão secreto. Ele já está hipnotizado.

De volta à loja, tento ler Čapek outra vez e dou conta de mais quatro páginas.

– Puta merda! – grita Lou.

– Tudo bem aí? – pergunto do topo da escada.

– Você tem *Chelsea Girl*, da Nico – responde ele. – Acho que morri e estou no céu.

Desisto do Čapek e volto para meu fiel Brusatte, abrindo em uma página aleatória assim como costumava chacoalhar uma Bola 8 Mágica para receber orientação. Acabo lendo sobre a descoberta de uma vala comum de metoposaurus – salamandras do período Triássico que tinham o tamanho de um carro – que Brusatte e seus colegas descobriram em Portugal. Eu me sinto melhor por saber que um ser que viveu há cinquenta milhões de anos ainda pode estar aqui nos dias de hoje.

Quando ouço a caminhonete de Ike engasgando na Main Street, volto a dar um alô para Lou.

– Vou fechar a porta! – grito lá de cima. – Quando terminar, não sobe. Me manda uma mensagem.

– Entendido, chefe – responde ele.

Fecho a porta e tranco, só por precaução.

Ira vem pulando os degraus da varanda.

– Você não vai acreditar no que achamos! – exclama ele, vibrando de entusiasmo. – Conta para ele, Ike!

– Uma montanha de tábuas de carvalho para substituir a parte do assoalho que apodreceu – diz Ike. – Algumas luminárias que vão precisar trocar a fiação. E o melhor de tudo... – Ele espia pela porta. – Dá pra ir mais rápido?

– Pesa uma tonelada! – reclama Richie. – Não podemos usar um carrinho de mão?

– É só botar o peso nos joelhos – responde Ike.

Richie e Garry sobem os degraus com dificuldade, carregando um objeto grande, maciço e visivelmente pesado coberto por uma lona.

– Ah, pelo amor de Deus! – exclama Ike, escorando a peça no quadril. – Aaron, põe um pano em baixo, tá? Não quero que arranhe.

Dou uma olhada rápida em volta e vejo que Lou deixou o casaco na loja. Eu o jogo em cima de um cavalete e Ike gentilmente coloca lá seu prêmio antes de arrancar a lona, todo eufórico.

– Tcharam!

É um cilindro enorme com vários botões, coberto por uma camada de ferrugem e poeira.

– Não é uma belezura? – pergunta Ike.

– É uma coisa... – respondo.

– Você sabe o que é isso?

– Um robô?

– Chuta de novo.

– Um daqueles velhos sinos de mergulho?

– É uma... – Ike deixa a voz morrer para efeito dramático.

– Uma máquina de café expresso! – grita Richie.

– Por que você não me deixou contar? – reclama Ike.

– *Isso* é uma máquina de café expresso? – questiono.

– Uma vintage italiana – responde ele. – Daquelas que usavam para fazer café expresso e cappuccino e todas aquelas bebidas chiques na Itália. Qual é o nome da empresa mesmo?

– Algo tipo Lady Gaga – replica Richie.

– *Gaggia* – corrige Garry, com pronúncia italiana perfeita.

– Não fazem mais coisas assim. Consertadas, essas belezinhas são vendidas por mil dólares – diz Ike. – Essa saiu por 250.

– Mas eu só te dei quarenta dólares – digo a Ira.

– Ah. Chad nos adiantou o resto.

– Chad? Por que ele te deu dinheiro?

– Porque nós sabíamos que você ia fazer escândalo – responde Ike. – Então, devemos colocá-la no porão?

– Não! – grito. – Quer dizer, está uma bagunça lá embaixo. Deixa por aqui mesmo.

– Tá bom.

– Foi divertido, rapazes – diz Ira, refestelando-se em sua poltrona. – Obrigado por terem me levado.

– Por que você não vai buscar um expresso no ValuMart, para testar a máquina? – pergunto a Ira.

– Ah, mas primeiro tenho que desmontar, limpar e montar de novo – comenta Ike, parecendo encantado com a ideia.

– Além disso, no ValuMart não vende expresso – acrescenta Garry.

– Bem, vocês podem ir comprar em Bellingham. Assim já ficamos abastecidos. – Puxo mais duas notas de vinte do caixa, deixando-o vazio.

– Vou ficar aqui e trabalhar na Gaga – diz Ike. – E é provável que eu precise trocar os tubos para garantir que a pressão esteja calibrada. Isso vai levar uns dias. – Ele parece extremamente entusiasmado com a ideia.

– Então vão vocês três! – Vou empurrando Ira, Richie e Garry em direção à porta.

– Não precisamos ir até Bellingham – protesta Ira.

– Podem achar coisas boas lá.

– Ficou animado com o café, foi? – diz Richie, desconfiado.

– Bem, uma boa ideia é uma boa ideia.

Eu os levo para fora da loja.

– Volto logo – digo a Ike, que já começou a trabalhar na máquina.

Lou está sentado de pernas cruzadas no chão, como Hannah fez, alguns dias atrás. Só que ele tem várias pilhas de discos ao seu redor e um grande livro de encadernação simples aberto no colo.

– Eu não olhei nem um quarto das caixas, mas isso aqui já é mais do que posso pagar. Vale fácil uns duzentos. – Ele bate na pilha menor. Depois toca a maior. – E estes aqui valem o dobro. Eu só posso pagar pela seleção de duzentos agora. Mas vou pedir um adiantamento do meu salário e voltar para pegar o resto.

Faço as contas: duzentos dólares hoje mais quatrocentos depois. São seiscentos dólares. Muito dinheiro. Mas cerca de um trigésimo do que preciso.

Lou interpreta mal minha testa franzida.

– Pode verificar, se não acredita em mim. – Ele me entrega o livro. – *Guia de Classificação Internacional de Discos Goldmine*. Minha bíblia. Eu não passaria a perna em você. Isso desonraria o vinil.

– Não acho que você está tentando me passar a perna. É que eu meio que queria dar um fim em todos eles, rápido, e já que você tem aquele negócio, pensei que...

– Ah, está falando da banca no empório de comida natural? – Lou balança a cabeça. – Não é minha, não. Só fico de chamariz para o dono. Principalmente para conseguir coisa boa antes dele. Mas aquela porcariada nem se compara com o que você tem aqui.

– Ele compraria esses discos?

– É provável, mas ia te passar a perna. – Lou olha para a escada acima. – Você tem um espaço. Por que não vende você mesmo?

– Não posso.

Dando de ombros, Lou abre a carteira e conta dez notas de vinte.

– Vou perguntar por aí. Conheço umas pessoas que ficariam loucas por isso. Pagariam o que vale. E honrariam o vinil.

– Beleza. Desde que o honrem até 1º de dezembro.

Esvazio uma das caixas da minha mãe e ponho os discos de Lou dentro, jogando um suéter dela por cima para camuflar.

– É pra manter os discos protegidos – digo.

– Quem é esse aí? – pergunta Ike quando saímos do porão.

– Lou – responde o próprio Lou.

– O que ele estava fazendo lá embaixo?

– Dando uma olhada no medidor de gás – minto.

– Você trabalha na Cascadia? – pergunta Ike, olhando de soslaio para Lou. – Onde está seu uniforme?

– Ele trabalha na administração.

Conduzo Lou até a porta da frente.

– Meu casaco – sussurra ele.

– Te devolvo na próxima.

Quando chegamos ao carro, Lou hesita.

– São roubados? Porque não posso aceitar vinil roubado. Não honraria os discos.

– Não são roubados – respondo.

Pelo menos não do jeito que ele pensa.

Lou põe o caixote no banco de trás e o prende com o cinto, como um pai superprotetor. Eu lhe entrego o *Goldmine*, mas ele me diz para ficar com o livro.

– Acho que você vai precisar.

BEETHOVEN'S ANVIL

Quando Chad liga perguntando se quero pegar a estrada para ver a Beethoven's Anvil em Vancouver, já faz quase uma semana que não tenho notícias de Hannah. Acho que estraguei tudo.

– Filhão, você não tinha ido longe o suficiente para estragar tudo – lembra Chad. – Hannah provavelmente não te ligou porque a banda está na estrada.

– Está?

– Vancouver é a última parada da turnê, então podemos fazer uma surpresa. Ver se não arrumamos um beijo de verdade pra você.

– Beleza – digo, como quem não quer nada, apesar de a simples menção a beijar Hannah já me dar aquela excitação que agora sei que é uma ereção psicogênica. – E de repente posso tentar vender uns discos.

– Então vai vender mesmo?

– Vou.

– Vai levar com a gente?

– Pensei em começar com uns panfletos. Então fazer a venda com hora marcada.

– Hora marcada. Elegante.

– Eu sou assim. Elegante.

– Beleza, Sr. Elegante. Te vejo amanhã.

Na noite seguinte, Chad aparece na loja para dar uma olhada na Gaga. Ike a desmontou inteirinha, lubrificou as peças e raspou a ferrugem. O metal está tão brilhante que Penny Macklemore poderia inspecionar as gengivas ali.

– Está ficando bonita – diz Chad a Ike.

– Estão faltando algumas peças, mas ela vai estar em pleno funcionamento num piscar de olhos.

Chad se vira para mim.

– Está pronto?

Faço que sim com a cabeça, o coração pulando com a ideia de ver Hannah outra vez, embora ela esteja a cinco horas de distância.

– Pegou a papelada?

– Aqui. – Dou uma batidinha na mochila cheia de panfletos.

Subo na caminhonete de Chad.

– Ei, sobre a Gaga, valeu por adiantar o dinheiro – comento.

– Achei que você ia ficar puto. Como ficou por causa do inventário.

– Está tudo bem. Só não gasta mais dinheiro na loja, tá?

– Por quê?

– Pra começar, você está economizando para a cirurgia. E também porque não tenho ideia de quando vou poder te pagar.

– Quem disse que você precisa me pagar? – Quando não respondo, Chad continua: – Tem mais de uma forma de me recompensar.

– Ah, é?

– Claro. Quer dizer, você poderia me reembolsar, com juros. – Ele move as sobrancelhas exageradamente. – Ou pode me tornar sócio e considerar o investimento minha cota de participação.

– Você quer ser sócio? Da nossa loja?

– A ideia não é tão maluca assim.

– É como querer reservar uma cabine no *Titanic* depois que ele atingiu o iceberg.

– Esse filme também veio de um livro? – pergunta Chad.

– Não, esse não.

– Só confirmando. De qualquer forma, sei que a loja não está prosperando, mas, assim que abrirmos novas fontes de receita com o café, os discos...

– Chad, *não* podemos vender os discos na loja – enfatizo.

– Você acabou de dizer que ia vender.

– Mas Ira não pode saber.
– Por quê? – pergunta Chad.
– Ele ficaria arrasado.
– Por quê?
– Porque eu prometi a Sandy...
– Prometeu o quê?
Você tem que me prometer...
– Que eu não venderia.
– Mas Sandy morreu – salienta Chad.
– É, eu sei.
– As promessas, tipo, não caducam quando a pessoa morre?
Fecho os olhos para me livrar da lembrança.
– Essa, não.
– Certo. A gente diversifica de outras maneiras. E se você me tornar sócio, não vai ter que me devolver o empréstimo. Nem me pagar nada antes de termos lucro.
– Odeio ser estraga-prazeres, mas não temos lucro há anos, e as chances de termos, mesmo diversificando, são pequenas.
– Pequenas quanto?
– Não sei.
– Me dá um número. Trinta por cento? Vinte?
– Talvez dez.
– Dez, é? – Chad sorri, como se tivesse ganhado a argumentação. – Tem ideia de qual é a taxa de sobrevivência de quem sofre uma queda de 25 metros?
Antes que eu possa responder, ele anuncia:
– Dez por cento! – Chad abre seu sorriso mais arrogante. – Então não me venha com essa de chances pequenas, filhão. Eu como chances pequenas no café da manhã!

~

Pouco tempo depois, começo a ver outdoors em francês. Não há sinalização em francês no sul de Washington. Há, no entanto, perto da fronteira canadense.

– Droga! Chad, você pegou o caminho errado.
– Não peguei, não.
– Estamos indo para o norte.
– É óbvio.
– O show é em Vancouver, no *Canadá*?
– Você pensou que fosse em Vancouver, em *Washington*?
Não respondo. Foi exatamente o que pensei.
– Quem é que toca na Vancouver de Washington? – zomba Chad. – Só aquelas bandas de merda que não conseguem shows do outro lado do rio em Portland.
– Sei lá. Bandas que moram em Washington, não no Canadá.
– A gente mora mais perto da Vancouver do Canadá do que da Vancouver de Washington. Qual é o drama? Eu vou lá o tempo todo... Peraí, você não trouxe passaporte?
– Eu nem *tenho* passaporte.
– Como é que você vai para o Canadá sem passaporte?
– Eu não vou para o Canadá. Achei que estávamos indo para Vancouver em Washington.
– Mas eu disse pra você pegar a papelada!
– Pensei que estava falando dos panfletos!
– Por que eu te diria pra levar esses panfletos pra uma cidade a cinco horas de casa? – grita Chad.
– Não sei! – brado de volta. – Por que me disse pra levar panfletos pra outro país?
– Não disse! Eu disse pra você pegar o passaporte.
– Você disse papelada... – choramingo.
Isso significa que não vou ver Hannah. E eu já não a vi no Bogart's. E talvez não exista um tipo bom de inevitável. Bato a cabeça na janela.
– Meeeeerda! Sou tão idiota.
– Não é, não. Duas Vancouvers causam muita confusão.
– Quis dizer que eu pensei que ia rolar alguma coisa com a Hannah. Nunca vai rolar.
– Eu não diria *nunca* – comenta Chad. – Ela meio que beijou você.
– Bem, nunca vou beijá-la de verdade se não encontrar com ela.

– Quem disse que você não vai encontrar com ela? – pergunta Chad, desviando da pista rápida em direção a uma saída no sentido contrário sem reduzir a velocidade.

– Eu não tenho passaporte, lembra?

– E daí?

– É meio que uma pedra no caminho.

– Isso depende – diz Chad, saindo da estrada.

– Do quê?

Sua cara parece a de um gato que acabou de engolir um canário.

– Se você gosta de Hannah o bastante para cometer um crime internacional.

~

A cerca de dezesseis quilômetros da fronteira canadense, Chad para a caminhonete.

– É aqui que você desce.

Desviamos mais de sessenta quilômetros para leste para chegar a um posto mais tranquilo da fronteira, onde Chad jura que conseguirá passar sem nem mesmo ser parado. Pelo visto, ele vai o tempo todo ao Canadá para comprar remédios mais em conta e tem algum tipo de passe especial.

– No Arco da Paz, eles às vezes param a gente, mas neste posto dá pra passar praticamente direto – comenta ele.

Saio da cabine e subo na carroceria da caminhonete. Chad me instrui a fechar a capota.

– Tudo bem aí? – pergunta ele.

– Acho que vou vomitar.

– Bem, vomite em silêncio.

– E se formos pegos? – questiono.

– Nunca me pararam antes.

– Você nunca atravessou a fronteira comigo antes. Sou azarado.

– Meu filho, não existe essa coisa de azar – diz Chad. – E antes que você discuta comigo, lembre que foi um aleijado que acabou de dizer isso.

– Comigo é diferente.

– Quer pular fora, então?

Parte de mim deseja voltar atrás. O pessimista apocalíptico que está sempre procurando asteroides em chamas no céu. Essa parte de mim sabe que, se eu for pego, isso vai acabar em prisão, advogado e mais agitação para Ira, além de mais dinheiro que não temos indo para o ralo.

Mas estou tão cansado dessa parte de mim. Quero comer chances pequenas no café da manhã também. Quero ser mais como Chad. E eu realmente quero ver Hannah.

– Que se foda – respondo. – Vamos quebrar umas leis.

– Aaron Stein, o poderoso chefão do amor. – Chad ri. – Se um dia a gente montar uma banda, podemos pôr esse nome?

O pessimista apocalíptico reconhece que começar uma banda é tão provável quanto eu e Hannah ficarmos juntos. Ou eu conseguir atravessar a fronteira. Mas, por enquanto, esse filho da puta está banido. E então eu digo a Chad:

– Pode apostar que sim.

O momento em que me torno um criminoso internacional é tão medíocre que eu mal registro. Sinto a caminhonete desacelerar, depois acelerar. Então, após alguns minutos, Chad buzina, *bi, biii, bi-bi*. Não combinamos um código, mas sei o que significa. Uns quilômetros depois, ele encosta em uma lanchonete e eu pulo da carroceria.

Como tivemos que desviar bastante da rota para atravessar a fronteira, chegamos à boate quase às dez da noite. Chad está com medo de termos perdido o show, mas eu não quero saber de *ouvir* Hannah desde que eu *veja* Hannah. O segurança simpático nos diz que a Beethoven's Anvil é a próxima, então verifica nossa identidade e menciona a rampa de acesso para Chad.

– Uau – digo depois que entramos. – Os seguranças são muito mais legais no Canadá.

– Tudo é muito mais legal no Canadá.

Deixo Chad ao lado do palco e vou até o bar comprar uma das duas únicas cervejas que ele prometeu tomar hoje, enquanto planejo como encontrar Hannah. Estou tentando chamar a atenção do barman quando sinto um toque na minha mão. Eu me viro, incapaz de esconder o sorriso.

– Você? Aqui? – Hannah parece surpresa.

– Por que não? Pensou que uma simples fronteira me impediria?

– Não a fronteira, mas seu profundo ódio pela música... – provoca ela. – Estou feliz por ter vindo. Quando você não apareceu no Bogart's, meio que entendi que você não estava a fim.

– Eu fui lá, sim. Nosso nome não estava na lista.

– Eu mesma deixei dois ingressos para vocês na bilheteria.

– É sério? A bilheteria nos mandou para a porta dos fundos e o segurança era um cretino. Disse que não estávamos na lista e se recusou a verificar com você. E os ingressos estavam esgotados, então não deu para comprar. Eu teria te ligado, mas não tenho seu número.

– Acho que a gente devia cuidar disso. – Ela abre um sorriso, pegando o celular.

– Devia mesmo. – Sorrio também.

Depois que trocamos números, Hannah chama o barman e pede um monte de cervejas e club sodas.

– Um pra você também? – Ela tem um monte de vales. – Por conta da casa.

– Tenho que confessar uma coisa. Na verdade, não gosto de club soda.

Hannah ri.

– Devia ter me contado.

O simpático barman canadense pigarreia, esperando, enquanto ela me pergunta:

– Que tal um refrigerante de gengibre?

– Claro.

– E um refrigerante – diz ela ao barman, que começa a trabalhar, então Hannah se vira para mim. – Estou contente com o segurança. Quer dizer, não contente com ele, mas feliz que foi por isso que você não apareceu. – Ela mordisca a unha do polegar.

– Nós tentamos. Juro que tentamos. Eu tentei tanto que quase fui chutado pelo segurança por sua causa. Olha que ele era grande. Parecia um armário. Teria doído.

— Fico lisonjeada.

— E é pra ficar. Chad ainda passou um sermão nele sobre masculinidade tóxica.

— Adoraria ter visto.

O barman volta com a bandeja, e Hannah entrega os vales-bebida e uma nota de dez dólares canadenses como gorjeta.

— Preciso ir – diz ela. – Mas aparece nos bastidores depois do show. Tenho uma coisa pra você.

— Sério? O que é?

— Vou te mostrar só depois do show. Portanto, nada de sair correndo.

— Eu cometi um crime internacional para ver você. Não vou a lugar nenhum.

Volto até Chad, que agora está conversando com duas superfãs canadenses.

— Eu estava aqui contando como conhecemos a banda – diz ele, se gabando.

— Vocês são tão sortudos! – comenta a Fã Canadense Um.

E durante esse minuto, eu me sinto sortudo. Eu, Aaron Stein. Sortudo. Quem diria?

— Somos grandes fãs – assegura Chad. – Passei esse cara aqui às escondidas pela fronteira, sem passaporte nem nada.

— Uau! – exclamam as fãs, transbordando entusiasmo.

— Acabei de ver Hannah no bar. – Eu não consigo parar de sorrir. – Ela quer que a gente apareça nos bastidores depois.

— Esse é o meu garoto – diz Chad. – O poderoso chefão do amor.

— O poderoso chefão do amor? É o nome da sua banda? – pergunta uma das fãs educadamente.

Chad e eu nos acabamos de rir.

Oficialmente, este é meu quarto show da Beethoven's Anvil – mas é apenas a segunda vez que vejo a banda tocar. E é a primeira vez desde que comecei a conversar com Hannah.

Talvez seja por isso que observo certas coisas. Tipo, como a banda entra no palco, um membro de cada vez: primeiro Claudia, depois Libby, depois Jax, o som aumentando à medida que cada integrante pega seu instrumento, culminando nessa onda de energia que irrompe no minuto em que Hannah chega pulando, já cantando, dançando, mal parando para respirar durante todo o show.

A seleção é muito bem compassada: para as primeiras músicas, a temperatura e a intensidade sobem até que a multidão esteja gritando junto com o hino "To Your Knees", mas depois voltam a descer, com a mais melancólica e melódica "Negative Numbers". À medida que a multidão vem e vai como uma só onda, percebo que nada disso é acidental. Hannah é a autora, enredando cada um através de uma experiência emocional, mas com música.

Não comprei a ideia antes, quando ela disse que livros e músicas eram maneiras diferentes de contar uma história. Estou começando a acreditar agora.

—

Após o fim do show, Chad convida as Superfãs Canadenses para conhecer a banda.

Elas soltam um gritinho histérico, e depois outro quando entramos no camarim, indo para cima de Hannah, Jax, Claudia e Libby, tietando, tirando selfies, procurando pedaços de papel para pegar autógrafos. Vira e mexe Hannah me lança um olhar e o desvia em seguida. Como se estivesse tão feliz em me ver quanto eu em vê-la.

Finalmente, as Superfãs vão embora.

– Muito obrigada mesmo! – diz a Fã Canadense Dois a Chad.

– Vamos ficar de olho na sua banda – complementa a Fã Um.

– E boa sorte na volta às escondidas pela fronteira – deseja a Fã Dois para mim.

– Valeu.

A porta se fecha ao saírem e enfim tenho um momento com Hannah.

– Sua banda? – pergunta ela, uma sobrancelha arqueada.

– É uma longa história.

– E você vai ter que me contar – insiste ela, abrindo lentamente um sorriso.

– Então, olha, quando eu soube que você ia tocar em Vancou...

– Ei – interrompe Claudia. – Que história é essa de você voltar às escondidas pela fronteira?

– O lance é esse – conto a Hannah. – Eu não tinha passaporte, então Chad me trouxe pra cá clandestinamente.

– Escondi Aaron na carroceria da caminhonete – explica Chad, se gabando.

– Então você estava falando sério? – pergunta Hannah. – Sobre o lance de crime internacional?

– Hum... estava. Não é grande coisa, né? É só o Canadá.

– Atravessar ilegalmente uma fronteira internacional é muito sério – diz Libby.

– Viemos pelo posto da Nexus – conta Chad.

– O posto da Nexus fecha à meia-noite – constata Claudia. – Ou seja, agora.

– E, na volta, os agentes da fronteira são americanos – acrescenta Libby. – Não são legais como os canadenses.

– Talvez eles não revistem a caminhonete – diz Chad.

– É melhor começar a rezar – retruca Libby. – Caso contrário, Aaron pode ir direto pro xadrez.

– Pelo menos será um xadrez canadense – diz Jax. – Provavelmente é mais legal.

– Tudo é mais legal no Canadá – concorda Chad.

Afundo em uma cadeira, meu couro cabeludo coçando com o suor enquanto o pessimista apocalíptico retorna ao seu lugar de direito. O que eu estava pensando? Minha respiração acelera, mas o ar não chega aos pulmões. Pontinhos pretos dançam diante dos meus olhos.

– Ei. – A voz de Hannah soa distante. – Vai dar tudo certo.

– Como? Como é que qualquer coisa vai dar certo?

Ela fica em silêncio por um minuto enquanto pensa, e então sua voz assume aquele tom de autoridade claro e calmo que ouvi na noite em que encurralou as pessoas para carregar Chad, no Maxwell's.

– Ei, todo mundo, escuta aqui: mudança de planos. Vamos sair agora, e Aaron vem na van, escondido no meio do equipamento. Chad, tudo bem voltar dirigindo sozinho?

– Sem problemas.

– Posso voltar com você. – Jax se voluntaria. – Se achar uma boa ideia.

– Ótima ideia – fala Chad.

– Ok, Jax vai com Chad – continua Hannah. – Vamos esconder Aaron debaixo do equipamento, e Claudia vai usar sua sensualidade magnética para flertar com os agentes da alfândega. Assim vamos atravessar a fronteira sem nenhum tipo de problema.

Ela segura minha mão e aperta firme.

– Vou te levar para casa. Prometo.

Jax e Chad concordam em ficar para receber o pagamento enquanto eu ajudo o resto da banda a carregar o equipamento. Na parte de trás da van, Hannah faz um esconderijo para mim entre os amplificadores, os estojos das guitarras e a bateria. Se não fosse pela eventualidade de um crime grave, seria aconchegante.

Quando chega a hora de eu entrar, ela ergue um cobertor.

– Vou te deixar descoberto até a fronteira, para não ficar claustrofóbico. E até lá eu fico aqui atrás com você para garantir que não morra esmagado sob uma avalanche de equipamentos musicais. Isso seria muita ironia.

– Rá, rá – falo, desanimado.

Está silencioso enquanto serpenteamos as ruas. Toda vez que fazemos uma curva, Hannah se encosta nas caixas para evitar que se movimentem. Ao chegarmos à rodovia, ela pergunta a Claudia quanto tempo vai demorar até a fronteira.

– Cerca de 45 minutos.

– Sincronia perfeita.

– Para quê? – pergunto.

– Minha surpresa. – Ela conecta um par de fones de ouvido no celular. – Coloque isso.

– É uma playlist com suas músicas perfeitas?

– Não, é minha tentativa de fazer uma playlist com as *suas* músicas perfeitas.

– Não tenho nenhuma música perfeita.

– Ainda. Por isso fiz a playlist. Minha tentativa de encontrar sua música perfeita.

– Como você fez isso? – pergunto.

– Acho que pensei em você, tentei incorporar você, e saiu isso.

A ideia de Hannah ter investido todo esse tempo para encontrar uma música para mim me dá um nó na garganta.

– Obrigado – digo, a voz falha.

– Não me agradeça ainda. Está pronto?

Faço que sim.

– Beleza, a primeira música é "Papa Was a Rodeo", da banda Magnetic Fields. Escolhi essa porque conta uma história, e já que você é um cara de livros, achei que ia gostar. – Ela dá o play.

A música é tão lenta quanto a fermentação de um pão. Com as notas de abertura melancólicas de uma guitarra, um cara de voz grave começa a cantar. É uma canção de amor. Mas do tipo mais triste. Fala sobre amar uma pessoa e ao mesmo tempo ser incapaz de amá-la.

– E então? – pergunta ela quando acaba.

Sinto um frio na barriga, embora eu não saiba dizer se é a música ou o fato de Hannah tê-la escolhido para mim. Talvez não haja diferença entre as duas coisas.

– Qual é a próxima?

– Essa foi uma aposta alta. "Clair de Lune".

– Clássica?

– É. Mas não escolhi por isso. A música vem de um poema de Paul Verlaine em que o autor descreve a alma como um lugar cheio de música, em tom menor. – Ela pousa a mão no coração. – Então pareceu, sei lá, certo de alguma forma. A poesia. O tom menor.

– Por que o tom menor?

– O tom menor é lindo. E melancólico. – Ela respira fundo. – Me fez pensar em você.

– Por que sou lindo e melancólico?

– Para de pedir biscoito.

Hannah põe a música. O som deve escapar dos fones de ouvido, porque, enquanto a melodia inunda minha mente, os dedos dela dançam no ar, como se estivesse acompanhando o desenvolvimento invisível das notas.

– Acho que essa também é uma das minhas músicas perfeitas – diz ela quando a faixa termina.

– Como você sabe quando uma música é perfeita?

– Quando vem aquela sensação de Beethoven's Anvil.

– O que é Beethoven's Anvil? Além do nome da sua banda.

– É o título de um livro.

– Você batizou a banda com o nome de um livro?

– Não exatamente o nome, mas o fenômeno que o livro descreve.

– Qual é?

– Bem, o livro foi escrito por um musicista do jazz. É a tentativa dele de entender por que o cérebro reage à música de forma tão poderosa, tão primitiva. E tudo se resume ao fato de que, ao tocarmos ou ouvirmos uma música, passamos por uma experiência unificante. Abandonamos nosso ego e nos tornamos, sei lá, parte da música. Parece piegas, mas comigo, quando ouço uma música perfeita, é exatamente o que acontece. Todo o resto simplesmente desaparece, só existe no mundo eu e a música.

No momento que se segue, tudo o que ouço – os pneus girando sobre o asfalto, o rangido das rodinhas da caixa de som contra o chão metálico da van, o ritmo do meu coração – tem uma batida específica. Não consigo encontrar uma maneira de explicar como me sinto, palavras não podem expressar. Talvez só a música possa.

– Hannah – chama Claudia. – Estamos chegando à fronteira. Melhor vir aqui pra frente.

– Ok. Vou deixar você com isso – diz Hannah, me entregando o celular. – As músicas vão te levar para casa.

Parece haver uma fila para atravessar a fronteira, porque a van reduz a velocidade até quase parar. Escuto a próxima música, e a seguinte. Não sei dizer se são perfeitas ou não. Mas me ajudam a acalmar meu pessimista apocalíptico.

A van dá um solavanco assim que ouço um ritmo familiar de flauta, as notas de abertura de uma música que conheço muito bem. "This Must Be the Place", do Talking Heads. A música com a qual minha mãe começava todas as manhãs. A música que estava tocando no rádio de Ira quando mamãe quase fugiu dele. A música que a fez parar e se virar.

Não foi só porque a banda favorita da minha mãe era, ainda é, o Talking Heads. Não foi só porque ela estava pedindo carona na volta de um festival de música em que eles tocaram. Foi a música em si. Enquanto David Byrne cantava "minha casa é onde quero estar, mas acho que já estou nela", mamãe sentiu que aquilo era um recado, dizendo que aquele homem a levaria para casa.

Hannah colocou essa música na minha lista de músicas perfeitas. Essa é a música que está tocando enquanto atravessamos a fronteira. É a música que me leva para casa.

~

Assim que estamos em segurança nos Estados Unidos, Hannah corre de volta para mim, empurrando o amplificador do baixo. Seu rosto está corado, esperançoso e lindo, e quando a vejo, é como se me virasse no avesso, como se eu fosse ter uma hemorragia de sentimentos se ela me tocasse.

Eu a puxo para mim. No momento em que nossos lábios se tocam, tudo fica em silêncio, tudo retrocede. Só existe no mundo eu e Hannah.

É a Beethoven's Anvil dos beijos.

O GUIA COMPLETO DO IDIOTA PARA ABRIR E GERENCIAR UM CAFÉ

Sonho com Sandy. Estou em seu quarto, em meio aos cartazes descascados de bandas, o quadro de cortiça com os canhotos dos ingressos de todos os shows a que foi, o toca-discos no canto. A cama está desfeita, como naquela manhã. As cuecas boxers estão meio dentro e meio fora do cesto, como naquela manhã. Seu rosto está azul, como naquela manhã. Só que, ao contrário daquela manhã, Sandy está vivo. Está tocando seus discos para mim, de um jeito que nunca fez na vida real. Uma faixa atrás da outra. Está saltitando no ritmo das batidas, conversando comigo. Mas não consigo ouvir a música. Não importa o quanto eu tente. E não consigo ouvir o que Sandy está dizendo. Não importa o quanto eu tente.

~

Eu acordo, totalmente desorientado. Em pouco tempo me acostumei com a choradeira da serra, o estalo de rifle da pistola de pregos, a gralhada das brigas dos Lenhadores. Mas hoje não ouço nada disso. É como se o silêncio do sonho tivesse me seguido até o mundo desperto.

Na loja, Ira toma um chá enquanto Chad trabalha quietinho em seu notebook. Não estão conversando, mas há algo entre os dois, um afeto, como se já se conhecessem há anos, não semanas.

– Bom dia, princesa! – diz Chad ao me ver.

– Bom dia.
– Boa tarde é o mais correto – observa Ira. – Já passa do meio-dia.
– É? – pergunto, esfregando os olhos. – Por que não me acordou?
– Chad disse que você teve uma noite daquelas.

Ira fecha o livro em seu colo. Não é um dos romances das Índias Ocidentais, mas um daqueles guias práticos que costumávamos vender muito. Este se chama *O guia completo do idiota para abrir e gerenciar um café*.

– Você se divertiu?
– Sim – respondo, acalentando a memória. Olho em volta. – Cadê os caras?
– Garimpando peças para Lady Gaga – responde Ira.
– O que vocês dois estão fazendo?
– Chad está trabalhando no inventário. Eu estou me preparando para ir ao grupo de apoio com a Bev.
– Tai chi – recorda Chad. – O grupo de apoio é amanhã.
– Isso. Tai chi.

Ira pega o casaco.

– O senhor tomou o Lorazepam? – pergunta Chad.

Ira bate na própria testa.

– Não. Obrigado por me lembrar. Agora, onde é que deixei o frasco?
– No seu bolso – responde Chad.
– Isso. Obrigado, Chad.
– Às ordens, Sr. Stein.
– Por favor, me chama de Ira.
– Claro, Sr. Stein.

Depois que Ira sai, Chad me pergunta:

– Seu pai e Bev estão se pegando? Ou sei lá como os velhos chamam.
– Valeu pela imagem, Chad.

Observo Ira descer as escadas. Ele parece mais feliz ultimamente, embora eu não tenha certeza se tem a ver com a reforma da loja, com os remédios que começou a tomar ou com Bev o animando. Talvez as três coisas.

– Por falar em pegação, como foi com a Hannah ontem?

– Legal. Nós nos beijamos. De verdade.

Espero que a novidade cause impacto, mas a atenção de Chad está no celular, que fica vibrando com mensagens.

– E como foi? – pergunta ele, distraído, enquanto digita uma mensagem em resposta.

Como descrever o beijo? Ou o que veio depois, quando ela me deixou aqui? Os dois beijos me fizeram ficar acordado quase a noite inteira.

– Então, já beijei outras pessoas, obviamente, mas nunca me senti assim antes.

– Aham – diz Chad, rindo para o celular.

– Foi como... não sei... como se a gente estivesse se completando.

– Legal, legal – responde ele, ainda enviando mensagens.

– Posso sair, se você quiser privacidade com seu celular.

– Foi mal, irmão. – Chad larga o telefone. – Estou feliz por você. Vem cá me dar um abraço.

– Ah, tá bom.

Enquanto eu e Chad trocamos um abraço desajeitado, sinto seu celular vibrando sem parar.

– Quem é que está te mandando mensagem?

– Jax.

– Ah, é. Vocês voltaram no seu carro. Foi estranho?

– Por que seria estranho?

– Porque vocês não se conhecem muito bem.

– Não foi estranho. Foi o oposto de estranho. Tipo, a gente começou a conversar e não parou mais.

– Falaram de quê?

– Tudo. Música. Amor. Banheiros. Sexo.

As bochechas de Chad ficam coradas quando o celular vibra com mais uma mensagem. Ele lê e gargalha.

– Enfim – continua ele –, a gente meio que foi logo ao ponto. Tipo, converso muito com outras pessoas com deficiência sobre, você sabe, o lance do sexo, quando a cabeça de cima está fora de sincronia com a cabeça de baixo. Jax teve umas experiências diferentes e tem uma visão interessante sobre não tentar muito conectar uma à outra. Sabe, se permitir excitar aqui em cima, ou então lá embaixo, e talvez esteja tudo bem se não acontecer ao mesmo tempo.

– O negócio rendeu bem pra você em duas horas de viagem.

– Pra você também, pelo visto. – Chad abre um sorriso. – Você e Hannah. É pra valer?

– É. Por mais louco que pareça, acho que nós somos inevitáveis. Do tipo bom de inevitável.

– Existe um tipo ruim?

– A maioria das coisas inevitáveis são ruins. Morte. Extinção.

– Impostos – acrescenta Chad.

– Exatamente.

– Jax disse que Hannah não se envolveu com ninguém desde que ficou limpa. Então deve estar mesmo a fim de você.

Fico tão empolgado com as partes "se envolveu" e "a fim de você" que demoro um segundo para processar o restante.

– Limpa?

– Ah, merda. Jax me pediu pra não falar nada. Já deu mancada contando pra mim. Porque é pra ser confidencial. O assunto só surgiu porque fizeram reabilitação na mesma época.

Meus ouvidos começam a zumbir. Não. Chad deve ter entendido errado. Eu devo ter ouvido errado.

– Reabilitação?

– É. Foi onde se conheceram.

Hannah e seu compromisso de sábado. O linguajar do programa de Doze Passos. De repente, tudo se encaixa.

Hannah é viciada.

Eu me apaixonei por uma viciada.

– Dá licença – digo.

Subo as escadas correndo, sem pensar, e vou direto para o quarto de Sandy. Como se ele fosse estar lá. Como se fosse me dizer o que fazer. Respiro fundo, mas tudo o que obtenho é mais silêncio.

A ÚLTIMA GRANDE LIÇÃO

– Mas que porcaria desgraçada dos infernos! – grita Ike enquanto limpa um jato de pó de café do rosto. – Desculpe o palavreado.

– Mas você nem falou palavrão – diz Garry.

– Gaga três, Ike zero – anuncia Richie.

– Gaga *quatro* – corrige Chad, espiando dentro de uma caixa de livros. – Aaron, *Comer, rezar, amar*... Não me diga. Romance.

– Memórias – respondo, distraído, de olho na janela à espera de Lou, que deve trazer duas pessoas cheias da grana hoje.

– Mas era um filme – protesta Chad.

– E daí? O livro veio antes, não é por isso que deixa de ser memória.

– Eita – diz Richie. – Que bicho te mordeu?

– Ele está obcecado pela namorada – responde Chad.

– Não estou obcecado, e ela não é minha namorada – rebato. – Quer dizer, ainda não sei o que a gente é.

– Ontem você me disse que eram inevitáveis – retruca Chad.

Isso foi antes de descobrir que Hannah era viciada. Agora preciso de mais informações. Por exemplo, que tipo de viciada ela é? Igual ao Sandy, ou seja, cruel, manipuladora, destrutiva? Não. Não pode ser. Eu nunca teria me apaixonado por uma Lucy.

– Inferno! – grita Ike quando uma rajada de vapor sibila do tubo de pressão. Ele leva o pulso, cheio de vergões vermelhos, até a boca. – Essa praga não faz sentido.

– Tem certeza de que não é o encanamento? – pergunta Garry.

– O encanamento está perfeito – responde Ike, ríspido. – É essa maldita máquina. É como se tudo estivesse ao contrário, tipo dirigir do lado errado nos outros países.

– Tenho certeza de que na Itália dirigem do lado certo, como a gente – diz Garry.

– Como é que você sabe disso? – indaga Ike.

– Vi no filme *Uma saída de mestre*.

– Não sei por que você não vê um tutorial no YouTube – sugere Richie.

Ike lança um olhar fulminante para ele.

– Não preciso que um *computador* me ensine a trabalhar com uma máquina.

Chad tira mais livros da caixa.

– Ei, Aaron, qual é o lance com estes aqui?

E como vou conseguir essas informações? Só perguntando casualmente: *Ei, Hannah, você arruinou a vida da sua família? Você tomou a bola do seu irmãozinho várias e várias vezes?*

– Aaron – chama Chad. – Qual é o lance com todos estes exemplares aqui?

E por que ela não me contou? Fizemos o pacto de não mentir um para o outro. Isso não é uma mentira deslavada?

– Aaron – repete Chad. – Por que tem tantos exemplares do mesmo livro?

– O quê?

Chad segura uma pilha de *A última grande lição*.

– Ah, deve ter sobrado de quando o autor, Mitch Albom, esteve aqui.

– O Mitch Albom veio aqui? – pergunta Garry. – Quando?

– Faz muito tempo. Eu era criança, mas parece que esse foi o maior triunfo da minha mãe. Mitch Albom era muito popular na época, ela o conheceu em uma feira e simplesmente perguntou se ele viria à nossa loja. E ele veio.

– A cidade inteira apareceu – diz Ike, moendo mais grãos. – A fila seguia pelo quarteirão inteiro. Beana esperou horas para ele autografar o livro dela.

– Cara – diz Garry, balançando a cabeça. – Eu queria ter vindo. Adoro *A última grande lição*. Não tenho vergonha de dizer que me acabei de chorar quando li.

– Eu também – comenta Chad. – Quer dizer, quando vi o filme. Mas deve ter o mesmo final. Quando eles se despedem e, você sabe, Morrie está prestes a morrer...

– Ei! – protesta Richie. – Não dá spoiler.

– Você não vai ler o livro, que diferença faz? – pergunta Garry.

– Talvez eu leia – retruca Richie.

– Se você ler, eu também leio – diz Chad.

– Se vocês dois lerem, eu leio de novo – propõe Garry. – E a gente pode conversar sobre o livro.

– Como no Costura e Literatura? – pergunta Richie.

– É. Mas a gente pode beber cerveja em vez de tricotar. Literatura e... – Chad dá uma batidinha na têmpora. – Literatura e Levedura?

– Leitores e Bebedores? – sugere Richie.

– Gostei – diz Garry. – A gente pode pegar uns exemplares emprestados, Aaron?

Meus olhos estão fixos no celular. Eu deveria simplesmente ligar para ela? Dizer: *Ei, por que não me disse que era viciada? Quer dizer, não tem problema, mas você deveria saber que meu irmão...*

– Aaron? – pergunta Garry outra vez. – Podemos pegar uns exemplares emprestados?

– Sim, claro. Quantos quiserem.

– Sério? Talvez eu possa mandar alguns para o Caleb – acrescenta Garry. – Ele diz que a biblioteca da prisão é uma merda.

Isso chama minha atenção.

– Eu não sabia que o Caleb estava preso.

– Cumprindo pena de três anos por arrombamento e invasão. O idiota invadiu a casa de um policial.

– Sinto muito.

– Não sinta. Se ele não tivesse sido preso, provavelmente teria acabado como seu irmão.

– Por quê? – pergunto, mas logo entendo o que Garry quer dizer.

Caleb é viciado. Hannah é viciada. Todo mundo, menos eu, é viciado?

O sino da porta toca.

– Estamos fechados pra reforma! – grita Richie sem nem olhar.

– Hum. Vim buscar meu casaco. – Lou hesita.

Atrás dele estão um cara de chapéu *pork pie* e uma mulher de cabeça raspada e braços tomados por tatuagens.

– Certo, seu casaco – digo, me levantando de um pulo. – Está no porão.

Ao guiá-los pelas escadas, sussurro para Lou:

– *Essas* são as pessoas cheias da grana?

– Não se deixe enganar. Essa gente é totalmente viciada em vinil.

Talvez todo mundo *seja* viciado em algo. Talvez isso não seja grande coisa.

Pego o celular e mando uma mensagem para Hannah: Oi, podemos conversar?

– E eles trouxeram bastante grana – acrescenta Lou.

– Ótimo. Tenho até o fim do mês pra vender uma porrada de discos.

– A gente chega lá.

Abro as caixas.

– Não esquece: não sobe. Só me manda uma mensagem quando terminar.

– Entendido, chefe.

Ike está esperando por mim no topo da escada do porão, braços cruzados sobre o peito largo.

– O que está acontecendo lá embaixo?

– Nada – respondo.

– Reconheço uma mentira de longe.

Ele passa por mim, descendo as escadas, e vê Lou e os amigos.

– Arrá! – exclama Ike. – Sabia que esse sujeito sem uniforme não era da Cascadia.

– Estou vendendo discos – admito.

Ike suspira ruidosamente.

– Agora temos que mudar o projeto.

– Que projeto?

– Da loja.
– Por quê?
– Pra vender os discos.
– Não vou vender os discos.
– Você acabou de falar que está vendendo.
– Não na loja.
– Por que não?
Ao ver que não respondo, Ike pergunta:
– O que você sabe sobre Viagra?
O que sei sobre Viagra é que não quero ouvir Ike dizer a palavra *Viagra*.
– Foi desenvolvido para pressão arterial – diz Ike. – Depois que descobriram os efeitos colaterais, mudaram o foco. E agora é o medicamento mais vendido de todos os tempos. Talvez os discos sejam seu Viagra. – Ike se dirige a Lou. – Ei, cara que não é do gás, posso te fazer uma pergunta?
– Claro – responde Lou.
– Se você fosse instalar expositores de discos em uma livraria, onde os colocaria?
– Não vamos instalar expositores – digo.
Meu celular vibra com uma mensagem. É de Hannah.
Ai ai ai.
Respondo rápido: Nada de errado. Só quero te ver. Acrescento um emoji de coração.
– Mas digamos que a gente fosse pôr uns expositores – continua Ike. – Você colocaria na frente, perto do caixa? Ou no fundo, perto do café?
– Na frente é bom para incentivar os compradores compulsivos – responde o cara do chapéu.
– Não. No fundo seria melhor – discorda a mulher das tatuagens.
– Por quê? – questiona Ike.
Não estou prestando muita atenção, distraído com os três pontinhos na minha tela. Hannah está digitando. Mas então ela para e fico sem resposta. Porra, será que acabei de estragar isso também?
A tatuada está dizendo a Ike por que acha que no fundo da loja é melhor.

– Sabe quando a gente vai a uma loja de departamentos pra comprar um chapéu, mas depois de subir uma escada rolante tem que andar por um corredor inteiro até a próxima escada, e quando enfim chega à seção de chapéus, já comprou um par de botas e um suéter?

Ike assente, como se sempre fizesse compras por impulso enquanto transita por lojas de departamentos.

– A ideia é a mesma. Colecionadores de vinil dirigem por horas atrás de discos como esses. Vale a pena fazer com que passem pelos livros. Pode ser que os comprem também.

Passo aí amanhã, Hannah finalmente responde. Mas sem emojis.

– E cappuccino? – pergunta Ike a Lou e os amigos dele. – Quem compra discos também gosta de cappuccino?

– Tanto quanto a banda Flamin' Groovies é superestimada – responde o cara do chapéu.

– Ela é superestimada?

– Com certeza – responde a tatuada. – Café seria ótimo. Talvez cerveja também.

– Cerveja, livros, café e discos – diz Lou. – Está aí uma loja em que eu poderia morar.

– Diversifique sua fonte de receita! – exclama Chad do alto da escada, de onde ouvia a conversa. – Eu te avisei!

– Não podemos vender os discos na loja! – grito.

– Por que não? – pergunta Ike.

– Porque Ira não pode saber que estou vendendo.

– Mas por que não? – insiste Ike.

Porque depois de construir essas caixas e me entregar a chave, Sandy me fez prometer que não venderia os discos. Na época, nosso relacionamento ia de mal a pior, então eu não consegui entender por que ele estava confiando em mim. Mesmo assim, eu prometi. E agora estou quebrando a promessa.

– Ira simplesmente não pode saber – respondo.

– Acha que ele não vai descobrir? – pergunta Ike, baixinho.

Sobre os discos? Pode ser. Mas sobre o que eu fiz para Sandy?

Não, isso meu pai nunca pode descobrir.

MOBY DICK

Lou e os amigos gastaram quase mil dólares. Nada mau para uma semana de vendas, e se eu tivesse mais treze semanas, talvez desse certo. Mas não tenho treze semanas; não tenho nem duas.

Pedi a Lou o número do seu chefe, mas de repente ele parou de responder minhas mensagens.

Enquanto isso, na loja, Ike continua na batalha com Gaga. Já desmontou e remontou tudo duas vezes, e ainda assim ela solta um estouro cada vez que ele tenta tirar um café. Todo o resto do serviço vai devagar, porque Ike está muito distraído com Gaga para chefiar Garry e Richie.

Ando de um lado para outro na loja, repassando os números na cabeça. Se eu não conseguir vender os discos para Lou e seus amigos a tempo, talvez possa pegar o restante do dinheiro emprestado com Chad. Devolvo assim que vender mais discos, antes de ele ter que pagar a segunda parcela da cirurgia.

– Filha da mãe! – grita Ike com Gaga. – Eu desisto!

– Ele nunca vai desistir – sussurra Garry. – Gaga é sua grande baleia branca.

Faço uma cara de espanto e Garry dá um sorriso irônico.

– O que foi? – pergunta ele. – Acha que nunca li *Moby Dick*?

– Eu mesmo mal consegui ler.

– Li no primeiro ano com o Sr. Smithers. Você conhece, ou será que ele já tinha batido as botas quando você entrou na escola?

– Acho que ele morreu.

– Bem, ele era um velhote caduco e ranheta. Antes de se tornar professor, trabalhou em barcos de pesca no Alasca, então sempre vinha com aqueles papos horríveis de pessoas perdendo a mão e merdas assim. Misturava esses casos com *Moby Dick*, o que deixou o livro meio que cativante, acho. Enfim, eu me lembro da história inteira. Tipo a monomania do capitão Ahab.

– O que é monomania? – pergunta Richie.

– É aquilo ali – diz Garry, apontando para Ike quando Gaga solta outro estouro e manda uma peça de metal pelos ares, quase acertando a porta.

– Que saco! – grita Ike.

– Alguém perdeu isso aqui? – indaga Hannah, pegando a peça ao passar pela porta.

– Chega – diz Ike. – Desisto de vez!

– Ah, desiste, sim, Ahab – murmura Garry.

– Do que você está desistindo? – quer saber Hannah.

– Dessa lata-velha aqui – responde Ike, então pega sua bandana e lustra a lata-velha com todo o carinho.

Hannah chega mais perto, lançando um olhar de relance para mim antes de se concentrar em Gaga.

– É vintage?

– É, uma italianinha ordinária – responde Ike.

– Posso dar uma olhada? – pergunta Hannah.

– Vai em frente, mas precisa de um diploma de engenharia para mexer nessa coisa.

– Vamos ver o que posso fazer. – Ela inspeciona a máquina com um olhar experiente, enquanto murmura baixinho. – Está vendo essa peça saliente aqui? É o porta-filtro. O café vai nele. – Hannah demonstra, colocando o pó com delicadeza. – Precisa ter o cuidado de não socar muito, senão a água não passa.

– Eu falei que você socou muito o pó – diz Garry.

– Cala a boca – rebate Ike, depois se vira para Hannah. – Continua.

– O porta-filtro vai no grupo da máquina. – Hannah dobra a peça até formar um bico.

– Porta-filtro no grupo da máquina – repete Garry. – Ike, acho melhor a gente anotar.

– Richie, anota isso – ordena Ike.

Richie pega papel e caneta enquanto ela encaixa o porta-filtro no tal grupo.

– Aí, acho que é só puxar essa alavanca aqui. – Hannah puxa um dos braços robóticos da Gaga. O som da vedação soa como um beijo. – Tem água no reservatório? – Ela espia lá dentro. – Tem, e está quente. Agora, cadê o botão de preparo?

– Bem ali – indica Ike, tocando-o com todo o cuidado, como se fosse lançar um míssil. – Se quiser meu conselho, é melhor se proteger. Gaga tem a mania de esguichar.

– Vou me lembrar disso – responde Hannah, com um sorriso divertido.

Ela coloca uma xícara na bandeja e aperta o botão. Em vez de fazer aqueles estalos terríveis, a máquina emite um longo assobio e depois um chiado baixo, liberando uma dose cheia de expresso marrom-escuro.

– Vejam a espuma – diz Richie. – Parece até cerveja numa xicrinha de café.

– Chama-se café cremoso – explica Ike, admirado. – Você fez um café cremoso logo na primeira vez.

– Está longe de ser minha primeira vez – responde Hannah. – Passei seis meses trabalhando como barista.

– Eu não sabia disso – comento.

– Pois é. Foi depois de eu ter largado a faculdade e mudado do Arizona pra cá.

– Também não sabia disso – repito.

– Tantos mistérios a serem revelados... – diz ela enquanto trocamos olhares.

Então eu sinto. O formigamento. O pressentimento. O inevitável. Ainda está tudo aqui. Mesmo que ela seja uma viciada.

– Agora vamos fazer um pouco de creme – continua Hannah. – É preciso leite frio, direto da geladeira. Assim faz mais espuma e fica mais aerado. – Ela gira o tubo de vapor, e de repente o lugar parece um café de verdade. – A ideia é não exagerar, senão o leite ferve e o sabor muda.

O ideal é conseguir tomar sem ter que esperar que esfrie. Agora é só deixar a espuma assentar – diz ela ao apoiar a lata de metal com cautela no balcão. Em seguida, Hannah despeja o leite no café e finaliza com um pouco de espuma. – *Voilà*. – Ela oferece a bebida a Ike.

Ele mantém o olhar fixo na xícara. Fico imaginando se seu orgulho está ferido. Afinal, ele vem lutando com essa máquina há dias e Hannah a desvendou em dois minutos. Mas Ike limpa uma mancha de leite da Gaga com sua bandana e em seguida pega a xícara. Toma um gole, fecha os olhos e suspira.

– Acha que pode me ensinar como fazer? – pergunta a Hannah ao abrir os olhos novamente.

Hannah passa a hora seguinte ensinando Ike a fazer várias bebidas com expresso. Cada vez que penso que ela terminou, Ike tem um novo pedido. Eu observo, batendo o pé, pigarreando. Não é que eu esteja animado para ter essa conversa com Hannah, mas experiências recentes mostram que quanto mais eu adio uma coisa, mais impossível ela fica.

– Acha que consigo aprender a fazer uns desenhos? Corações e árvores, essas coisas? – pergunta Ike depois de dominar os *macchiatos*.

– Talvez até um azulão, igual ao logo da loja – sugere Richie.

– Um pássaro vai ser difícil – diz Garry. – Talvez uma pena. Ou um livro. O livro é só um retângulo. Pode ser a marca registrada da espuma.

– Ótimo, mas podemos dominar desenhos na espuma mais tarde? – pergunto, chamando Hannah.

– Aaron quer ficar sozinho com a namorada – comenta Richie.

– Ela não é minha namorada – digo. Hannah franze a testa. – Quer dizer, não é que ela *não* seja... É só que... Nós só...

– Vamos deixar os desenhos pra próxima vez – intervém Ike, me salvando.

Obrigado, digo a Ike, só com o movimento dos lábios.

Então Hannah e eu nos retiramos para a relativa privacidade da varanda, onde ela pega uma bolsinha e começa a enrolar um cigarro.

– Não me julgue – pede ela, acendendo o cigarro. A chama ilumina suas sardas. – É clichê, eu sei. Mas geralmente só fumo um por dia. A menos que eu esteja em uma reunião. Sabe como é.

– Sei?

– Não sabe?

Hannah parece confusa, o que me deixa confuso, mas antes que eu possa processar qualquer coisa, avisto um carro caindo aos pedaços, daqueles com laterais em madeira, arrastando-se pela Main Street como se o motorista estivesse perdido. Com um carro desses, só pode ser um colecionador.

– Peraí – digo a Hannah, pulo os degraus da varanda e aceno para o carro. – Você é amigo do Lou?

– Sim. Sou o Bart. Vim ver os LPs.

– Estaciona ali na frente. Vou te mostrar. – Volto até Hannah. – Tenho que resolver isso. Me dá cinco minutos.

– Tá, sem problemas.

Levo Bart para a loja, mas paro e me viro para Hannah.

– Você não vai embora, né? – pergunto.

– Não vou.

Guio Bart até o porão, ignorando o olhar de Ike. Quando abro as caixas, sua respiração falha e seu queixo cai.

– Uau! – exclama ele. – É como uma Shangri-La de discos.

– Seu próprio *Horizonte perdido*.

– Hein? – solta ele, não captando a referência ao livro.

– Deixa pra lá. Vou te passar meu número. Quando tiver terminado aqui, me manda uma mensagem. A gente acerta as contas aqui embaixo.

– Lou já me falou desse lance – diz Bart, distraído, pegando o álbum *Back in Black*, do AC/DC, da primeira caixa.

Quando volto à varanda, Hannah está apagando o cigarro.

– Então – diz ela. – Vai terminar comigo?

– O quê? Não! Quer dizer, a coisa da namorada, eu só não queria...

Ela me dá uma olhada.

– Estou brincando, Aaron.

– Está?

– É difícil terminar se ainda não estamos juntos.

167

Ainda. Eu me agarro a esse *ainda* como um homem afundando se agarra a um colete salva-vidas.

– Então, não sei como começar isso... essa... – Aponto para a bituca de cigarro. – Essa coisa toda de reunião.

Hannah solta o ar, visivelmente aliviada.

– Estou *tão* feliz por você ter tocado nesse assunto – revela.

– Sério?

Ela assente.

– Tipo, não é um segredo. Mas eu não fico de verdade com ninguém desde que fiquei limpa, e um ano fora do jogo me deixou enferrujada. Esperei o assunto surgir naturalmente, como costuma acontecer com o pessoal do programa. Ou pensei que de repente a gente se esbarraria em uma reunião...

Minha mente digere isso em partes:

1. Hannah está limpa há um ano.
2. Hannah pensa que estamos ficando.
3. Esbarrar comigo em uma reunião? Por que ela iria esbarrar comigo em uma reunião? A menos que...

Ah, merda.

– Olá! Você deve ser a Hannah – diz Ira, tropeçando pelas escadas com Bev. – Que bom te conhecer. Eu sou o Ira. Esta é a Bev. E, Aaron, olha só quem encontramos! – Ira abre um sorriso largo enquanto aponta para Penny Macklemore. – Eu queria mostrar tudo o que estamos fazendo na loja.

Meu cérebro tenta processar a situação: Hannah acha que sou um viciado. E Penny está em nossa loja. Mas meu cérebro não consegue processar. Meu cérebro entrou em curto-circuito.

– Pode me dar mais cinco minutos? – peço a Hannah.

Ela inclina a cabeça para o lado, um pouco menos descontraída dessa vez.

– Ah... tá bom.

Corro para dentro da loja. Será que Penny vai contar? Não. Ela não pode contar. Essa era uma das minhas condições. Mas eu não tinha advogado nem nada, como ela bem me lembrou. Não coloquei isso por escrito.

Tento interpretar Penny, mas ela é um livro fechado.

– Adivinha! – brada Ike para Ira. – A Gaga está funcionando.

– *Mazel tov!* – diz Ira.

– Quem é Gaga? – pergunta Penny.

– A máquina de expresso – responde Bev.

– Quer um café? – oferece Ira para Penny. – Por conta da casa.

– É muita gentileza, mas não gosto dessas bebidas chiques de café.

Ike também oferece para Bev e Ira, que recusam.

– Quero continuar praticando – diz Ike.

– E aquele cara no porão? – lembra Richie.

– Que cara no porão? – questiona Ira.

– Ahhh... – Minha mente está rebobinando para lembrar quais coisas da minha mãe poderíamos estar vendendo. – Um cara que quer comprar o banco de balanço da varanda.

– Vamos vender o balanço da varanda? – pergunta Ira.

– Vamos. Quer dizer, a rampa está no lugar.

Lanço um olhar de relance para Penny, em busca de alguma opinião sobre a rampa, e depois para Hannah, me certificando de que ela ainda está na varanda. Nenhuma opinião evidente identificada, e presença confirmada.

– Não tem mais espaço para ele – concluo.

– Ah, tudo bem – diz Ira. – É que Annie ficava sentada lá o dia todo.

Bev dá um tapinha no ombro de Ira.

– Vai ser bom que alguém aproveite o balanço – comenta ela. – Será uma nova vida.

Ira concorda.

– Vou ver se o cara do balanço quer um café – digo.

Corro para o porão, onde Bart está nas nuvens.

– Você poderia me fazer um enorme favor? – pergunto a ele. – Pode levar isso aqui quando for embora? – Aponto para o balanço.

– O que é isso?

– Um balanço de varanda. Pode levar de graça.

Bart franze a testa.

– Mas eu não tenho varanda.

– Poderia levar mesmo assim?

Bart me olha sem entender.

– Você tem espaço no carro. Pode vender. Ou jogar fora assim que sair da cidade. Eu não ligo.

Bart balança a cabeça.

– Vai ser um trabalhão.

Olho em volta.

– Te dou dois discos, de graça.

Bart umedece os lábios.

– Dois?

– Três.

– Parece que ganhei um balanço de varanda.

~

De volta à loja, a tempestade de merda se tornou um tsunami de merda. Porque Angela Silvestri, a mulher da cuca com cobertura de flocos de cereais, chegou com uma vasilha cheia de amostras.

– Estávamos pensando em colocar uns quitutes no café – conta Ira a Penny. – E Angela se ofereceu para fazer algumas receitas de teste.

– Não está nada decretado ainda – interrompo. – Quer dizer, não tem nada decidido mesmo. Talvez a gente nem monte um café.

– É claro que vamos montar um café – retruca Ike. – Por falar nisso, o *cara do balanço* quer um café?

– Ah, talvez mais tarde.

– *Alguém* quer? – pergunta Ike.

– Eu não recusaria um latte, pequeno – diz Angela. – O bolo casa muito bem com café.

– Não sabia que você cozinhava para fora – comenta Penny com Angela.

– Ah, sempre foi um hobby – responde Angela. – Mas me aposentei recentemente e ando tão entediada que dá vontade de chorar. Então Ike me ligou, perguntando se eu poderia fornecer quitutes para o café, e a princípio eu disse que não, mas depois pensei em você, Penny.

– Em mim?

– É. Se você começou seus negócios nessa idade, por que eu não poderia? Talvez este seja o começo e um dia eu tenha uma rede de padarias. – Ela abre um sorriso radiante para Penny, que lhe devolve uma careta. – Então, quem quer um pedaço?

– Eu quero! – Corro para a frente da fila, enfiando-me ao lado de Penny, e pego um pedaço. – Penny, antes de ir embora, vem falar comigo sobre aquele... é... removedor de tinta.

– Removedor de tinta? – pergunta Ike.

– Penny estava com uma promoção de removedor de tinta na loja de ferragens.

– Eu não vi nada disso – retruca Ike.

– Não está anunciado.

– Hum – diz Ike. – Estamos a pelo menos duas semanas de começar a pintar.

– Duas semanas? – indaga Penny. – Isso seria só em dezembro – diz ela com toda a calma, sem nem mesmo olhar para mim.

– Isso mesmo – afirma Ira. – Devemos abrir para a Black Friday.

– Acabar até lá vai ser difícil – diz Ike. – Principalmente porque não vou conseguir trabalhar muito na próxima semana, já que vou visitar minha filha em Walla Walla. Mas a gente pode acelerar para abrir antes do Natal.

– Aproveitar o movimento do feriado – comenta Garry.

Não temos movimento no feriado há anos, mas isso não impede Ira de assentir.

– Não tem nada decidido – repito para Penny. – Por que não conversamos sobre isso lá fora?

– Peguem o bolo primeiro – oferece Angela, empurrando um pedaço para Penny.

– Vou pegar mesmo – diz Penny, aceitando a famosa cuca. – Aaron, falo com você em um minuto.

De volta à varanda, Hannah parece um pouco irritada.

– Está tudo bem lá dentro? – pergunta ela.

– Eu não sou viciado! – desabafo, passando o bolo para Hannah.

– O quê?

O bolo fica erguido no ar entre nós.

– Não estou em nenhum programa. Não sou viciado.

Hannah franze o cenho, confusa. Seria adorável, não fosse a fonte da confusão.

– Mas você não bebe. Disse que não pode entrar em bares.

– Não posso entrar em bares porque ainda não tenho idade. E não bebo porque não bebo. Nunca bebi nem fumei maconha nem qualquer outra coisa.

– Mas você tem todos aqueles livros sobre reabilitação no porão.

– Por causa do meu irmão... – Deixo a voz morrer. – *Ele* era viciado.

– O irmão que morreu? – pergunta Hannah.

– É – respondo, o gosto de morangos passados me faz querer vomitar.

– Sinto muito – diz Hannah.

– Tudo bem. Foi só um mal-entendido.

– Por que você não me contou do seu irmão?

– Não é meu tópico de conversa favorito. – Eu olho para ela. – Por que você não me contou sobre seu vício?

– Minha madrinha anda me fazendo a mesma pergunta. Não faço ideia. – Ela balança a cabeça. – Tipo, não é segredo, mas acho que eu estava me divertindo, curtindo você. Parecia fácil, quase como se a gente já se conhecesse e pudesse pular todo o processo, e simplesmente *deixar rolar*. – Ela bate na própria cabeça. – Hannah, sua burra.

– Não! Você não é burra. – Eu seguro suas mãos. – Olha, eu não sou viciado, mas também senti essa conexão. Desde o momento em que te vi lendo. Como se eu te conhecesse. Como se isso fosse acontecer. – Aponto para ela e para mim. – Como se já tivesse acontecido.

Hannah está assentindo, como se também se sentisse assim, e por um segundo eu tenho esperança. Tudo vai dar certo. Não importa se ela é viciada. Afinal de contas, ela disse que está limpa há um ano. Sandy nunca superou a marca de três meses limpo. Um ano significa que ela é praticamente uma das histórias de sucesso dos panfletos. Ela não tem nada a ver com Sandy. Eu nunca me apaixonaria por alguém como meu irmão.

– Nada disso importa – digo. – Eu não ligo se você já foi viciada. O que importa é quem você é, não quem era.

– Quem eu era é parte de quem eu sou, Aaron.
– Não estou me expressando bem...
Antes que eu possa reformular minha frase, Penny sai da loja.
– Aaron – chama Penny. – Podemos conversar sobre aquele... removedor de tinta?
– Removedor de tinta? – pergunta Hannah.
Eu me levanto.
– Última vez. Juro.
Sigo Penny até o canto da varanda e aceno para ela virar a esquina comigo.
– Você não contou a Ira, né? – pergunto.
– Ora, por que eu contaria? Tínhamos um trato. – Ela me encara duramente. – Nós *ainda* temos um trato.
– E eu tenho até o fim do mês para arranjar treze mil dólares. Você não precisa vir aqui me vigiar.
– Não vim te vigiar. Seja como for, eu vou me dar bem. Se você levantar o dinheiro, terei um bom dividendo. Senão, terei um espaço reformado. Ganho de todo jeito. – Ela faz uma pausa para considerar. – Talvez eu até abra um café. Não ligo muito para essas bebidas, mas as pessoas parecem gostar. Aposto que causaria um belo rombo no negócio da Cindy Jean.
– Por que você faria isso? Você come no C.J.'s todo dia.
– Mas não sou *dona* do C.J.'s. – Ela semicerra os olhos. – Não faça essa cara. São apenas negócios. – Ela se vira para a loja. – De todo modo, pelo que ouvi, você vai conseguir o que quer, no fim das contas.
– O que foi que você ouviu?
– Que seu amigo da cadeira de rodas esvaziou a poupança.
– Onde ouviu isso?
– Rita Fitzgibbons me contou.
– Quem?
– A gerente do banco. Ela disse que seu amigo fez uma retirada substancial, e presumi que fosse para investir nisso aqui. – Penny aponta para a loja. – Não é como *eu* investiria meu dinheiro, mas se não fosse pelas decisões tolas das outras pessoas nos negócios, eu não teria um emprego.

– Não, Chad não sacou esse dinheiro para a loja. É para o depósito do proced... – Eu me detenho. Isso não é da conta de Penny. – Então você não veio me vigiar?

– Ah, Aaron, eu sei de cada movimento de todos nesta cidade, não preciso vir na sua loja ou não. – Penny sorri. – Parei aqui para comer bolo. Eu amo doce. Bolo. Torta. Aquisições imobiliárias. – Ela dá uma lambida caprichada nos dedos. – Vejo você dia 1º de dezembro.

Assim que Penny vai embora, volto para Hannah.

– Olha, Aaron, estou vendo que não é uma boa hora.

– É, sim. Juro. Você tem toda a minha atenção. Então, onde estávamos?

– Você estava dizendo que não liga que eu seja viciada e eu estava dizendo que você *deveria* ligar.

– Não era bem essa minha intenção. O que eu quis dizer é...

Faço uma pausa para organizar meus pensamentos e não estragar tudo de novo. No silêncio, meu celular começa a tocar. É Bart. Merda.

– Você precisa atender? – pergunta ela, com frieza.

– Eu sinto muito. Realmente preciso.

Ao atender, Bart diz que já terminou.

– Vai levar cinco minutos. Menos de cinco – prometo a ela. – Então podemos sair daqui, ir pra algum lugar um pouco menos caótico.

– Talvez a gente devesse conversar mais tarde.

– Não! – digo, elevando a voz. Não vou perder Hannah. – Está tudo bem! Só me dá mais cinco minutos.

Corro até Bart. Cobro o valor fixo de vinte dólares por peça, embora algumas devam ser mais valiosas. Escondemos os discos sob o balanço e carregamos escada acima, passando pela loja.

– Adeus, velho amigo – diz Ira para o balanço, sua voz rouca.

Abro a porta para Bart e digo a Hannah:

– Sou todo seu agora.

Um pedaço da cuca da Angela Silvestri está no corrimão. Mas Hannah? Hannah foi embora.

MONEYBALL

Algumas horas depois, Chad aparece, o seu humor tão fervilhante quanto o meu está melancólico.

– Nossa, cara, tive uma tarde muito boa. Jax descobriu uma trilha que é acessível a cadeirantes. Não faço trilha há anos e, caramba, meus braços estão doendo. Depois fomos comer. Assam pão lá. Ainda estava quentinho, e comemos com carne-seca de veado e geleia de amora-preta. Melhor lanche que já comi. Uma das melhores tardes que já tive. – Ele finalmente repara em mim. – E como foi seu dia?

– Como foi meu dia?

Por onde começar? Ike dominou Gaga e agora os Lenhadores estão a todo vapor nos planos do café, embora eu tenha dez dias para levantar onze mil dólares e minha melhor opção seja o chefe de Lou, mas Lou não responde minhas mensagens. Ah, e provavelmente estraguei tudo com Hannah.

– Meu dia foi uma merda.

– Pensei que você fosse ver a Hannah hoje.

– Eu ia. Eu vi.

– Aconteceu alguma coisa?

– Ela pensou que eu estava no programa.

– Que programa?

– *O programa.* – Baixo a voz para um sussurro, embora não tenha certeza do porquê: – Para viciados.

– Ah, os Narcóticos Anônimos.

– *Sandy* estava no N.A.

– Sim. E Jax também. E uma centena de outras pessoas que conheço. Ou seja, isso é uma coisa boa.

Não. Para começo de conversa, uma coisa boa seria se eles nunca tivessem começado a usar. Todo mundo fala que não é culpa do viciado, que é uma doença hereditária, tipo diabetes. Mas é tudo papo furado. A cor dos olhos, a altura, *isso, sim*, é hereditário. O vício é uma escolha, uma escolha que Sandy fez repetidas vezes. Ei, olha só uma maneira fácil de não se viciar: não use drogas!

– E se estão na reabilitação quer dizer que estão melhorando – acrescenta Chad. – Se a pessoa está no N.A., não está se drogando.

Eu penso em Sandy. Nem sempre é esse o caso. Na verdade, quase nunca é.

– Aaron, o fato de Hannah Crew estar um pouquinho a fim de você é um milagre. Não estrague tudo por causa de um detalhe técnico.

Como sempre, Chad está certo.

– Acho que já estraguei tudo.

– Então conserta.

– Como? O que eu faço?

Ele abre bem os braços, como se quisesse abraçar o mundo.

– O que for preciso.

O que é preciso, Hannah me diz quando ligo para pedir desculpas, é que eu vá com ela a uma reunião. Uma reunião do N.A.

– Uma reunião? – pergunto, tentando demonstrar que tenho a mente aberta.

– Sou a oradora. – Sua voz é de aço e impossível de interpretar. – Parece um momento oportuno para colocar todas as nossas cartas na mesa.

– Você não acha que as reuniões do N.A. são mais típicas de um segundo encontro? – brinco para mascarar minha falta de vontade de acompanhá-la.

Quando estava limpo, Sandy ia a duas, às vezes a três reuniões por dia, pregando citações do Grande Livro como um fanático, o que já teria sido chato sem suas recaídas constantes. Ou se depois de algumas dessas recaídas ele tivesse sido humilde o suficiente para ao menos deixar de lado a lição de moral... Mas não foi.

— Acho que nada entre nós até agora foi típico — diz Hannah, sua voz mais afetuosa. — E se esse vai ser meu primeiro relacionamento limpa, quero fazer direito.

— Então estamos em um relacionamento, é?

— Muita calma nessa hora, mocinho — responde ela, mas, por sua voz, dá para perceber que está sorrindo. — Podemos decidir o que vai ser depois da reunião.

Na manhã seguinte, ataco Lou de surpresa, ligando para ele cedo, do telefone fixo.

— Alô — atende ele com voz sonolenta.

— Lou, é o Aaron.

— Ei. — Ele boceja. — Não reconheci o número.

— Liguei do telefone fixo.

— As pessoas ainda têm isso?

— Você ama vinis, então não julgue.

— É verdade. — Ele faz uma pausa. — Como foi com o Bart?

— Bom, mas não bom o bastante.

— Ok, quanto falta? Vou mandar outros caras.

— Não quero outros caras. Quero um cara. Seu chefe.

A linha fica tão silenciosa que acho que a ligação caiu. Mas então Lou choraminga um não.

— O que você tem contra ele?

— Ele é um abutre da pior espécie. Chega dando um rasante para garantir a compra de qualquer coisa que tenha ouvido dizer que é legal, e com isso suga todo o legal da coisa. Ficou rico transformando lofts de artistas no sul de Seattle em condomínios. Depois ficou mais rico privatizando os dispensários de maconha. E agora ele está de olho em vinis. Vai estragar tudo.

– Como ele pode estragar vinis?

– Confie em mim. Ele consegue. – Lou faz uma pausa. – Você já leu aquele livro, *Moneyball*?

Neste caso, eu só vi o filme, não que eu vá um dia confessar isso.

– Refresca minha memória.

– Fala daqueles caras que aprendem a usar estatística para montar um time de beisebol perfeito. E eles conseguem. Montam um time com muito menos dinheiro. É tudo ousado, uma coisa de azarões, mas aí todo mundo começa a usar essa estratégia do *Moneyball*. E com isso pegaram o que era uma arte e transformaram em uma fórmula. Arruinaram o beisebol. Agora é muito mais entediante, é como ver um jogo de robôs. Não há mágica nenhuma. – Lou suspira. – Daryl é um estrategista. Ele não vende coisas, ele as *monetiza*. – A voz de Lou falha um pouco. – E nem *gosta* de música.

– Nem eu.

– É o que você vive dizendo – rebate ele. – Mas conservou esses discos intactos, cara. Você os honrou.

– Mas eu não fiz isso. Foi meu irmão.

– Bem, então você honrou seu *irmão*.

Se Lou soubesse...

– Sinto muito, mas é assim que tem que ser – declaro. – Estou sem opções e sem tempo.

A linha fica muda por tanto tempo outra vez que acho que Lou desligou na minha cara. Mas então ele diz:

– Sabe o que eu não entendo?

– O quê?

– Por que caras como Daryl sempre ganham e caras como nós sempre perdem?

Passei os últimos anos me fazendo essa pergunta.

– Eu não sei, Lou – respondo. – Sinceramente, não sei.

Ligo para o escritório de Daryl Feldman às nove da manhã. A assistente diz que só tem horário para depois do feriado. Ligo de hora em hora até que ela enfim cede:

– Acabamos de ter um cancelamento. Você pode chegar aqui às cinco?

O escritório fica em Seattle, a duas horas de carro se não tiver trânsito, mas sempre tem. Vou encontrar Hannah – a uma hora de carro de Seattle – às sete. São três da tarde. Se eu sair agora e tudo correr bem, pode dar certo.

Mas é óbvio que, comigo, nada dá certo. O carro se recusa a passar dos sessenta, mesmo na descida, e não tem gasolina. Não consigo encontrar uma vaga para estacionar e acabo entrando em um desses estacionamentos que cobram por minuto. Corro para o escritório de Daryl e abro a porta às 17h10.

– Estou muito atrasado? – pergunto, ofegante, para a secretária.

– Ele só está encerrando uma ligação.

Vinte minutos depois, Daryl ainda está encerrando a tal ligação.

– Você sabe quanto tempo vai demorar? – indago.

– Acho que só mais uns minutos.

– É que tenho compromisso em outro lugar às sete.

– Podemos reagendar, se quiser. – Ela verifica no computador. – Ele vai estar fora a maior parte da semana que vem, por causa do feriado, mas podemos marcar para a segunda-feira seguinte... Não, esquece, terça-feira.

Terça-feira já será tarde demais.

– Vou esperar.

Envio uma mensagem para Hannah dizendo que estou atrasado.

Eu tinha imaginado Daryl Feldman como um magnata velhaco de Wall Street, no estilo do Gordon Gekko dos filmes, com uma barbicha sob o lábio inferior, mas às 17h46, quando entro em seu escritório, sou recebido por um cara baixinho e atarracado, o tipo de pessoa que Ira chamaria de toupeira.

– Sinto muito por deixá-lo esperando – diz ele, indicando uma cadeira. – Quer um café? Ou uma cerveja? São quase seis.

– Ah, pode ser uma água.

– Certo! Ella, traga água, daquelas LaCroix de laranja.

Ele diz "LaCroix" com pronúncia afrancesada. Ella traz as águas. Antes que a assistente sirva a sua, ele tira um cubo de gelo do copo.

– Dois cubos, Ella.

– Desculpa. Às vezes ficam grudados.

A assistente sai e os olhos de Daryl a seguem.

– Ela não sabe separar cubos de gelo, mas essa bunda... – Ele toma um gole de água. – Lou me disse que você tem alguns vinis de primeira para vender.

– Isso mesmo. São 2.216 discos. – Eu pego os índices plastificados e os deslizo pela mesa. – Estão listados por gênero, prensagem, conservação. Tem algumas coletâneas. Uns LPs importados. Uns pirateados raríssimos. Alguns são vendidos por centenas de dólares. Pesquisei o do Iggy Pop e...

– Quantos são mesmo?

– São 2.216.

Daryl pega uma calculadora das antigas e faz uns cálculos. Conforme a fita zumbe, imagino qual será a cifra proferida. Talvez seja mais de treze mil dólares. Talvez me livre do negócio com Penny e nos dê uma margem para gastar na loja. Para pagar Ike e os caras com algo mais que café.

Ele arranca a fita e me entrega. Eu pisco, confuso, para os 4.432 dólares.

– Esta é sua oferta?

– Eu pago duas pratas por cada.

Nem questiono o fato de ele precisar de uma calculadora para multiplicar 2.216 por dois, mas quatro mil?

– Você não pode estar falando sério.

– Nunca brinco quando se trata de negócios – responde ele.

– Lou deve ter comentado que os discos valem muito mais que isso.

Ele suspira.

– Olha, é Ação de Graças, então vou arredondar para 4.500.

– Mas você nem sabe o que estou vendendo.

Ele dá de ombros.

– Eu pago por peça.

– Mas alguns desses discos são muito valiosos mesmo.

– E alguns não valem nada. Descobri que fica elas por elas, no fim.

– Acredite. – Eu deslizo o índice em sua direção. – Tudo nesta coleção tem valor. Se puder apenas olhar para o inventário... Lou ficou praticamente sem fôlego quando viu.

– Aposto que sim. Até pediu um adiantamento do salário para comprar mais. Mas é por isso que Lou é Lou e eu sou eu. – Daryl bebe uma golada longa e ruidosa de água, com satisfação. – Olha, venho fazendo isso há um tempo. Tenho despesas gerais e de envio, e preciso contratar pessoas para fazer o atendimento dos pedidos on-line. E você tem ideia da trabalheira que dá despachar discos? Precisa de embalagem especial, além de um reforço adicional com papelão. E quando um disco está avariado, os compradores ainda pedem reembolso.

– Se o disco estiver avariado, o som já era!

Ele dá de ombros.

– É o que dizem. Tanto faz. Quem precisa de discos quando se pode ouvir qualquer música que quiser de graça no celular?

– Não é a mesma coisa! Só porque a Netflix existe não significa que você não pode ler livros. E 4.500 dólares, você está de brincadeira? Não chega nem perto de ser o suficiente. Mesmo no atacado, valem o triplo disso. Esses 4.500 dólares desonram os discos! – grito.

– Meu Deus. Calma. São só negócios.

Foi exatamente o que Penny disse quando a acusei de manter a loja como refém e pedir resgate. Eram só negócios.

– E você acha que negócios são o quê? – falo, já na porta. – Não são máquinas. Nem dispositivos. Nem códigos de barras. São pessoas! Pessoas tentando sobreviver. Afinal, o que mais elas podem fazer?

Daryl me olha como se eu estivesse falando latim ou alguma outra língua morta, e de repente descubro a resposta para a pergunta de Lou.

Por que caras assim sempre vencem? Porque é assim que o mundo funciona. Algumas espécies estão sempre a ponto de se extinguir. Outras estão sempre à espera, nos bastidores, para emergir. Nós somos os dinossauros. E as Pennys, os Daryls são o que vem a seguir.

O GRANDE LIVRO

A reunião de Hannah é no ginásio de uma escola nos arredores de Bellingham. Assim que chego ao estacionamento e vejo os poucos carros, meu estômago revira.

Não quero estar aqui. Não quero ouvir a oração da serenidade ou aplaudir as pessoas por fazerem algo que alguns de nós sempre fazem.

Mas quero ver Hannah. Quero ficar com Hannah. E não vou deixar que Sandy arruíne a única coisa boa da minha vida.

Entro, seguindo o fluxo dos retardatários. Hannah está parada sob a cesta de basquete, conversando com Jax e uma mulher grande e musculosa com duas longas tranças descendo do topo da cabeça raspada nas laterais.

Mesmo que eu só tenha ido a algumas reuniões com Sandy, tudo parece muito familiar: as urnas cheias de café queimado, as bandejas com donuts velhos, pessoas amontoadas em grupinhos, quebrando as bordas de seus copos de isopor. Foi assim na última reunião em que estive. Quando Sandy foi o orador.

Dou uma batidinha no ombro de Hannah. Ela se vira, sua expressão indecifrável.

– Você conseguiu vir.

Ela me apresenta a Fran, sua madrinha, que me dá um aperto de mão de esmagar os dedos.

– Estávamos apostando se você ia aparecer – diz Fran.

– Claro que eu ia! Não perderia por nada. – Minha voz soa como um piano desafinado. – Só peguei um pouco de trânsito.

Jax assente em solidariedade.

– A I-5 está sempre parada.

O grupo começa a se sentar nas cadeiras dobráveis de metal. Hannah rói a unha.

– Você está bem? – pergunta Jax a ela.

– Um pouquinho apavorada – admite Hannah.

– Só conte sua verdade – sugere Fran. – Assim nada pode dar errado.

– Estou feliz por você estar aqui – diz Hannah, segurando minha mão e a apertando.

– Eu também – minto, apertando a mão dela de volta.

~

– Oi, meu nome é Hannah e sou viciada.

Oi, meu nome é Sandy e sou viciado.

– Oi, Hannah – diz o grupo, já cativado.

Oi, Sandy. O grupo também amava Sandy. Ele era carismático. Foi por isso que se safou de tantas coisas durante tanto tempo.

Hannah enxuga as palmas das mãos na calça jeans.

– Já estou suando frio. Normalmente isso não acontece no início de um show, mas acho que isso aqui não é um show. Muito pelo contrário.

Ela respira fundo e analisa o grupo, pousando os olhos em mim.

– Há três anos, sofri um acidente de carro e fiquei viciada em analgésicos.

Eu estava no nono ano quando cheirei óxi pela primeira vez. Não fiz isso porque era infeliz ou solitário ou sofria abuso. Fiz porque o óxi estava ali, disponível.

– Pelo menos, essa é a história oficial. Porque, vocês sabem, eu venho de uma família "boa", uma família "feliz". O tipo de família na qual "essas coisas" não acontecem.

Eu não sabia que tinha despertado um monstro adormecido em mim. E mesmo se alguém tivesse me avisado, não sei dizer se teria mudado alguma coisa.

– Esta é a história que contamos na minha família... se é que contamos alguma história, porque preferimos não falar sobre esse desgosto. "Hannah ficou viciada em analgésicos depois de um acidente de carro." Isso é fato, mas não é a mais pura verdade. Esta é a verdade: no sétimo ano, comecei a pôr uísque na minha garrafinha térmica de café toda manhã, porque aquele pouco de anestésico tornava o dia mais suportável. No oitavo ano, aprendi a roubar laxante para manter minha barriga lisinha. Um ano antes do acidente que me tornou uma viciada oficialmente, bati o carro do meu pai porque tinha cheirado três comprimidos de anfetamina. O carro foi consertado sem maiores discussões. Essa minha verdade acontecia à vista de todos, mas ninguém queria falar sobre ela. Muito menos eu.

No começo, é tudo divertido, né? Só estamos atrás da próxima onda, sem realmente pensar em como vamos conseguir comprar ou quem vamos machucar. Quer dizer, é óbvio, talvez dê para pegar umas notas de vinte de um caixa, roubar um livro raro que seu pai adora... mas são apenas objetos, certo? E está tudo sob controle.

– E mesmo depois que fui oficialmente reconhecida como viciada, mantivemos a mentira: "Hannah ficou viciada em analgésicos depois de um acidente de carro." Essa narrativa deixou de fora a história mais espinhosa, que explica por que uma menina de 12 anos quer se anestesiar, por que uma menina de 16 sonha com a morte.

Logo depois, nada mais está sob controle. E você vê a verdadeira merda acontecendo por sua causa. Vê seus pais se endividarem. Vê a vida do seu irmão afundando. E acha que precisa parar. Acha que consegue parar. E tenta parar. E tenta de novo. E de novo. E de novo. E não consegue. E não para.

– Mas eu estava ignorando a verdadeira batalha da minha recuperação. A parte difícil, que para mim não é largar as drogas... embora isso não seja nada fácil... é abrir mão daquela boa menina que meus pais me criaram para ser. E entender que *ela* estava me deixando doente.

O Grande Livro diz que viciados não são egoístas. Só nos falta humildade. Superestimamos nosso poder, e, acredite, isso não é novidade para mim. Estou aqui diante de vocês torcendo para não cair de novo, mas sabendo que isso pode acontecer. Espero de coração que não aconteça. Porque a parte mais difícil não é cair nem se levantar. É ver o que acontece com as pessoas nas quais caímos. A gente se machuca; elas são esmagadas.

– Sei que a gente não deve se mudar para um novo lugar quando está limpo há pouco tempo, mas eu também sabia que, se não saísse de casa, se não deixasse aquela mentira para trás, nunca ia melhorar, então fui embora. E me mudei para cá para encontrar um novo lar, construir uma nova família, descobrir quem realmente sou, quem eu quero ser.

Nesse momento, Hannah olha para Jax, que assente, e depois, por um instante, foca em mim.

E toda vez que eles são esmagados, eu também sou, e isso me mata, pouco a pouco. Sei que temos que melhorar por nós mesmos, mas, caramba, eu quero melhorar por eles. E então Sandy olhou direto para Ira, para minha mãe e depois para mim. Olhou para mim até o fim da reunião.

– Então aqui estou eu – continua Hannah –, quase completando meu primeiro ano de sobriedade, prestes a visitar a casa dos meus pais pela primeira vez. Estou apavorada, mas estranhamente grata por estar apavorada. Parece que isso significa alguma coisa. Tipo, ouvi dizer que, quando nos destruímos, também aprendemos a nos recriar. Então vai ver é isso que está acontecendo. Mas, seja lá o que for, obrigada por me ajudarem a chegar aqui.

Obrigado por me levantarem, não importa quantas vezes eu caia. Tenho esperança, com toda a humildade do meu coração, de conseguir aprender a cair sem esmagar mais ninguém.

～

Naquela reunião, Sandy recebeu seu medalhão de três meses. Em seguida, saímos para tomar sorvete e comemorar. Mamãe segurou a mão dele, os olhos brilhando.

– Estou tão orgulhosa de você.

– Eu também – disse Ira.

Eu não falei nada. Não estava orgulhoso. Estava revoltado. Porque sabia que a esperança deles era descabida. Sandy ia puxar a bola. De todos nós. Como sempre fez.

Mais tarde, enquanto minha mãe e Ira pagavam a conta, Sandy me perguntou:

– Você não vai dizer nada?

Dei de ombros.

– Você quer que eu te dê uma medalha também? Quantas vezes temos que fazer isso? Quantas dívidas ainda temos que acumular? Quanta tristeza você ainda tem que nos causar?

– Espero que nenhuma – respondeu Sandy.

– Eu não acredito e, se quer saber, não ligo. Estou tão cansado. Tão cansado de esperar pelo inevitável. Se você vai morrer, acaba logo com isso!

Eu tinha acabado de desejar que meu irmão morresse, mas ele mal reagiu. Em vez disso, na manhã seguinte, foi até a loja de ferragens, ao depósito de madeira e construiu as caixas. Então, guardou seus preciosos discos.

– Você tem que me prometer que não vai deixar ninguém vender – disse ele.

E então me entregou a única chave.

– Por que está pedindo isso pra mim?

– Porque você é o único que me odeia o bastante para manter a promessa.

Peguei a chave. Selei a promessa.

Cinco meses depois, Sandy estava morto.

~

Após a reunião, as pessoas se aglomeram em torno de Hannah, assim como fazem nos shows, compartilhando suas histórias ou dizendo o quanto ela foi inspiradora. Observo dos bastidores, tentando me inflar outra vez, porque não quero que Hannah me veja esmagado.

– É sempre assim com Hannah – conta Jax. – Sempre foi. – Elu verifica o celular e sorri, e sei que é uma mensagem de Chad, mas não digo nada. – Vou sair à francesa. Diga a Hannah que eu a amo e que ligo amanhã.

Enfim, o grupo se dispersa, e as pessoas começam a embalar os donuts restantes, esvaziar o samovar de café, varrer os pedaços de isopor espalhados pelo chão como uma neve química. Hannah conversa baixinho com Fran, as duas se abraçam por um longo tempo, e depois ela vem até mim.

– Pensei que você fosse fugir – diz Hannah.

– Não sou do tipo que foge. – Olho para os outros viciados. – Estava só aguardando na fila dos *groupies*. Você é popular.

– É um grupo legal. Então, o que achou?

– O que sempre acho. Que você é incrível.

– Não é isso que estou perguntando.

– O que é, então?

Hannah suspira.

– Quero saber como você se sente. Sobre isso. Sobre mim. Sobre nós.

– Eu estou apaixonado por você.

Ela balança a cabeça, como se não acreditasse. Mas estou mesmo.

– Você me conhece há o quê, um mês?

– E daí? – Foi uma questão de horas entre o momento em que Ira deu carona para minha mãe e a deixou em casa, àquela altura, os dois já sabiam. – O tempo não é uma boa medida para o amor. Você mesma disse. Sentimentos não são fatos.

Ela assente, o rabo de cavalo balançando. Então olha para mim, sua expressão tão sincera e vulnerável que faz meu coração se partir ao meio.

– Nunca passei por isso limpa. Dá o maior medo. Como se eu fosse recém-nascida. Tenho que reaprender tudo.

– Bem, eu nunca passei por isso, e ponto. Então estamos no mesmo barco.

– Só que eu sou viciada e você não, e seu irmão era e morreu por causa do vício.

– Isso não tem nada a ver com a gente.

– Ah, tem, sim – retruca ela. – Ele tem. É uma parte de você. E eu quero conhecer cada pedacinho seu e quero que você conheça cada pedacinho meu.

– Posso pensar em maneiras melhores de você conhecer cada pedacinho meu.

Hannah revira os olhos, mas o sorriso que se espalha em seu rosto a denuncia.

– Estou falando sério – diz ela.

– Eu também estou, e prometo que vou te contar qualquer coisa que quiser saber. Sou um livro aberto. – Eu abro os braços.

Hannah dá uma risadinha.

– É muita coisa para um primeiro encontro, né?

– Então vamos ver se entendi: este é o nosso primeiro encontro, e antes você disse que estávamos em um relacionamento? Muita calma nessa hora, mocinha.

Mas não quero ter calma em nada. Quero me catapultar para um futuro com Hannah. Eu a puxo para junto de mim e a beijo. Ela hesita no início, mas logo se entrega aos meus lábios, a mim, me puxando mais para perto, passando as mãos pelo meu cabelo, ofegando. Eu correspondo, tentando me perder em sua boca, em Hannah, tentando banir os fantasmas que atormentam meu coração, e quase consigo.

Hannah mora em um quarto alugado em uma casa de apoio para reabilitados. É um lugar sem graça, grande e térreo, com a parte externa pintada em um marrom feio, mas seu quarto parece um ninho. É pequeno, com uma cama *queen size*, um zilhão de almofadas, luzes espalhadas pela cabeceira. Na gigantesca estante – de madeira, Ike ia gostar de saber –, os livros competem por espaço com discos, CDs e fitas cassete.

Obviamente não reparo em nada disso até a manhã seguinte.

– Viu só? – provoca Hannah, vendo que vou direto para a estante de livros quando acordamos. – Livros e música podem coexistir.

– Eu diria que a noite passada mostrou que podem fazer muito mais do que coexistir – brinco, tentando agarrá-la de novo.

Levo uma travesseirada.

– Agora, não. Eu tenho que terminar um projeto de transcrição antes do meio-dia – diz ela. – Mas só vai levar uma ou duas horas.

– Um projeto de quê?

– Transcrição. Digitar o que as pessoas dizem. Esse é o meu trabalho, atualmente. Até eu descobrir o que quero fazer quando crescer.

– Você não quer trabalhar com música?

— Já trabalho — responde ela. — Mas para ganhar a vida... eu não apostaria na música.

— Quais são seus planos pra depois da transcrição?

— Só tenho que fazer as malas pra ir ao Arizona. — Ela sorri. — Mas, fora isso, estou livre. E você? Precisa resolver alguma coisa?

Muitas coisas. Agora que a venda para o chefe de Lou está fora de questão, a loja é de Penny. Tenho que dar a notícia a Ira. E aos Lenhadores. E a Chad. Enviar o inventário em que Chad está trabalhando aos atacadistas. Colocar os discos em um depósito. Resolver onde Ira e eu vamos morar. Eu tinha planejado ir a algum lugar ensolarado, mas agora não tenho tanta certeza se quero ficar longe de Hannah. Ou de Chad, por sinal.

O cabelo de Hannah está solto, espalhado como um leque sobre os ombros. Seu robe de seda não para de escorregar, revelando o sinal em forma de estrela perto do pescoço que não consigo parar de beijar.

Não há outro lugar onde eu prefira estar. Ninguém mais com quem eu prefira estar. Todos os meus problemas estarão lá amanhã, mas hoje, eu tenho isso.

Puxo a faixa do seu robe, trazendo-a para perto, e a beijo de novo.

— Nada que não possa esperar — respondo.

―――

Mando uma mensagem para Ira avisando que vou ficar fora por dois dias e informando onde o carro está, caso precise usar, mas ele diz para eu não me preocupar e me divertir. Depois desligo o celular e apenas tento relaxar e aproveitar.

Porque isso — Hannah e eu fazendo omeletes lado a lado na cozinha dela — parece um milagre.

Porque isso — Hannah e eu lendo em voz alta os capítulos do seu velho exemplar de *O leão, a feiticeira e o guarda-roupa* — parece felicidade.

Porque isso — Hannah e eu juntos — parece inevitável.

―――

No final do segundo dia, Hannah pega uma mala e começa a arrumar suas coisas.

– Fica – peço.

– Acredite, eu bem que gostaria.

– Então não vá. Vamos fazer o jantar de Ação de Graças e comer na cama.

Ela me beija de modo casual, porque é isso que Hannah Crew faz agora.

– É tentador. Mas preciso encarar a situação.

Ela vai devagarinho até a estante e começa a procurar alguma coisa; a cicatriz em zigue-zague no quadril, sequela do acidente que a deixou viciada em analgésicos, desponta por debaixo do robe. Quando a vi pela primeira vez, e Hannah me contou a história toda do acidente, senti muita ternura. E alívio. Ela não é como Sandy. O vício não foi escolha dela.

– Tenho uma coisa pra você – diz ela. – Fiz ontem à noite, enquanto você dormia. – Ela abre uma gaveta da escrivaninha e pega uma fita cassete. – À moda antiga. Parecia ser mais sua vibe.

– O que é isso?

Hannah me entrega a fita. MÚSICAS PERFEITAS DO AARON? está escrito em letras maiúsculas no verso da caixinha.

– É aquela playlist que fiz pra você, e algumas outras músicas que acrescentei. – Ela mordisca a unha do polegar. – Falei que não descansaria até encontrar sua música perfeita.

Parte de mim quer que Hannah nunca encontre a música perfeita, porque assim ela terá que continuar procurando. E, se tiver que continuar, nunca vamos terminar.

Mas há outra parte de mim que precisa dizer, provar a ela, que estamos destinados um ao outro.

– Você já encontrou uma música perfeita pra mim.

– Encontrei? – Ela se ilumina. – Qual é?

– "This Must Be the Place", do Talking Heads.

– Sério? – Sua sobrancelha, aquela com a cicatriz que agora sei que foi de um acidente de patinação no gelo quando ela tinha 9 anos, se arqueia. – Eu quase não coloquei essa. Nem sei ao certo por que coloquei.

– Eu sei – digo, puxando-a para junto de mim. – Soube desde o momento em que nos conhecemos.
– E o que você soube?
– Que nós somos inevitáveis.

O ATLAS RODOVIÁRIO RAND MCNALLY

Como nunca fiquei bêbado, nunca tive ressaca, mas Chad explicou como funciona. Não apenas as dores de cabeça, ou a sensação simultânea de fome voraz e vontade de vomitar, mas a correlação entre prazer e dor.

De acordo com Chad, há uma ligação direta entre o quanto se enche a cara e o quanto se passa mal. "É como tijolos", explicou ele. "Você bebe um tijolo e apanha de dois. Beba uma dúzia, e é como se uma casa desabasse em cima de você."

O primeiro tijolo me atinge quando deixo Hannah no ônibus para o aeroporto. Não a verei por cinco dias. Racionalmente, sei que cinco dias não são nada. Nós nos conhecemos há mais ou menos um mês. E, nesse mês, passamos cinco dias juntos. Mas é um tijolo mesmo assim.

O segundo tijolo me atinge assim que passo pela placa na entrada da minha cidade. Em uma semana, vamos perder a loja. E não contei a Ira.

O terceiro tijolo me atinge quando me dou conta de que preciso contar a Ira agora mesmo. Não há mais como adiar.

O quarto tijolo me acerta em cheio quando chego à loja e vejo as caminhonetes de Ike e Chad estacionadas em frente. É semana de Ação de Graças. Ike deveria estar em Walla Walla.

Ao abrir a porta, sinto como se tivesse entrado no guarda-roupa de Nárnia. A loja está irreconhecível. As estantes foram reforçadas e restauradas. O assoalho está nivelado, as tábuas, lixadas e envernizadas. As placas de gesso foram instaladas, ajustadas e pintadas. Agora há uma pequena área ao lado do café com duas mesas de bistrô. E um sofá novo no canto onde ficava a poltrona de Ira. No fundo da loja há um balcão de madeira recém-tratada com a Gaga posicionada no meio, como uma rainha. Ao lado dela, uma caixa cheia dos quitutes de Angela Silvestri e, abaixo, uma minigeladeira com iogurtes e sucos. Ao lado do balcão da frente, onde costumo me sentar, há um computador novinho em folha, a página do navegador aberta em um site com o nome Bluebird Books & Café.

– Ele chegou! – grita Chad.

E então todas as pessoas – Ira, Bev, Ike, Richie, Garry, Jax, Angela Silvestri e uma mulher mais velha com um andador que deve ser Beana – viram-se para mim.

– Surpresa! – gritam, como se fosse meu aniversário, como se a loja em si fosse um presente desejado.

Ira dá um pulo, migalhas de um bolo de café grudadas em sua barba.

– Dá para acreditar?

Não. Não dá. Balanço a cabeça.

– Quando soubemos que você estava com a Hannah – diz Chad, lançando um olhar para Jax –, pensamos que ficariam juntos até ela viajar e quisemos deixar tudo pronto.

– A Penny que nos deu a ideia – conta Ira.

– A Penny? – Minha voz falha.

– Quando ela perguntou sobre a inauguração, percebemos que devíamos tentar arrumar tudo para as festas de fim de ano – explica Ira. – Fizemos um mutirão e agora estamos de olho na Black Friday. Só temos que esperar as coisas secarem e arrumar os livros, e Chad está quase terminando de organizar todos eles.

– Um mutirão? – pergunto, minha cabeça girando.

– E agora estávamos pensando – continua Ike – que deveríamos fazer uma grande reinauguração perto dos feriados. De repente convidar alguns autores de Seattle pra vir. Fazer uma festa. Com música, até. – Ele olha para Jax.

– Isso, vou falar com a Hannah – comenta ele. – Podemos fazer um showzinho acústico.

– O que acha? – pergunta Chad. – Não está incrível?

Não consigo responder. Estou esmagado sob uma casa de tijolos, sufocando com todas as minhas mentiras.

– Como? – É tudo o que consigo perguntar.

Como é que deixei chegar a esse ponto? Como é que acabo destruindo tudo em que toco? Como é que não paro de magoar as pessoas que amo?

– Fácil – responde Chad. – Trabalho em equipe. E um pouco de dinheiro.

– Quanto dinheiro? – indago.

Chad dá de ombros.

– Uns milhares. Mas é um investimento, não um empréstimo.

– Foi por isso que você sacou todo o dinheiro da sua conta?

– Sim. Peraí, como você sabe disso?

– E a cirurgia?

Chad parece envergonhado.

– Desisti.

– O quê? Por quê?

– Mudei de ideia.

– Mas e o valor do sinal?

Chad dá de ombros.

– Perdi.

– Por quê? Por que você fez isso?

– Minhas prioridades mudaram.

– Chad, não era pra você ter feito isso!

– Achei que você ficaria feliz em saber disso.

Penny estava certa. Chad limpou a conta bancária por causa da loja. E desistiu da cirurgia. Para investir na loja. E pensar que falei para Chad não se deixar enganar por Frederic. Deveria tê-lo avisado para não se deixar enganar por *mim*.

– Sei que devia ter falado com você – diz Ira, um pouco tímido. – Mas queríamos fazer uma surpresa. Depois de tudo que você fez, queríamos fazer isso por você.

– Tudo o que eu fiz? Você não tem ideia do que eu fiz.

– Claro que tenho – responde Ira, sorrindo. – Todos nós temos.

– Não. Não têm. Porque o que eu fiz foi vender a loja.

Ira ainda está sorrindo, como se não conseguisse compreender o que acabei de dizer. Por isso, repito.

– Eu vendi a loja. Para Penny Macklemore.

– Não – diz Ira. – Você jamais faria isso.

– Faria e fiz, Ira.

– Mas você adora a loja – insiste ele. – Você adora livros.

– Não adoro, não. Nem leio mais. Este lugar me fez odiar livros. E olha que eu adorava. Costumava pensar igual a você, que eram milagres. Mas agora eles me deixam doente, como os morangos.

Quando menciono os morangos, o rosto de Ira fica branco. Sua boca se move como a de um peixe fora d'água.

– Você não quer a loja? – pergunta ele, a voz falhando.

– Não – respondo. – Nunca quis. E é por isso que a vendi para Penny.

– Compra de volta – diz Chad.

– Eu não posso. E não quero.

– Quando você fez isso? – pergunta Ira.

– Depois que a estante quebrou. Quando descobri seu estoque de cartões de crédito, e ficou tão óbvio, estava tão óbvio há muito tempo, que não havia mais volta. E eu só queria que acabasse. Porque esperar pelo fim... Não posso passar por isso de novo.

Eu me viro para Chad, com o dedo em riste.

– E então *você* me aparece com sua ideia de rampa. – Eu me viro para Ike. – E *você* veio e construiu uma rampa melhor. Eu insisti para que parasse, mas você foi em frente mesmo assim, e depois trouxe a tinta, e daí... – Volto para Chad. – Você montou seu banco de dados e começou a falar sobre sociedade, e isso deu mais esperança a Ira... – Eu me dirijo a Ira outra vez. – E você estava tão feliz. Não te vejo assim desde que Sandy morreu, desde que mamãe foi embora... – Minha voz falha de novo, mas engulo em seco. – E pensei que talvez eu pudesse fazer a Penny mudar de ideia, arrumar a loja, deixar do jeito que era antes, para você tocar o negócio. Eu tentei voltar atrás. Tentei. De muitas maneiras. Mas não deu certo. Porque não tem como dar certo. Porque não há como voltar da extinção. Vocês não enxergam? Somos dinossauros. O asteroide colidiu. É hora de aceitar isso e seguir em frente.

Ira se deixa cair de cócoras, os olhos arregalados, o pânico se instalando enquanto a sala irrompe em um pandemônio, com todos gritando ao mesmo tempo. Ike grita sobre a venda da loja. Garry e Richie gritam sobre todo o trabalho que tiveram. Angela grita perguntando se seus quitutes são ou não necessários. Beana e Bev gritam para que todos parem de gritar.

Minha cabeça está girando, meu coração está acelerado e meus ouvidos estão zumbindo. Tem muito barulho aqui, mas de alguma forma ouço a voz baixinha de Chad irrompendo em meio a tudo isso. Nunca o vi tão bravo.

– Não se atreva – diz ele. – Não se atreva a *me* chamar de dinossauro.

Saio correndo da loja sem olhar para trás. Entro no carro e arranco dali, passando pelo C.J.'s, pela loja de ferragens e pela revendedora de carros usados, avançando os sinais, sem parar até ver um borrão azul.

Azul-jeans. Esse era o nome da tinta que minha mãe usava no balanço da varanda. Ela costumava repintar a cada poucos anos, para que continuasse brilhante. "A gente tem que cuidar das coisas que ama", dizia ela. E foi o que fez. Até que não conseguiu mais.

Lá está ele, na beira da estrada. Bart deve ter jogado ali. Como eu lhe disse para fazer.

Paro. Coloco o balanço na parte de trás do carro. Depois sigo em frente.

Não faço ideia se Daryl Feldman estará no escritório. É semana de Ação de Graças. As pessoas têm lugares para ir. Família para visitar. Mas estou voando às cegas. A assistente está lá, surpresa ao me ver.

– Você tinha hora marcada?

Eu balanço a cabeça. Talvez seja o desespero que transborda de mim ou talvez ela saiba que o chefe é um babaca, ou talvez seja o espírito de Ação de Graças, mas ela diz:

– Vou ver o que posso fazer.

Cinco minutos depois, sou conduzido à sala de Daryl. Começo a falar antes dele:

– Os discos valem muito mais do que 4.500 dólares. Deixei o índice aqui outro dia e, se você pesquisasse qualquer um dos álbuns, veria o quanto são valiosos.

De sua cadeira moderna, de aparência desconfortável e obviamente muito cara, Daryl Feldman me encara.

– Tem um *Piper at the Gates of Dawn*, do Pink Floyd, primeira prensagem, que vale 250. Um *Stink*, do The Replacements, primeira prensagem, duzentos. E outros assim. Milhares assim. Valem em torno de cinquenta mil dólares.

Daryl se balança para a frente e para trás na cadeira.

– Mas eu vou vender tudo para você aqui e agora por vinte mil. Com vinte mil, você ainda vai ganhar uma porrada de dinheiro.

Daryl se balança um pouco mais.

– Oito mil – rebate ele.

Se Penny estivesse aqui, ela continuaria, reconheceria isso como um lance inicial, parte da dança da negociação. Mas eu não quero dançar. Só quero que acabe. E oito mil resolvem meu problema matemático mais urgente. Dá para devolver a maior parte do sinal que Chad perdeu por minha causa. Posso pegar os 1.200 dólares que ganhei com as vendas dos discos e pagar os Lenhadores pelo trabalho deles. Ainda vamos perder a loja. Mas, uma vez que o asteroide nos atingiu, acabaríamos perdendo-a de todo jeito. Assim como acabaríamos perdendo Sandy. Assim como acabaríamos perdendo a mamãe. Algumas coisas são inevitáveis.

– Feito – digo a Daryl.

– Quando posso ir buscar?

– Hoje mesmo, se quiser.

Anoto o endereço da loja e o instruo a passar o cheque para Chad Santos. Então pego a chave que Sandy me deu depois que prometi não vender seus discos. Eu a deslizo sobre a mesa em direção a Daryl.

– Mostre isso a Ira. Diga que você está lá por causa dos vinis. Ele vai entender.

Ira ainda guarda um velho atlas rodoviário Rand McNally no porta-luvas. De acordo com uma tabela de distância, no verso, a viagem é de quase 2.500 quilômetros. Traço meu curso, correndo o dedo para baixo e para a direita, ao longo das grossas linhas interestaduais azuis, como Ira deve ter feito quando viajou de um extremo a outro do país, sem saber o que estava procurando até vê-la parada na beira da estrada.

O SOBRINHO DO MAGO

Phoenix é o quarto lugar mais ensolarado do país, o sol brilha em 85 por cento do tempo. Sei disso porque pesquisei no Google enquanto pensava em lugares para morar onde o céu não chorasse constantemente. Na minha versão fantasiosa, todos esses lugares têm um céu azul deslumbrante, vistas panorâmicas, a luz do sol lustrando uma paisagem acobreada ao estilo da pintora Georgia O'Keeffe.

Mas, quando chego ao subúrbio da cidade, o panorama é estranhamente familiar: lojas enormes, revendedoras de carros com balões infláveis, postos de gasolina, redes de fast-food. Em vez de úmida e coberta por nuvens, a cidade é alvejada pelo sol violentamente brilhante, mas, de resto, parece igual.

Exceto por uma diferença crucial: Hannah está aqui.

Paro em um posto de gasolina na beira da estrada e uso um pouco mais do dinheiro secreto das vendas dos discos para abastecer de novo e comprar um kit de viagem com pasta e escova de dente, um desodorante e uma cueca nova. Eu me tranco no banheiro e me higienizo o melhor que posso. Quando me sinto meio humano, desenterro o celular do porta-luvas e o ligo pela primeira vez desde que saí de casa. Ele volta à vida com uma cacofonia de alertas, chamadas perdidas, mensagens de voz e de texto. Ignoro tudo e ligo para Hannah, que atende na hora.

– Oi, amor. Eu estava pensando em você.

Ela estava pensando em mim. Me chamou de *amor*. Vai ficar tudo bem.

– Eu estava pensando em você também – respondo, a voz áspera.

– Você está doente? Sua voz parece rouca.

Em algum lugar depois de Bellevue, quando o silêncio já estava começando a me enlouquecer, me lembrei da fita que Hannah gravou para mim e a coloquei para tocar. Fiquei ouvindo, por 29 horas seguidas, desde o leste de Washington, atravessando Oregon e Idaho, até Nevada. Cantei junto, primeiro inventando palavras sem sentido e depois, após ouvir repetidas vezes, acertando a letra. Cantei a plenos pulmões, até as músicas como "Clair de Lune", que são só instrumentais. Cantei mais alto do que as batidas do motor do carro em apuros, mais alto do que as vozes na minha cabeça.

– Estou bem – respondo. – O que você está fazendo?

– Passando café.

– E depois?

– Não sei. Provavelmente vou ficar fora do caminho enquanto minha mãe cozinha.

– Dá pra gente se ver um pouco?

– Você quer fazer sacanagem no FaceTime às dez da manhã?

– Com certeza. – Eu paro. – Mas pensei que hoje a gente podia se ver pessoalmente.

A linha fica muda. Ao fundo, a cafeteira borbulha e assobia.

– Onde você está? – pergunta ela.

– Em Phoenix.

– Você pegou um avião para o Arizona?

– Vim de carro, na verdade.

– Por quê?

– Pra te ver. – No silêncio que se segue, meu celular apita com duas novas mensagens. Passo o dedo na tela para descartá-las sem olhar. – Então, quando posso te ver?

– Aaron... – diz ela em um tom comedido. – Volto pra casa em três dias.

– Eu sei, mas estou aqui. Quero te ver. Você não quer me ver?

– Eu quero te ver. Mas lá em casa.

– Hannah, eu dirigi trinta horas pra te ver.

– Eu não pedi para você fazer isso.
– Eu sei! Mas estou aqui. Surpresa!
Hannah suspira.
– Eu realmente quero te ver. – Tento parecer impetuoso, um cara apaixonado fazendo algo romântico e espontâneo. Mas não consigo nem convencer a mim mesmo, que dirá a ela. – Eu *preciso* te ver – acrescento, a voz falhando, revelando meu desespero.
Outro suspiro. Mas depois:
– Venha aqui.

~

Eu me perco no caminho para a casa de Hannah, que fica em um condomínio fechado. Por engano, paro em Desert Pines Estates e em Sandpiper Estates antes de enfim ver Hannah me esperando no portão do Mirage Estates. O porteiro levanta a cancela e Hannah senta no banco do carona, mas, quando me viro para beijá-la, ela está dizendo algo em espanhol para o porteiro, então acabo praticamente beijando seu cabelo.
– Não sabia que você falava espanhol – digo.
– Tem muita coisa que você não sabe sobre mim.
– É por isso que estou aqui. – Venço o silêncio constrangedor que se segue exclamando: – Feliz Dia de Ação de Graças!
– O Dia de Ação de Graças é amanhã.
– Feliz Dia de Ação de Graças adiantado. Toma aqui. – Pego um donut derretido que comprei na última parada.
Ela enfia o doce no bolso do moletom e olha para o banco de trás.
– O que é isso?
– Ah, nada. Quer dizer, é o nosso velho balanço da varanda.
– Você dirigiu com esse balanço até Phoenix?
– Estava largado na beira da estrada e eu não podia deixá-lo lá, então eu o trouxe... – Minha voz some. – Você quer?
– Não – responde ela. – Mas eu quero saber o que você está fazendo aqui.
– Eu já disse: vim te ver.
– Você dirigiu 1.500 quilômetros pra me ver?

– Foram 2.500, mas quem liga?
– Por quê?
– Preciso de um motivo?
– Claro, acho que precisa, sim. Isso é estranho, Aaron. Eu fiquei fora dois dias. E volto pra casa em três.
– Olha. Eu sei que é impulsivo, mas minha família não comemora mais o Dia de Ação de Graças e eu tinha uns dias de folga, daí pensei em vir aqui te ver. Pra que a gente pudesse se conhecer melhor. E eu poder ver onde você cresceu. Onde estudou. Esse tipo de coisa.
– Você dirigiu até aqui para me conhecer melhor?
– Sim!
Ela reflete um pouco.
– Ok – diz ela. – Dê a volta e siga por onde você veio.
– Mas você não mora aqui?
– Não, Aaron. Eu moro em Washington. Meus pais moram aqui.
Certo. Provavelmente ainda não sabem que Hannah está ficando comigo. Eu não tinha pensado nisso.
– De qualquer jeito – continua ela –, você veio aqui pra me conhecer, então é isso que vamos fazer. Pegue à direita nessa rua.
Ao virar a esquina, caio de volta na larga avenida cheia de jardineiros aparando as sebes floridas. A fita que ela gravou para mim ainda está tocando no rádio, mas de repente fico um pouco constrangido, então desligo e passamos em silêncio por vários outros condomínios fechados e várias galerias comerciais, até que Hannah me manda reduzir.
– Vê esse edifício? – Ela aponta para uma fachada sem identificação. – Foi aí que fiz aulas de modelo quando era mais nova.
– Você fez aulas de modelo?
– Por seis anos. Me ensinaram a ter uma boa postura, como desfilar em uma passarela e que diuréticos me ajudariam a manter o peso ideal.
A amargura em sua voz é sutil mas inconfundível.
– Você está brava comigo?
– Vire à esquerda no semáforo – comanda ela, ignorando a pergunta.
Nós continuamos em silêncio e minha mente gira, procurando saber o que dizer para amenizar a situação.

Hannah aponta para um prédio de tijolos com um enorme estacionamento e um letreiro escrito HILLSDALE LIONS.

– Foi aí que fiz o ensino médio – diz ela. Depois aponta para o campo de futebol americano. – Aquele é o campo onde eu animava a torcida nos jogos. – Em seguida, ela mostra um prédio adjacente de blocos de concreto. – E lá está o vestiário onde fiz o primeiro boquete da minha vida no meu namorado, que era, é claro, do time de futebol. Ele contou pra todos os amigos e isso me rendeu o apelido de Hannah Chupeta. Fingi estar de boa com isso. Até hoje encontro caras na cidade que me chamam assim. Bons tempos. Ok, agora siga as placas para a rodovia 101 – conclui ela, indicando uma entrada para a pista.

– Você *está* brava comigo – digo, pegando a rodovia.

– Por que eu estaria brava com você? Você veio aqui pra me conhecer, então estou te dando um panorama dos melhores momentos da minha vida.

Continuamos em silêncio por alguns quilômetros, depois ela me guia por uma via de acesso e em seguida por uma estrada de terra cheia de carvalhos centenários.

– Vê aquela ali? – pergunta ela, apontando para uma árvore indistinguível das outras. – Amassei o carro do meu pai naquela árvore.

– Pensei que o acidente tivesse sido voltando de uma viagem pra esquiar – digo.

– O acidente em que quebrei a bacia foi na volta de Taos. Já esse foi quando bati o carro do meu pai porque estava chapada de anfetamina.

– Ah. – Engulo em seco. – Não sabia que você tinha sofrido dois acidentes.

– Estranho – comenta Hannah friamente. – Falei sobre isso na reunião do N.A. Você prestou atenção?

– Lógico que prestei.

– O que foi que eu disse?

– Eu não decorei.

– Não quero saber palavra por palavra, Aaron, mas quais foram os pontos principais?

Eu me esforço para encontrar algo que amoleça Hannah, que desfaça os danos que aparentemente causei. Mas não consigo me lembrar de nada. Está tudo embaralhado às lembranças de Sandy.

– Você sofreu o acidente. Ficou viciada em analgésicos.

– Só isso?

– Não. Não. Seus pais não queriam admitir o vício. Preferiam pensar que você era perfeita.

– O que mais?

– Hum, não sei. O que falta? Ah, esqueci a parte mais importante. Você está limpa há quase um ano.

– Por que essa é a parte mais importante?

– Um ano. É uma grande conquista.

– Falando assim, parece que cruzei uma linha de chegada.

– Bem, eu não diria que cruzou. Mas está cada vez mais perto. E muita gente nunca chega tão longe. Meu irmão com certeza nunca chegou.

Ao mencionar meu irmão, Hannah prageja baixinho, balançando a cabeça.

– O que foi? – pergunto.

– Encosta, por favor.

– Onde?

Estamos no meio do nada. São só quilômetros de estrada seca e poeirenta.

– Qualquer lugar – responde ela. – Vou descer.

– Por quê?

– Para o carro, Aaron.

– Hannah, se eu disse algo errado...

– Para a porra do carro, Aaron. – Sua voz soa como um grunhido baixo.

Encosto o carro.

– Olha... É óbvio que fiz algo errado. Talvez eu não devesse ter vindo, assim logo no começo do nosso relacionamento, e sem perguntar. Sei que parece maluquice...

– Por que você veio aqui, Aaron? – interrompe ela.

– Eu já disse. Vim pra te ver. Te conhecer melhor.

– Se você realmente tivesse vindo me ver, se me conhecesse, nem que fosse um pouquinho, teria entendido que esta é a primeira vez que visito minha família desde que fui embora. Saberia como isso é difícil pra mim. E não teria dificultado mais ainda.

– Não! É a última coisa que quero fazer.

Seguro as mãos dela. Apesar do calor, estão frias.

– Então por que você veio? – repete ela.

– Eu vim pra te ver.

– Por que está aqui?

– Porque estou apaixonado por...

Hannah me cala com um aceno de mão.

– Você não me conhece tão bem assim pra estar apaixonado por mim.

– Não fala isso! Estou apaixonado por você desde o minuto em que te vi. E você também sentiu. Nossa conexão. Você disse que sentiu.

Hannah balança a cabeça.

– Você não pode negar – continuo. – Acabamos de passar dois dias superincríveis juntos. Você encontrou a música perfeita pra mim.

Ela tira o cinto de segurança e se vira para mim.

– Fala. Por que. Você. Veio.

– Porque eu te amo.

Mas Hannah sabe que algo pode ser um fato e não ser a verdade completa.

– Sabe, ando com viciados há tempo suficiente para saber quando alguém está me enrolando – diz ela.

– Eu *não* estou te enrolando. E *não* sou viciado. O bosta do meu irmão que era o viciado de merda!

Vejo as palavras saírem da minha boca como um vapor venenoso. Dá para vê-las entrando na corrente sanguínea de Hannah.

– Como eu sou uma viciada de merda.

– Não! Você não tem nada a ver com ele. Não *escolheu* o vício. Não arruinou a vida da sua família.

– Ninguém escolhe o vício.

– Sandy escolheu! Várias e várias vezes! Ele escolheu as drogas em vez de nós. Quer saber por que eu vim? Eu vim porque você é a primeira coisa boa que me aconteceu desde que meu irmão ficou doente.

Desde que o negócio da família faliu. Desde que minha mãe ficou tão arrasada que teve que ir embora e meu pai desmoronou. Você é a única coisa boa, Hannah. E eu estou tão cansado de coisas ruins. Sei que são inevitáveis, mas eu quero uma coisa boa e inevitável. E é você.

E então a barragem se rompe, e todos os anos de raiva e medo e tristeza e solidão e culpa jorram de mim em uma torrente de lágrimas e catarro.

Hannah me toma nos braços.

– Ah, meu bem... – murmura ela baixinho enquanto me balança para a frente e para trás.

Tudo o que eu quero é ficar neste abraço. Nunca mais voltar para a loja, para Ira, para os Lenhadores, para Chad.

Ficamos assim por um tempo, e então acho que o alívio e a exaustão dos últimos dias me pegam, porque acabo adormecendo.

Quando acordo, a luz está diferente. Mais suave. O ar no carro transmite uma sensação quente e íntima, nós dois envolvidos por uma bolha. Se pudéssemos ficar assim para sempre, eu ficaria.

– Ei – digo, enxugando uma babinha da bochecha. – Por quanto tempo eu apaguei?

– Umas duas horas – responde ela.

Estou com torcicolo e tento massagear o pescoço.

– Vem cá – diz Hannah, estendendo o braço para me fazer uma massagem.

Eu fecho os olhos.

– Isso é bom – digo, enquanto ela massageia mais um pouco. – Me desculpa por ter perdido a cabeça. Ter despejado tudo em cima de você. É que tem muita coisa acontecendo no momento.

– Eu entendo. E estou feliz que você tenha sido sincero comigo. Isso explicou algumas coisas.

Hannah para de me massagear e eu abro os olhos.

– Tipo, que o cara com quem você está ficando não tem nenhuma noção de romance e relacionamentos?

– Ah, isso estava óbvio desde o início – responde ela, com um sorriso pesaroso.

Eu chego mais perto, querendo preencher qualquer distância entre nós, e a beijo. Seus lábios estão quentes e macios, mas depois de um segundo ela se afasta.

– Tenho que te dizer uma coisa.

Posso ser novo nessa coisa de namoro, inexperiente em relacionamentos, mas sei que "tenho que te dizer uma coisa" prenuncia um asteroide. "Tenho que te dizer uma coisa" é o que Ira me disse quando eles mandaram Sandy para a reabilitação pela primeira vez. É o que minha mãe me disse quando teve que ir embora.

– Por favor, não diga.

Mas ela diz:

– Não posso ficar com você.

– Não. NÃO! Você é a única coisa na minha vida que me faz sentir bem.

Hannah toca meu rosto.

– Engraçado. Era isso que eu pensava da heroína.

– É diferente. Você não é uma droga.

– Não mesmo? Você está me usando pra fugir. E está guardando um monte de segredos. O fato de eu não ter visto, ou ter preferido não ver, prova que não estou pronta pra um relacionamento. – Ela olha para mim. – E você também não.

– Vamos aprender juntos. A estar prontos um para o outro.

– Não é assim que a gente se recupera.

– Não faz isso! Não jogue tudo fora. Nós somos feitos um para o outro.

– Por quê? Porque eu estava lendo um livro?

– Não era um livro qualquer! Era *O sobrinho do mago*. E você gravou "This Must Be the Place" no mix de músicas perfeitas pra mim.

– O que isso tem a ver com o resto?

– Significa que nós somos inevitáveis.

– Por quê?

– Porque essa música... – digo, a voz falhando. – Essa foi a música.

– Que música?

Então eu conto a ela a história. De minha mãe e de Ira se conhecendo na beira da estrada. A música que deu início à nossa família. A inevitabilidade deles dois. A inevitabilidade de nós dois.

Quando termino, Hannah desata a rir. Freneticamente, a mão na barriga, lágrimas no rosto, às gargalhadas.

– Durante todo esse tempo... – diz ela, entre soluços. – Você falando que não gosta de música... – Hannah ri mais. – Mas você *nasceu* da música. Literalmente não existiria sem ela.

Hannah enxuga as lágrimas e me dá um beijo de despedida antes de abrir a porta do carro. Então se vira para mim uma última vez:

– Aaron Stein, você é o narrador menos confiável que já conheci.

A ANATOMIA DE UM LUTO

É quase noite quando chego a Silver City, mas a luz é azul, pêssego e púrpura. É a luz de Georgia O'Keeffe. Não temos céus assim no Noroeste. Nunca.

Depois que Hannah me deixou na beira da estrada, peguei o atlas rodoviário para descobrir onde estava e como chegar em casa. Então lembrei que não podia voltar para lá.

E foi aí que vi como eu estava perto do Novo México. Como estava perto daquilo do que eu vinha fugindo. Acontece que, por mais rápido ou longe que a gente vá, o inevitável sempre nos alcança.

Peguei o celular. E, pela primeira vez desde que ela foi embora, liguei para minha mãe.

Os cachorros começam a latir assim que estaciono na entrada e ficam mais frenéticos à medida que me aproximo da porta. Meu bulbo olfativo começa a disparar no minuto em que mamãe abre a porta. Não é apenas o perfume dela – lavanda e sândalo –, mas o aroma de canja de galinha que vem da cozinha. Penicilina judaica, o que ela nos dava sempre que sentíamos qualquer mal-estar. Estou na frente dessa casa estranha, com esses cachorros estranhos, e é como se eu estivesse lá e aqui, passado e presente, em todos os lugares ao mesmo tempo.

– Oi, meu amor – diz ela.

– Oi, mãe.

Ficamos parados ali, sem saber o que fazer. Antes minha mãe era uma máquina de abraços, mas todos nós costumávamos ser coisas que não somos mais.

– Você quer entrar?

Eu faço que sim.

Assim que entro, os cães de guarda ferozes se tornam adoráveis animais de colo. Mamãe nos apresenta:

– Este é o Terrence. – Ela acaricia um vira-lata de formato estranho. – É meio husky siberiano, meio corgi galês, e quase totalmente cego. Não que isso o impeça de fazer alguma coisa. E esta é a Mindy – conclui ela, fazendo cócegas no pescoço de uma poodle.

Mamãe, Terrence e Mindy me levam por um corredor decorado com pinturas de búfalos, falcões e coiotes, ao estilo da região sudoeste. O canto dos pássaros está em toda parte.

– Merdinhas barulhentos, né? Ficam sempre assim no começo da noite. Quer conhecê-los? – pergunta ela. Mantendo os cachorros afastados, minha mãe abre a porta de um quartinho repleto de gaiolas grandes e um sofá-cama bem arrumado. – Estão a plenos pulmões. Eles me lembram você e seu irmão: tão agitados que eu tinha que cantar para vocês dormirem. – Ela para, perdida nas lembranças. – Às vezes os pássaros cantam para eu dormir.

Dou um passo em direção a uma das gaiolas; cinco periquitos coloridos esvoaçam lá dentro. Enfio o dedo pelas grades. Todos me ignoram, exceto um, um passarinho amarelo com manchas laranja e um penachinho na cabeça, que gentilmente bica meu dedo.

– Este é o Ramón.

– Oi, Ramón – digo.

– Quer que eu abra a gaiola? Ele gosta de se empoleirar no dedo da gente.

Faço que sim.

Minha mãe destranca a portinhola, assobiando e trilando como se tivesse se tornado fluente na língua dos pássaros. Não me surpreenderia. Ela sempre soube conversar com todo mundo.

A maioria dos pássaros a ignora, feliz com o alpiste. Ramón me encara, os olhos brilhando.

– Ele está se comunicando – explica minha mãe.

– Se comunicando?

– Dilatando e contraindo as pupilas. É um sinal de como os periquitos estão se sentindo.

– Como ele está se sentindo?

– Acho que está curioso.

E então, como se para confirmar o palpite da minha mãe, Ramón voa para fora da gaiola e pousa em meu ombro.

– Uau. Eu nunca o vi fazer isso antes – diz ela.

– O que eu faço?

– Nada. A menos que você queira que eu o tire daí.

Sinto as garras minúsculas de Ramón se cravando na minha carne, como se corresse risco de vida.

– Pode deixar.

– Ele deve gostar da sua aura – sugere mamãe.

Eu reviro os olhos.

– Pode rir – diz ela –, mas as pessoas que moram aqui têm uma tonelada de livros sobre comportamento animal. Li um que dizia que os periquitos enxergam a luz UV, o que lhes permite ver a aura das pessoas. – Ela faz uma pausa e estende o dedo em direção a Ramón, que bica suavemente sua unha. – Ele deve gostar da sua.

– Então é óbvio que Ramón tem um péssimo gosto. Porque, se eu tenho uma aura, ela é verde-vômito.

– Bem, se for, Ramón gosta, não é? – replica ela, e gorjeia.

– Então agora você gosta de pássaros.

– Acho que sempre gostei. Eu que dei o nome Bluebird Books à loja.

À menção da loja, meu estômago revira. Ramón bate as asas em solidariedade.

– Mas eu nunca convivi com pássaros antes – continua ela. – Acho que são infinitamente fascinantes. Dizemos "cérebro de passarinho" como se fosse um insulto, mas, por mais minúsculos que eles sejam, são animais inteligentíssimos. Conseguem prever terremotos. Tempestades. Ficam quietos nos momentos que antecedem um evento cataclísmico.

Minha mãe assobia e estica o dedo. Ramón salta para ela, que o coloca na gaiola.

– É curioso, porque no dia em que encontrei seu irmão... – Sua voz some enquanto ela tranca a gaiola e desdobra um lençol branco. – Acordei bem de manhãzinha. Os pássaros costumam fazer uma algazarra nessa hora, mas estavam assustadoramente quietos naquele dia. – Ela sacode o lençol algumas vezes antes de estendê-lo com toda a gentileza sobre a gaiola. – Fui até o quarto de Sandy, embora ele não aparecesse em casa há dias. Se tivesse ido, eu teria ficado de olho nele. Nunca conseguia dormir quando ele estava em casa. Mas Sandy devia ter chegado tarde, depois que nós fomos para a cama. Ao perceber os pássaros quietos, eu soube na hora. – Mamãe ajeita o lençol e o canto dos pássaros se silencia. – Eu simplesmente soube.

Ainda ouço os gritos dela quando o encontrou naquela manhã. Eu soube na hora também: o inevitável enfim tinha acontecido.

E senti um alívio. Enfim tinha acabado.

Só que não tinha. Mamãe continuou gritando. No hospital onde o declararam morto. No necrotério para onde levaram o corpo para autópsia. No cemitério ao qual quase ninguém compareceu. Todas as manhãs ela acordava chorando, como se a morte dele estivesse se repetindo.

"Sua mãe precisa de tempo", disse Ira. "Vai melhorar com o tempo." Mas não melhorava. E a cada dia que ela passava daquele jeito, Ira piorava. Ele se manteve firme durante a doença de Sandy, e até mesmo depois de sua morte, mas quando mamãe começou a desmoronar, Ira foi junto.

Um novo medo me abateu na época, denso como o céu do inverno. Se continuasse daquele jeito, eu ia perder todos eles. Não apenas Sandy, que já tinha partido. Não apenas minha mãe, que já estava a meio caminho. Mas Ira também.

Comecei a desejar que minha mãe simplesmente fosse embora, da mesma forma que desejei que Sandy simplesmente morresse.

E então ela foi.

E nada melhorou.

Ira pode ser a Árvore Generosa, mas o garoto com o machado que a corta, galho por galho, sou eu.

~

Adormeço de roupa, sem comer, e acordo na manhã seguinte ao som dos pássaros cantando. Eu pisco. O relógio marca 10h34. Ramón está me encarando, seus olhos fixos.

– Você sabe a verdade, né, amiguinho?

Seus olhos ficam maiores, menores, maiores, menores.

Eu me arrasto para a cozinha. Minha mãe está fuçando a geladeira.

– É Dia de Ação de Graças – diz ela, abrindo as gavetas vazias. – Eu meio que esqueci o feriado e agora só tenho canja de galinha e cachorro-quente. Acho que é melhor irmos ao mercado e ver se ainda tem peru.

– Tudo bem. Não estou me sentindo muito grato.

Ela se vira para mim.

– Curiosamente, hoje eu estou.

Meu estômago ronca. Não como desde que parei em Phoenix.

– Posso tomar um pouco de canja?

Minha mãe pega um pote e despeja algumas conchas de canja em uma cumbuca, depois a põe no micro-ondas. À medida que ela se aquece, o cheiro toma conta da cozinha, mas desta vez não sou transportado para lugar nenhum. Fico ali mesmo. O micro-ondas apita. Ela pega a cumbuca e a pousa na minha frente.

– Coma e tome um banho. Peguei umas roupas emprestadas do dono da casa para você porque não achei nenhuma mala no carro.

Eu giro a colher na sopa, encorpada com cenoura, cebola e pedaços de frango, mas sem macarrão. Ira acredita piamente que o único amido que deve adornar a canja de galinha é uma bola de pão ázimo.

– A propósito, o que meu balanço está fazendo no carro?

Tomo a primeira colherada. Está salgada, gordurosa e quente e vai direto para minha corrente sanguínea. Na hora já me sinto um pouco melhor.

– É uma longa história.

– Termine sua sopa. Vamos levar os cachorros para passear, e daí você me conta.

A casa fica no sopé das montanhas de Piños Altos, e seguimos uma trilha íngreme e rochosa. Enquanto caminhamos no ar fresco e limpo, deixo a história se desenrolar de trás para a frente, começando com o balanço no carro, a venda dos discos, a reforma, a construção da rampa, a noite em que conheci Chad e fui vender a loja para Penny Macklemore.

O rosto de minha mãe não muda de expressão enquanto eu falo. Obviamente, essa notícia já é antiga.

– Ira te contou?

– Você vendeu a loja bem debaixo do nariz dele. Acha que ele não ia me contar?

O punho da culpa me dá outro soco no estômago.

– Achei mesmo que ele contaria. Da próxima vez que você ligasse.

Ela me olha de esguelha.

– Seu pai e eu conversamos quase todos os dias.

– Você liga uma vez por semana.

Desta vez, mamãe *revira* os olhos.

– Ligo para *você* uma vez por semana, meu filho reticente. Mas falo com Ira sempre. Ele me liga quando está dando suas caminhadas.

– Liga? Achei que ele estava fumando um baseado.

– Ira? – Ela ri. – Ele é paranoico demais para isso.

– Então, se você fala com Ira todos os dias, sabe sobre a...?

– Bev? Claro.

– E não se importa?

Mamãe solta os cachorros da coleira. Mindy sobe a colina, mas Terrence fica ao nosso lado até ela jogar uma bolinha de borracha amarelo-vivo.

– Eu quero que seu pai seja feliz – diz minha mãe enquanto Terrence corre atrás da bola. – Ele quer que eu seja feliz. E nós dois queremos que você seja feliz. Mas, quando alguém passa pelo que passamos, começa a compreender que a felicidade nem sempre é como era antes. A família nem sempre é como era antes. Mas ainda é nossa família.

– É o que Ira diz.

Chegamos ao topo da colina. Ao lado há um penhasco rochoso, uma série de pedras se projetando da encosta escarpada, como se desafiasse a gravidade. Mamãe assobia e os cachorros vêm correndo. Ela põe as coleiras e os amarra a um pinheiro retorcido, porém forte, que me faz lembrar de Ike. Senta-se à beira de uma rocha plana, as pernas penduradas no despenhadeiro.

– Por que você não disse nada? Não contou para alguém? – pergunta ela quando me sento ao seu lado.

– Não sei – admito, jogando uma pedra no desfiladeiro. – Eu queria contar. Mas então as coisas meio que saíram do controle. Vendi a loja a Penny, e os Lenhadores apareceram, e eu tentei driblar isso tudo, tentei dizer a verdade, mas acabei me enterrando cada vez mais. E todos os dias eu acordava e pensava: "É hoje que vou consertar as coisas." Mas o dia se passava e eu não conseguia.

– Você sabe com quem você se parece?

– Ira – respondo.

– Não, com Sandy.

– Por que as pessoas ficam me dizendo isso? Eu não tenho *nada* a ver com Sandy!

– Ah, não?

– Não! Eu gosto de livros, não de música. Eu puxei a Ira, não a você. E não sou viciado. Nunca tomei nem uma cerveja.

– Os segredos. As mentiras. As justificativas. Fazendo e quebrando promessas para si mesmo. Isso é basicamente o seu irmão.

– É, mas pelo menos não arruinei a vida de ninguém...

Assim que digo isso, vejo a expressão arrasada de Ira depois que lhe contei que vendi a loja para Penny. E a expressão esperançosa de Ike quando ele jurou que não seria o cupim que iria destruir a madeira. E a expressão traída no rosto de Chad quando o chamei de dinossauro.

De repente, eu vejo. Um fragmento de rocha em chamas irrompendo pela atmosfera.

Ah, meu Deus. *Eu* sou a porra do asteroide.

– Mas eu nunca quis que isso acontecesse – digo. – As coisas simplesmente, não sei, fugiram do controle.

– Imagino que seu irmão se sentisse assim.

Em vez de me opor, traçando uma linha de criptonita entre mim e Sandy, como tenho feito há anos, eu me permito me sentir como Sandy deve ter se sentido: preso na contracorrente de seus erros, tentando com todas as suas forças acertar as coisas... e ainda falhando.

E, com isso, começo a entender. Ele não queria destruir nossa família, assim como eu não escolhi destruir a loja. Ele se envolveu em algo que não podia controlar.

Da mesma forma que eu.

～

No dia seguinte, saímos para almoçar em uma lanchonete no minúsculo centro de Silver City. O lugar é muito parecido com o C.J.'s, as mesmas mesas gastas, cardápios plastificados, tortas carregadas de chantili nas vitrines. Donna, a garçonete, já sabe o nome da minha mãe e o que ela vai pedir.

– O de sempre? – pergunta Donna.

– Eu e meu filho estamos comemorando o Dia de Ação de Graças atrasado – responde mamãe. – Vamos querer sanduíches quentes de peru, por favor.

– Bem, o peru fica sempre melhor no dia seguinte – comenta Donna, rabiscando o pedido no bloquinho.

– Depois do almoço, vou para uma reunião do Al-Anon, um grupo de apoio – diz minha mãe quando Donna serve nossa comida. – Se quiser vir... Acho que pode te fazer bem.

– Talvez outra hora. Fui a uma reunião do N.A. semana passada e ainda estou me recuperando.

– Você foi a uma reunião do N.A.? – Seu olhar é mais curioso do que preocupado.

– Fui com a Hannah, a garota com quem eu estava ficando.

– Estava?

– Ela me deu um fora.

– Por quê? – pergunta minha mãe.

Pego uma colherada de purê de batatas e jogo no prato.

– Ela disse que eu tinha uns problemas pra resolver, acredita?

– E todos nós não temos? – Mamãe mistura o molho da carne com o molho de mirtilo vermelho. – Tenho uma ideia maluca.

– Ah, é?

– Você podia ficar aqui. Comigo. Resolvendo seus problemas. Silver tem três livrarias, uma universidade pública e trezentos dias de sol por ano. Não é o pior lugar para construir um lar.

– Você vai ficar por aqui?

Ela assente.

– Acho que sim. Eu me sinto em paz nas montanhas. O abrigo de animais onde trabalho como voluntária me ofereceu um emprego. Além disso – ela olha para mim e sorri –, tenho um balanço de varanda agora, então preciso de um lugar para pendurá-lo.

– E Ira?

– Ira quer que você seja feliz. E ele tem a Bev agora.

– Posso pensar no assunto?

– Pode fazer o que for preciso, meu amor.

Quando minha mãe vai para a reunião, caminho pelo centro da cidade, um aglomerado de prédios baixos de tijolos ofuscados pelas montanhas atrás deles. Encontro a livraria imediatamente e, assim que boto os pés ali, meu bulbo olfativo entra em ação. Sou transportado para a Bluebird Books e naquele momento desejo estar de volta lá. E então lembro que não há mais um *lá* para onde voltar.

– Posso ajudá-lo?

O homem atrás do balcão não se parece em nada com Ira (é baixinho, de pele marrom e calvo, com um monte de anéis turquesa nos dedos), mas posso dizer logo de cara que os dois são irmãos, de certa forma. Se existisse um pacto entre livreiros, este homem seria um signatário.

– Estou procurando um livro.

Eu costumava zombar de pessoas que diziam isso. Para que mais você iria a uma livraria? Mas acho que minha mãe sempre entendeu que o que faz uma livraria são as pessoas dentro dela, as pessoas nas páginas, e as pessoas fora das páginas também.

– Você veio ao lugar certo – diz ele. – Gostaria de ajuda para encontrar o que procura?

– Gostaria, sim.

– Então me conta: qual foi o último livro que você leu e gostou?

A pergunta de início me faz hesitar. Eu reli *Ascensão e queda dos dinossauros* diversas vezes, mas não tenho certeza se adorei o livro ou se apenas me apeguei a ele. Então lembro que alguns dias atrás Hannah e eu estávamos lendo em voz alta o meu primeiro amor.

– *O leão, a feiticeira e o guarda-roupa*.

– Ah, sim. – Ele me analisa por um bom tempo, como Ira costumava fazer com os clientes. – Acho que tenho a coisa certa para você.

O homem desaparece em meio aos livros. Quando volta, espero ver algo de *As Crônicas de Nárnia*. Ou de outra série de fantasia: *Harry Potter, Fronteiras do Universo*... Mas ele me entrega um livrinho fino, com a silhueta de três pássaros vermelhos em um galho na capa.

– *A anatomia de um luto*, de C. S. Lewis – sugere o livreiro. – Ele escreveu depois que a esposa morreu, tentando conciliar sua fé com a perda, pouco antes de perceber que as duas coisas não estão em desacordo: andam de mãos dadas. Não tem nada a ver com Nárnia, mas achei que poderia ser interessante.

Olho para esse homem que não me conhece nem sabe nada sobre mim, mas que sabe, como Ira sempre soube, assim como todos os melhores livreiros sabem, não apenas o que seus clientes querem, mas do que eles precisam.

Nunca me disseram que o luto se parecia tanto com o medo. Leio as primeiras linhas do livro, e é como se minhas próprias páginas estivessem se abrindo. Há muito tempo tudo o que senti foi medo, e durante todo esse tempo era luto. Continuo lendo, relembrando por que eu adorava livros. Porque eles nos mostram, em tantas palavras, e em tantos mundos, que não estamos sozinhos.

Um milagre, em 26 letras.

Estou lendo quando minha mãe me encontra naquela tarde. Leio ao longo do resto do dia conforme as longas sombras caem, enquanto, volta e meia, Ramón se empoleirando em mim, como se lesse por cima do meu ombro, como às vezes Ira faz. Quando termino, sei que não vou ficar aqui com minha mãe. Vou voltar e enfrentar o medo e o sofrimento que causei e de que fui vítima.

– Quer que eu vá com você? – pergunta mamãe quando aviso, antes de ir para a cama, que vou embora de manhã.

Balanço a cabeça. Ela parou de fugir. Agora é melhor que fique, com seus pássaros. Vou voltar outra hora. Descobrir como viver em família.

Minha mãe me aninha nas cobertas.

– Quer que eu cante para você? – brinca ela, insegura.

Mas eu quero.

– Por favor – peço.

Ela se senta na beirada da cama. Quando começa a cantar, os anos se esvaem, seu canto nos levando de volta àquele dia que marcou o início de todos nós.

Minha casa é onde quero estar, mas acho que já estou nela.

MEU IRMÃO

Minha mãe insiste para que eu pare em algum lugar no meio do caminho, então reservamos um quarto em um hotel de beira de estrada em Boise onde vou passar a noite. Quando chego, o recepcionista me diz que o outro hóspede já fez o check-in e está no quarto.

– Que outro hóspede? – pergunto, ainda que já saiba a resposta antes mesmo de ver meu pai pela janela, lendo um livro à luz de uma luminária.

Tenho tantas perguntas. O que ele está fazendo aqui? Como chegou aqui? Ele me perdoou? E Chad, Ike e os Lenhadores? Mas, em vez disso, falo a língua que sempre foi mais natural para nós:

– O que você está lendo?

– Engraçado você perguntar. – Ira ergue o livro. É de Jamaica Kincaid. Chama-se *Meu irmão*. – Um livro de memórias. Kincaid está processando o luto depois que o irmão morreu de aids. – Ele balança a cabeça. – Não "processando"… Essa é a palavra errada, fica parecendo que a gente digere o luto. O relato dela de alguma forma lembra aquela oração judaica, o Kadish dos Enlutados. É como se ela estivesse cantando seu luto, porque as palavras não são suficientes. Talvez isso nem faça sentido.

Mamãe cantando para eu dormir. Hannah cantando para contar uma história. Bev cantando para afastar os ataques de pânico.

– Na verdade, meio que faz sentido, sim.

– Achei que poderia ser do seu interesse. – Ira faz uma pausa. – Mas só se você quiser. – Ele parece apreensivo. – Você não está mais lendo mesmo?

– Eu não consigo mais ler desde que Sandy morreu.

– E todos aqueles livros que indiquei para você?

– Eu fingi. Isso e um monte de coisas. – Respiro fundo, me forçando a continuar. – Sinto muito por não ter te contado sobre a venda da loja. Eu meio que fiz isso por pânico, depois que vi seus cartões de crédito, mas a verdade é que eu só queria me livrar.

– Se livrar do quê, exatamente? – pergunta Ira.

– Da loja.

– Hum... – Ira coça a barba. – Olha, o que me deixa intrigado é que, se você quisesse se livrar da loja, podia já ter feito isso há meses. E, depois de enfim ter vendido, você teve uma trabalheira danada para tentar recuperá-la. – Ira balança a cabeça. – Eu posso ser ruim em administrar, mas você é péssimo em se desfazer de um negócio. Então me perdoe por não cair nessa história.

Hannah me chamou de narrador não confiável. E talvez eu seja mesmo. O lance com narradores não confiáveis é que às vezes nem eles sabem por que fazem o que fazem.

– Então pergunto mais uma vez: do que você quer se livrar? – indaga Ira, me conduzindo a uma resposta que ele já sabe.

Penso em Chad, caindo da encosta, naqueles três segundos em que teve certeza de que ia morrer. É como se eu estivesse suspenso naqueles três segundos desde que Sandy ficou doente.

– Eu quero me livrar do inevitável – respondo.

– Inevitável? – questiona Ira.

– Saber que algo ruim vai acontecer, você querendo ou não, e só querer que aconteça logo para não precisar mais ter medo.

– Como a morte do seu irmão?

Eu engulo o nó na minha garganta e faço que sim.

– E a mamãe ir embora. Eu sabia que ia acontecer, e só queria que a espera acabasse logo. A mesma coisa com a loja.

– E você acha que tem o poder de fazer as pessoas viverem ou morrerem? De impactar as tendências do consumidor? – Ira dá uma risadinha. – Eu não sabia que era pai de um deus.

Quando ele fala assim, soa meio ridículo.

– Você também deveria saber de uma coisa... – diz Ira. – Eu pedi para Annie ir embora depois que Sandy morreu.

– Pediu?

Ira assente.

– Sua mãe estava se martirizando, presa nesse ciclo de dor. Eu tinha medo do que ia acontecer com você se ela ficasse.

– Eu queria que ela fosse embora porque tinha medo do que ia acontecer com *você* se ela ficasse.

Ira cofia a barba e sorri com tristeza.

– Parece até *O presente dos magos*.

– Como assim?

– É aquele conto de O. Henry em que o marido vende o relógio de bolso para comprar pentes para a esposa, e ela vende o cabelo para comprar uma corrente para o relógio de bolso dele. – Ira faz uma pausa. – Os dois tentam fazer algo pelo outro, mas meio que estragam tudo por amor. Como nós.

– Como nós – repito. – As respostas para todas as perguntas da vida estão nos livros?

– Claro – responde ele. – É isso que faz deles um milagre.

～

Às oito e meia da manhã seguinte, acordo com um telefonema de Penny Macklemore. É domingo, mas amanhã é o dia D: 1º de dezembro.

– Só para te lembrar que temos uma reunião no meu escritório às dez horas.

– Estarei lá.

Acordo Ira, uma ideia se formando.

– Um cara foi na loja buscar os discos? – pergunto.

– Hein? – Seus olhos estão turvos de sono.

– Vendi os discos de Sandy. Para um cara chamado Daryl. Ele deveria deixar um cheque para Chad e pegar os discos. Ele apareceu?

– Ah, aquele sujeito. Ele apareceu. – Ira boceja. – Eu o despachei.

– Por quê? Ele ia pagar oito mil pelos discos. Eu ia ressarcir Chad e os rapazes. Preciso reparar meus erros.

– Precisa mesmo, mas os discos valem pelo menos cinco vezes isso.

– Como você sabe?

– Seu irmão mandou avaliar a coleção.

– Mandou?

– Para que você acha que aquele índice serve?

– Se sabia que valiam tanto, por que *você* não os vendeu?

– Porque não posso vender o que não é meu – responde Ira.

– Mas eles podiam ter salvado a loja!

– Sandy não deixou os discos para mim. Nem para a loja. Ele os deixou para você.

– Ele não deixou nada pra mim. Só me deu a chave e me fez prometer que não ia vendê-los.

Ira entrelaça os dedos.

– Acho que Sandy não queria que os discos fossem vendidos enquanto ele estivesse vivo – diz ele com voz suave. – Ele percebeu que comprometemos o seu futuro para tentar salvar o dele. Acho que quis te deixar alguma coisa, caso o pior acontecesse. Sempre achei que os discos eram o legado do seu irmão para você e que, no momento certo, você faria alguma coisa com eles. – Ira afasta os lençóis e se levanta. – Mas não por oito mil dólares.

Deixo a ideia ser assimilada: herança? Caso o pior acontecesse? Sandy tinha visto o asteroide? Sabia que seus dias estavam contados? E, sendo assim, quando soube? E por que não me disse nada?

Mas, quando entramos no carro para voltar para casa, percebo que preciso deixar isso de lado. Os pensamentos do meu irmão sobre sua própria extinção são – como os pensamentos dos dinossauros sobre a deles – um mistério que nunca será revelado.

UM PONTO DE ENCONTRO PERFEITO

Embora tenha sido toda reformada, ao entrarmos lá à noite a livraria ainda parece tão vazia e desolada quanto nos últimos anos. Chad, Ike e os Lenhadores fizeram parte dela durante apenas algumas semanas, mas sua ausência é tão chamativa como era a velha estante quebrada, que está consertada agora. Hannah tinha razão: o tempo não é uma boa medida para coisas como o amor.

– Você quer jantar? – pergunta Ira.

– Daqui a pouco. Tenho que ver Chad.

Ira põe a mão no meu ombro.

– Talvez ele precise de um tempo. Está muito magoado. Todos eles estão.

– Eu percebi. – No caminho para casa, mandei dezenas de mensagens, mas não recebi resposta. – Mas tempo é a única coisa que não temos.

―――

Tirando aquele dia em que fui enganado para construir a rampa, nunca estive na casa de Chad. Sua mãe sabe exatamente quem eu sou e me leva por um amplo corredor até a antiga garagem, que agora é a toca dele. O chão está cheio de livros, nossos livros.

– Sua mãe me deixou entrar – digo quando ele me cumprimenta com silêncio.

Chad resmunga em resposta.

Aponto para os livros.

— Como está indo o inventário?

— Quem vê pensa que você liga.

Caminho em sua direção, tropeçando em um exemplar de *Orgulho e preconceito*.

— Ligo, sim. Sinto muito, Chad. Se eu soubesse que você estava desistindo da cirurgia por causa da loja...

— Você acha que é com *isso* que estou puto? — Ele balança a cabeça. — Cara, para alguém que supostamente é tão esperto, você consegue ser bem burro. Saí da lista de espera porque mudei de ideia.

— Sério? Por quê?

— Porque é arriscado e não é comprovado e talvez o amor não dependa da nossa genitália.

— Então por que você está puto?

— Além de você ter mentido pra mim por semanas a fio?

— É — respondo, retraído. — Além disso.

— Você me deu esperanças, irmão. — Chad tateia as costuras das luvas. — Você me fez acreditar em um ponto de encontro perfeito.

— Como assim?

— Caramba, você não lê seus próprios livros?

— Nem todos.

— Você deveria ler esse. — Chad move a cadeira até a mesa lateral e pega um livro chamado *Um ponto de encontro perfeito*. — É sobre esses espaços, tipo livrarias, cafeterias, onde as pessoas podem se reunir. Como são importantes. E pensei que a loja ia ser meu ponto de encontro perfeito. Não apenas um sebo, mas um espaço de música, e um lugar para as aulas de tai chi do seu pai, e para o clube de leitura de Bev, e as reuniões dos Doze Passos de Jax e meus grupos de apoio. — Ele ergue o livro. — Podia ter sido tão bom. Um lugar pra todo mundo. Você me deixou acreditar que podíamos ter isso. — Sua voz falha. — Você deixou todos nós acreditarmos.

— Se serve de consolo, eu também me deixei acreditar.

Chad de repente levanta a cabeça.

– Mas você disse que não quer a livraria. Você a vendeu.

– Não quero ser o *dono* da livraria – digo a Chad. – Mas quero fazer parte de um ponto de encontro perfeito. Só não pensei que isso pudesse acontecer lá. Morei em cima daquela livraria a vida toda, e ela nunca pareceu ser um ponto de encontro perfeito... até que você surgiu e nos fez construir uma rampa.

Chad assente devagar.

– *Manipulei* você pra construir uma rampa, você quer dizer – corrige ele.

– *Manipular* é uma palavra forte, não acha?

– *Enrolar*, talvez? – Chad deixa escapar um sorrisinho, e percebo que não o perdi.

– Olha, Chad, eu vim aqui para pedir desculpas. Mas também porque tenho uma ideia. Você gastou toda a grana que tinha no banco?

– Não tudo.

– Então, quanto você tem?

– Uns seis mil.

Faço as contas. Quase consigo fazer os números ficarem a nosso favor.

– Posso usar esse dinheiro? – pergunto.

Chad arqueia uma sobrancelha.

– Você só pode estar brincando!

– Me escuta. Tenho cerca de mil sobrando da venda dos discos. Se somarmos os seus seis mil, acho que pode dar certo. Mas só se...

– Se o quê?

– Se você realmente quiser ser sócio. – Fico tímido, como se estivesse fazendo um pedido brega para alguém ir ao baile de formatura comigo. Não que eu já tenha feito esse tipo de coisa. – Você quer?

Chad move a cadeira para a frente e para trás.

– Cara, isso é loucura, né? Quase nem leio livros.

– Vai começar a ler – digo.

– E nem sei quais filmes vieram dos livros.

– Vai aprender. E você tem mais tino para os negócios do que Ira e eu juntos.

– É verdade, mas vocês não são um bom parâmetro.

– Tenho uma reunião com a Penny amanhã cedo. Se eu chegar com o seu dinheiro e o meu, são sete mil. E sei que posso arranjar o resto depressa. Acho que posso fazer dar certo. Mas tem um porém.

– Sempre tem, né?

– Você não seria meu sócio. Falei sério quando disse que não quero a livraria. Mas Ira quer. E você também. Então você seria sócio dele.

– Adoro o seu pai – afirma ele, coçando o queixo. – Mas se eu e ele formos sócios, o que você seria?

– O que eu espero ainda ser – respondo. – Seu amigo.

—

Na manhã seguinte, acordo e me preparo para a reunião com Penny. Quando estou de saída, Ira se levanta.

– O que você vai fazer? – pergunto.

– Vou com você, óbvio.

– Mas vamos ter que fechar a loja. Em horário comercial.

Ira dá de ombros e tranca a porta ao sairmos.

– Isso pouco importa agora.

Meu coração bate rápido demais enquanto caminhamos até a loja de ferragens. Ensaio o que vou dizer. Basicamente, tenho que fazer o oposto da venda personalizada. Tenho que convencê-la a não comprar uma coisa.

Chad está esperando na esquina da Main Street com a Alder.

– O que você está fazendo aqui? – pergunto.

– Sem ofensa, filhão, mas não vamos deixar você enfrentar Penny Macklemore sozinho. – Ele olha para Ira. – Historicamente, isso não dá certo.

Continuamos pela Alder Street. A caminhonete de Ike está estacionada em frente à loja de ferragens. Isso em si não é tão estranho, mas ver Ike vestindo um terno é quase tão chocante quanto ouvi-lo falar sobre Viagra. Ele rosna para mim.

– Só pra deixar claro, estamos aqui por seu pai e Chad, não por você.

– Entendido.

– A gente não quer saber de você – ressalta Richie ao sair da cabine, seguido por Garry.

– Eu entendo. Farei o que puder para acertar as coisas.
– É o que vamos ver – diz Garry.
– Gente, eu sinto muito – falo.
– Devia sentir mesmo – retruca Richie.
– Você podia ter nos contado – acrescenta Garry.
– Eu sei. Eu estava com medo – explico.
– Todo mundo fica com medo, Aaron – diz Ike. – Isso não te dá o direito de agir como um filho da mãe. – Ele olha para Ira. – Desculpe o palavreado.
– Parece justo – comenta Ira.

Entramos na loja de ferragens. Penny está no escritório dos fundos com seu advogado.

– O que está acontecendo aqui? – pergunta ela ao ver o grupo. – Só preciso do Aaron para firmar o contrato definitivo. – Ela olha para mim. – Porque é definitivo. Não recebi qualquer outro aviso seu.

– Está recebendo agora – digo. – Penny, eu não quero vender a loja para você. Bem, na verdade eu quero. Mas *eles*, não. Eles querem administrá-la. – Aponto para Ira, Chad e Ike. – Então eu gostaria de aceitar sua oferta de treze mil dólares para desistir do nosso acordo.

– Treze mil dólares? – berra Ike.

– Você tem um cheque ao portador? – indaga Penny.

– Não tenho um cheque ao portador, mas tenho isso. – Pego um envelope cheio do dinheiro dos colecionadores de discos. – Mil dólares.

– E aqui está um cheque de seis mil – diz Chad.

– Ainda faltam seis mil dólares – comenta ela.

– Faltam seis mil dólares pra quê? – questiona Ike.

– Para completar os treze mil – responde Penny.

– Que treze mil dólares são esses? – pergunta Ike mais uma vez.

Eu me viro para Ike.

– Não se preocupe com o dinheiro. – Então me dirijo a Penny. – Posso conseguir o restante até o final do dia.

Ainda não falei com Daryl, mas suspeito que ele ficará mais do que feliz em levar a coleção pela mixaria de oito mil dólares.

– Como? – perguntam Chad e Ira ao mesmo tempo.

– Alguém vai me dizer o que está acontecendo? – indaga Ike.

Eu me viro para Ira.

– Vou vender os discos de Sandy para Daryl. Sei que valem muito mais do que oito mil dólares. Mas, se Sandy os deixou para mim, a decisão sobre o que fazer com eles é minha. E é isso que escolho. Assim posso fazer a coisa certa para todos vocês.

– Alguém pode me explicar o que é que custa treze mil dólares? – grita Ike.

– É o que tenho que pagar a Penny para desistir do nosso acordo – explico. – E vou conseguir. Se vender todos os discos agora.

– Mas os discos fazem parte da nossa fonte de receita – diz Chad. – Coloquei no plano de negócios.

– Por quê? Eu disse que não íamos vendê-los na loja.

– É, mas você diz um monte de besteiras. E, de qualquer forma, eles são valiosos pra caramba. Também conversei com o Lou, que topou ser o nosso fornecedor, assim manteríamos o estoque e o fluxo de receita, e ele poderia ganhar a vida negociando discos.

– Tá, mas, Chad, precisamos vender os discos para conseguir o dinheiro e pagar a Penny.

– E precisamos vender discos pra loja ser lucrativa – retruca Chad, balançando a cabeça. – É um verdadeiro ardil-22.

– Chad Santos, você acabou de fazer uma referência literária?

– Acho que sim.

– Bem, então agora você tem que administrar uma livraria mesmo.

Todos riem e o clima no escritório se torna festivo. Por um momento, acho que venci. Salvei a livraria *e* me livrei dela.

Mas então olho para Penny, que também está sorrindo. E a conheço o bastante para saber que ela não sorri quando perde. Só quando vence.

E Penny Macklemore sempre vence.

– É 1º de dezembro – diz ela alegremente. – E você não tem os treze mil dólares, então nosso negócio vai ser concluído agora.

– Mas eu vou ter em algumas horas... O mais tardar amanhã.

– Tarde demais. A oferta está fora de questão. O negócio vai ser concluído agora – repete ela. – E, se não for, vou processar você. E confie em mim, isso vai ficar muito caro bem rápido.

Eu olho para Penny. Como não vi isso antes? O cabelo encaracolado. O nariz arrebitado. Os olhinhos. Ela é Lucy, aos 70 anos.

– Você chegou a considerar de verdade me deixar desistir do negócio? – pergunto.

Ela dá de ombros.

– Se você levantasse o dinheiro, com certeza. Mas eu sabia que, mesmo que você desse um jeito, só se enterraria ainda mais, porque livrarias não são um mercado em expansão. Então o comércio voltaria a patinar e eu a conseguiria toda reformada, ainda mais barata, e estaria dez mil dólares mais rica pelo transtorno. – Ela destampa a caneta. – De qualquer jeito, eu ia conseguir a loja. Faz anos que a quero. E quando eu quero muito alguma coisa, não desisto nunca.

– É a sua grande baleia branca – diz Garry.

– Minha o quê? – pergunta Penny.

– É uma referência de um livro.

– Ah! Não entendo nada disso.

A sala fica em silêncio, e o único som é o da caneta de Penny assumindo a posse da loja.

E assim o negócio está feito.

SOPA DE PEDRA

Está quieto. Muito quieto. Não deveria estar tão quieto agora. Parece errado.

Ando pelo espaço vazio, meus passos ecoando entre as prateleiras sem nada. A estante de mogno que partiu o coração de Ike parece, se não nova outra vez, velha da maneira certa. As outras estão todas reforçadas, pintadas e vazias. Lady Gaga cintila à luz da manhã.

As caixas de discos, aquelas que Sandy construiu meticulosamente durante a fúria de sua premonição, ou de seu medo, ou de qualquer outra coisa que o tenha movido, estão escancaradas, sem cadeados, sem discos.

Eu ligo para Chad.

– Você vem, né? – pergunto.

– Irmão, relaxa. Eu disse que estaria aí e estarei.

– É que estamos correndo atrás do tempo.

Chad cai na gargalhada.

– Correndo *contra* o tempo. Fica só nas metáforas literárias, filhão.

– Tanto faz – retruco. – O relógio está correndo.

– Estarei aí – responde Chad. – Estaremos todos aí.

Dez minutos depois, Ira chega.

– Me desculpa – diz ele sem fôlego. – O tai chi passou da hora.

– Tudo bem – falo. – Cadê a Bev?

– Está pegando umas coisas. Vai chegar mais tarde. – Ele olha ao redor, observando a sala vazia, em seu rosto uma mistura de emoções que não consigo decifrar. – O fim de uma era.

– Foi bom enquanto durou, não foi?

– Ah, foi. – Ira me dá um tapinha no ombro quando o barulho da caminhonete de Ike se aproxima. – Pronto?

– Tanto quanto possível.

Mas nenhum de nós se move. Ficamos só olhando o espaço vazio, que até três meses atrás era a loja de sucatas de Joe Heath. É maior do que nossa antiga livraria. Ampla, acessível, com espaço para todas as nossas estantes, além de várias outras que Ike construiu. Está muito diferente de quando assumimos o espaço, há algumas semanas. Não parece possível que as coisas mudem tão rápido, mas às vezes mudam. Os dinossauros que o digam.

Ike entra a toda, cuspindo tabaco em sua garrafinha vazia de chá gelado.

– Vocês dois vão ficar parados aí o dia todo? Essas coisas não vão se desencaixotar sozinhas.

~

Em uma hora, todas as pessoas chegam: Ike, Garry e Richie, além da namorada de Garry, Amanda. O agora inseparável trio formado por Beana, Bev e Angela. Lou também. Jax. E, claro, Chad. Ele se autonomeou o "diretor de projetos" do dia, alegando que é por causa de suas questões de mobilidade, mas sabemos que é trapaça. O projeto do novo espaço é bem amplo e aberto, para que possa ser usado para os clubes Costura e Literatura, Leitores e Bebedores, os grupos de apoio, as aulas de tai chi, de ioga, as noites de karaokê ou qualquer outra moda que inventem.

Há muitas prateleiras baixas para Chad abastecer. Mas ele gosta de brincar de Deus.

– Se consultarem meus diagramas muito bem detalhados – diz ele, a voz trovejante –, vão ver que todas as caixas estão numeradas e codificadas por cores, para combinar com as prateleiras corretas. Assim vocês não precisam pensar, é só desencaixotar. Fiz todas as medições, e tudo deve caber como uma luva.

– É sério – diz Jax. – Ele literalmente mediu todos os livros, embora eu tenha falado que o encaixe perfeito é um trabalho de Sísifo, já que o estoque vai estar sempre mudando.

– E eu sei o que *trabalho de Sísifo* significa. – Chad sorri com orgulho. – Acho que, se sou coproprietário de uma livraria, preciso entender as referências literárias.

– Não é propriamente literária – digo –, mas de mitologia grega.

– Argh. Você vai ser sempre assim? – pergunta Chad.

– Aham!

– Bem, você não passa de um cliente comum agora, então não tenho que te dar ouvidos.

– Como se tivesse me ouvido alguma vez.

– Quem está pronto para um café? – grita Ike de trás de Lady Gaga. – Eu trouxe cappuccino, latte, mocha, macchiato, expresso, americano... quente ou gelado. Com leite de vaca, de soja ou de aveia. – Ele dá uma limpadinha amorosa em Gaga. – Temos muito trabalho a fazer antes da festa, então estou aqui para fornecer energia a vocês com cafeína.

– Onde você quer pôr os discos? – pergunta Lou quando, junto com Garry, começa a trazer os engradados especiais nos quais insistiu que os vinis fossem transportados, para evitar que se danificassem.

– Não perguntem pra mim – respondo. – Não sou o chefe. Chad, onde você quer os discos?

– Onde eu quero os discos? – repete Chad, exasperado. – Verifiquem o diagrama. Eles vão ficar nas caixas de discos. Lá no fundo, perto do café.

– Legal. Como em uma loja de departamentos – diz Lou, assentindo ao ir em direção às caixas de Sandy.

Ike declarou que as caixas tinham sido bem fabricadas e que a qualidade do pinho era boa, por isso não precisava aperfeiçoá-las. Desconfio que ele preferia ter feito caixas novas com uma madeira melhor, mas por respeito a Sandy optou por deixar assim.

– Mal posso esperar para ver esses discos em exposição – diz Lou. – Já era hora de honrarmos esses vinis.

Lou desencaixota a vasta coleção de Sandy, a música que ele amava mais do que tudo, que deixou para mim. Que me levou ao Outhouse e a Chad. Aos Lenhadores. E até mesmo a Hannah.

Talvez Ira estivesse certo: os discos são o meu legado.

～

Terminamos a arrumação às quatro da tarde, o que dá a todo mundo cerca de uma hora para correr para casa, tomar banho, trocar de roupa e voltar para a festa. Não temos muito tempo para discursos ou divagações, mas quando Ira pigarreia e pede a todas as pessoas que se reúnam lá fora, ninguém se opõe. Richie e Garry posicionam um tablado na frente da entrada plana e sem rampas da loja. Ike faz um aceno de cabeça para Ira.

– Alguns de vocês estavam por perto quando abrimos a Bluebird Books, há mais de 25 anos. – Ira olha para Ike. – A loja passou por muita coisa. A cidade passou por muita coisa. Todos nós passamos por muita coisa. – Ele olha para mim. – Mas aqui estamos.

– Aqui estamos! – grita Chad.

Ira faz um gesto para Ike e Chad se juntarem a ele perto do tablado, e depois me chama também. Mas eu fico para trás. A loja não é mais minha. Porém, de alguma forma, ao desistir dela, ganhei mais do que poderia ter imaginado.

Ike assobia e Richie e Garry desfraldam o novo logotipo. Minha mãe o desenhou com Amanda, a namorada de Garry. Tem a fonte original de mamãe e a ilustração de passarinhos voando de um ninho criada por Amanda. Ela pintou um desenho semelhante no teto do novo espaço. Olho para o letreiro, velho e novo, igual e diferente, como a loja, como minha família. Ira olha para mim. Eu olho para Ira. Está na hora.

– Agora declaro a Bluebird aberta, o ponto de encontro perfeito – diz ele.

～

Parece que todos na cidade compareceram à grande inauguração. Os amigos de Ike da fábrica. O recém-formado clube do livro de Bev e

Beana. O diretor da escola de ensino médio e um monte de professores que Angela conhece. Os amigos colecionadores de Lou, todos babando para ver os discos. Um bando de criancinhas correndo sem parar. Até Penny Macklemore está presente, xeretando.

– Quer que eu a ponha pra correr? – pergunta Chad. – Vou gostar de bancar o segurança.

– Não, deixa – respondo. – Todo mundo merece um ponto de encontro perfeito. Até a Penny.

– Além disso, olha quantas pessoas vieram. Vamos esfregar isso na cara dela.

– Pois é.

A multidão é tão densa que mal consigo ver através dela, mas quando Hannah entra, sinto sua presença na hora, apesar de não vê-la desde o Dia de Ação de Graças. Trocamos mensagens algumas vezes e tive notícias dela através de Jax, que ultimamente está sempre em nossa casa. Quando fechamos a antiga loja, Ira decidiu alugar a casa de Joe. Havia espaço para mim, mas acho que nós dois sabíamos que era hora de este pássaro deixar o ninho. Como eu estava começando a procurar um imóvel para alugar, Chad me mostrou o anúncio de um apartamento em um prédio novo com elevador, entre aqui e Bellingham, totalmente acessível.

– É bom, mas não posso bancar esse aluguel – falei.

Ele sorriu para mim.

– É, mas *nós* podemos.

Hannah se aproxima, sem jeito. Não tenho certeza de qual é o protocolo para cumprimentar uma ex que na verdade só foi sua namorada por duas noites, mas, como tudo na minha vida, vou improvisando.

– Você veio? – indago, me conformando com um meio abraço, meio tapinha no ombro.

Meu coração ainda reage de um jeito engraçado, mas não como antes. É distante, como o fóssil de algum ser que já esteve vivo.

– É lógico que eu vim. A inauguração de um estabelecimento com livraria, café, discos e espaço comunitário tem que ter música. – Ela olha em volta. – Jax já está aqui?

— Jax passou o dia todo aqui, ajudando.

— Você chama aquilo de ajuda? — Hannah aponta para Jax, que está de namorico com Chad.

— Qualquer coisa que mantenha Chad feliz ajuda.

Ela dá uma risadinha.

— Montamos um repertório especial — conta ela. — Todas as músicas têm referências literárias. "Everyday I Write the Book", do Elvis Costello. "The Book I Read", do Talking Heads.

— Não tem "Clair de Lune", né?

Hannah me encara, e lá está, aquele eco de Sandy de novo. Talvez ela também ouça.

— Essa, não.

— Me desculpa — falo. — Sabe, por ter corrido para você quando eu na verdade estava fugindo.

Hannah sorri e assente.

— Tudo bem. Como você está?

— Fico pensando no que você disse na reunião, sobre a necessidade de desconstruir as coisas para criar algo novo. Estou em algum ponto desse processo.

— Você *estava* ouvindo? — Vejo que isso a agrada. — Fico feliz. Ouvi dizer que você está fazendo faculdade.

Jax deve ter lhe contado, o que significa que falam sobre mim. Isso me agrada.

— Estou fazendo umas aulas.

— Alguma interessante?

— Um curso de literatura, agora que consegui voltar a ler. E introdução à paleontologia.

— Dinossauros. — Ela ri. — Algumas coisas nunca mudam.

Talvez seja verdade. Porque não importa o que Hannah e eu somos agora, nunca deixarei de acreditar que somos inevitáveis. Não apenas ela e eu, mas eu e Chad. Chad e Jax. Ira e Ike. Talvez nós sejamos inevitáveis.

Às sete as cucas da Angela acabam, às oito os muffins viram história, e às nove é a vez do expresso.

– Comprei mais de dois quilos de grãos hoje de manhã – comenta Ike, chateado. – Pensei que daria pra gente passar o fim de semana, mas não durou nem um dia.

Ira ri.

– Se tivermos um *boom* de bebês em nove meses, saberemos que é porque ninguém na cidade conseguiu dormir esta noite.

– Aí nós vamos expandir a seção infantil – diz Chad, apontando para as duas crianças que correm pela loja feito loucas. – Arranjar um trenzinho. Poltronas de pelúcia. Outras coisas de criança. E mais livros sobre viagem. Sua mãe estava certa, e é por isso que deixei as seções de turismo e parentalidade juntas.

– Eu vi – digo.

– Talvez devêssemos começar a música agora – sugere Ira. – Já que estamos sem café.

– Boa ideia – comenta Bev. – Vou avisar o pessoal. Assim podemos anunciar os próximos eventos. Porque os panfletos com a programação já acabaram também.

– A programação está toda no site – fala Chad, vendo um pai correr atrás dos dois filhos teimosos, seguido por uma mulher que ri sem parar. – Puta merda – sussurra Chad. – Acho que aquele cara era da Shooting Star.

– O que é isso?

Chad revira os olhos.

– É só, tipo, uma banda conhecida no mundo todo. O vocalista se casou com uma violoncelista famosa. Ouvi dizer que compraram uma propriedade por aqui pra montar um estúdio. Cara, acho que são eles dois e os filhos. Tenho que contar pra Jax. Noite de inauguração e já temos celebridades na casa!

Ira se aproxima.

– Você está bem com tudo isso? – pergunta ele, segurando minha mão.

Faço que sim com a cabeça. Mais do que bem.

– Eu não poderia ter imaginado um final mais feliz.

Ele balança a cabeça.
– Ainda não sei como fizemos isso.
– Claro que sabe – respondo. – *Sopa de pedra*.
– É verdade. *Sopa de pedra*. Você é quem manteve o caldeirão fervendo.
– Faz sentido. A história começa com uma fraude.
– Hum, nunca tinha pensado desse jeito.
– Eu pensei – afirmo. – Já que sou o mentiroso desta história e tal.
Ira chega mais perto e me abraça.
– Obrigado por ser quem você é – murmura ele em meu ouvido.
Eu retribuo o abraço.
– Todas as outras personalidades já tinham dono.

~

Quando Hannah e Jax sobem ao palco, sigo Chad até um canto especial que montamos, onde sua visão fica desobstruída.
 – A vida é um mistério, né? – começa Chad. – Quem diria que, quando vi você naquele primeiro show, no Outhouse, a gente ia acabar dividindo um apartamento, ou que eu ia ser sócio de uma livraria, onde pelo visto estrelas do rock são clientes? Estamos curtindo o melhor da vida agora, não acha?
 – É, Chad. Acho que estamos.
 – Ei, vivo me esquecendo de te contar: enfim li o livro dos dinossauros pelo qual você era tão obcecado.
 – *Ascensão e queda dos dinossauros*? Você gostou?
 – Gostei. Não foi nem um pouco chato. O que não entendo é como foi que você leu aquele livro umas cem vezes e mesmo assim não viu o xis da questão.
 Solto um suspiro. Uma das desvantagens de ter vendido minha cota da livraria para Chad é que agora ele me passa sermões sobre livros sem nem um pingo de cerimônia.
 – O que exatamente eu não vi?
 – Bem, você vive falando sobre a extinção dos dinossauros. Será que eles sabiam? Como será que se sentiram? Blá-blá-blá. Mas eles não estão *realmente* extintos.

– Acho que você está confundindo o Brusatte com *Jurassic Park*.

– Não, irmão. Não estou. Porque bem no final ele fala sobre a nova geração de dinossauros voadores. Eram menores, do tamanho de um morcego, capazes de voar, então, quando o asteroide caiu, esses novos carinhas de alguma forma conseguiram sobreviver. E no fim das contas eles... – Chad deixa a frase morrer.

– Eles *evoluíram* – concluo.

Chad passa um braço em volta de mim e me puxa para perto, me dando um leve cascudo, como se quisesse me dizer o que eu já sei. Que sou idiota. E que ele me ama. E que sabe que eu também o amo.

– E evoluíram para...? – pergunta ele, apontando para cima.

Olho para o bando de azulões que Amanda pintou no teto, e então me viro para Chad e respondo sua pergunta de uma vez por todas:

– Eles evoluíram para pássaros.

REFERÊNCIAS BIBLIOGRÁFICAS

Veja a seguir os livros usados como referência ou citados em *Nós somos inevitáveis*. Quando os livros não têm edição em português mas são mencionados na história, foi inserida a adaptação entre colchetes ao lado dos títulos em inglês.

Ascensão e queda dos dinossauros: uma nova história de um mundo perdido, de Steve Brusatte

Jane Eyre, de Charlotte Brontë

Master of the Senate: The Years of Lyndon Johnson, de Robert A. Caro

Modern Life, de Matthea Harvey

O leão, a feiticeira e o guarda-roupa, de C. S. Lewis

O Senhor dos Anéis, de J. R. R. Tolkien

Assassinato no Expresso do Oriente, de Agatha Christie

Morte no Nilo, de Agatha Christie

Encontro com a morte, de Agatha Christie

Uma solidão ruidosa, de Bohumil Hrabal

Sometimes a Great Notion, de Ken Kesey [adaptado na história como "Uma lição para não esquecer", título do filme]

Caps for Sale [Gorros à venda], de Esphyr Slobodkina

Os sofrimentos do jovem Werther, de Johann Wolfgang von Goethe

As 35 regras para conquistar o homem perfeito, de Ellen Fein e Sherrie Schneider

Crepúsculo, de Stephenie Meyer

A árvore generosa, de Shel Silverstein

Peanuts, de Charles M. Schulz

Batgirl – O reflexo mais escuro, parte um: Estilhaçado (Os Novos 52), de Gail Simone

Batgirl, Volume 2: Family Business, de Cameron Stewart e Brendan Fletcher

Cinquenta tons de cinza, de E L James

Garota exemplar, de Gillian Flynn

Emma, de Jane Austen

O sobrinho do mago, de C. S. Lewis

As Crônicas de Nárnia: a última batalha, de C. S. Lewis

Série *Percy Jackson e os Olimpianos*, de Rick Riordan

Ways to Make Sunshine [Como fazer sol], de Renée Watson

Série *The Unicorn Rescue Society* [A sociedade de resgate dos unicórnios], de Adam Gidwitz

Extraordinário, de R. J. Palacio

Série *Track*, de Jason Reynolds

Série *O Homem-Cão*, de Dav Pilkey

Válter, o Cachorrinho Pum, de William Kotzwinkle e Glenn Murray, ilustrado por Audrey Colman

Uma dobra no tempo, de Madeline L'Engle

A porta, de Magda Szabó

The Melancholy of Resistance, de László Krasznahorkai

Só garotos, de Patti Smith

Amanhã você vai entender, de Rebecca Stead

Stone Soup [Sopa de pedra], de Marcia Brown

O aroma do desejo, de Rachel Herz

Série *Harry Potter*, de J. K. Rowling

O coração é um caçador solitário, de Carson McCullers

Clube da Luta, de Chuck Palahniuk

O livro do hygge: o segredo dinamarquês para ser feliz, de Meik Wiking

A arte da negociação, de Donald J. Trump e Tony Schwartz

A guerra das salamandras, de Karel Čapek

Goldmine Record Album Price Guide, 10th Edition [Guia de Classificação Internacional de Discos Goldmine, 10ª edição], de Dave Thompson

Beethoven's Anvil: Music in Mind and Culture, de William Benzon

The Complete Idiot's Guide to Starting and Running a Coffee Bar [O guia completo do idiota para abrir e gerenciar um café], de Susan Gilbert, W. Eric Martin e Linda Formichelli

Comer, rezar, amar, de Elizabeth Gilbert

A última grande lição, de Mitch Albom

Moby Dick, de Herman Melville

Horizonte perdido: o mito de Shangri-La, de James Hilton

Moneyball: o homem que mudou o jogo, de Michael Lewis

Alcoholics Anonymous: The Big Book [Alcoólicos Anônimos: O Grande Livro], de Bill W.

The 2010 Rand McNally Road Atlas [O atlas rodoviário Rand McNally de 2010]

Série *Fronteiras do Universo*, de Philip Pullman

A anatomia de um luto, de C. S. Lewis

My Brother [Meu irmão], de Jamaica Kincaid

O presente dos magos, de O. Henry

Orgulho e preconceito, de Jane Austen

The Great Good Place [Um ponto de encontro perfeito], de Ray Oldenburg

Ardil-22, de Joseph Heller

Mythology: Timeless Tales of Gods and Heroes, de Edith Hamilton

Jurassic Park, de Michael Crichton

NOTA DA AUTORA

Em *Nós somos inevitáveis*, Aaron diz repetidas vezes que Sandy é culpado pelo próprio vício, que escolheu as drogas em vez da família, que, se quisesse, teria largado esse hábito.

Quero começar esta nota desmistificando enfaticamente essa ideia, que já foi refutada por cientistas e especialistas em abuso de substâncias. O vício não é culpa do viciado. Nós, autores, muitas vezes levamos nossos personagens a dizer coisas que sabemos que não são verdade – mas, alerta de spoiler, no fim deste livro Aaron começa a perceber que culpar Sandy é uma forma de se proteger da dor de tê-lo perdido.

O vício em opioides que devasta os Estados Unidos não é culpa da fraqueza dos viciados, da falta de força de vontade ou coisa parecida. Se existe a necessidade de atribuir um culpado a essa crise, pode-se considerar a própria indústria farmacêutica, em especial empresas como a Purdue Pharma, que intencionalmente insistiu no marketing agressivo de medicamentos como a oxicodona, anunciando que não causavam dependência, embora a composição química dessas drogas sintetizadas seja quase idêntica à da morfina, o opiáceo altamente viciante do qual a heroína é derivada. Isso é uma farsa e um pesadelo para a saúde pública, e para saber mais sobre o assunto recomendo a leitura de *Dreamland: The True Tale of America's Opiate Epidemic* [Dreamland: a verdadeira história da epidemia de opiáceos nos Estados Unidos], de Sam Quinones. Há também uma versão desse livro para jovens.

Eis o que se precisa saber a respeito do vício: trata-se de uma combinação potente de dependência física e psicológica, e se fosse fácil largá-lo, milhões de pessoas não perderiam seus empregos, lares e vidas.

E, apesar de tudo, é possível se recuperar dele. Para cada Sandy, há centenas de Hannahs.

Se você acredita que está com problemas de abuso de substâncias, no Brasil o serviço telefônico dos Narcóticos Anônimos disponibiliza uma linha direta para informações, 24 horas por dia, 365 dias por ano, para dependentes químicos e familiares que enfrentam transtornos por uso de substâncias. Basta ligar para o número 132. As ligações são confidenciais – ninguém vai contar aos seus pais, médicos ou qualquer outra pessoa, e a conversa pode ajudá-lo a entender quais os próximos passos, onde encontrar programas de reabilitação ou reuniões dos Doze Passos, ou oferecer apoio para que você consiga contar o problema aos adultos de confiança em sua vida. De acordo com vários estudos, muitas pessoas com problemas de abuso de substâncias têm distúrbios subjacentes não tratados (como ansiedade e depressão), e o 132 também pode ajudá-lo a encontrar apoio psicológico.

Caso você tenha um amigo ou um familiar enfrentando esse problema, também pode ligar para os Narcóticos Anônimos. Outra opção é pensar em fazer parte de um dos grupos Al-Anon (al-anon.org.br) ou Nar-Anon (naranon.org.br), que apoiam amigos e parentes de pessoas que lutam contra a dependência química. O Al-Anon foca no alcoolismo e o Nar-Anon, no uso de narcóticos, mas as lutas contra o abuso de drogas transcendem a substância, então você poderá encontrar apoio em qualquer um desses grupos.

Todos podem participar das reuniões dos Doze Passos, a qualquer momento. Portanto, se você acha que está passando por um problema, pesquise no Google para encontrar a reunião mais perto de sua casa. Os Alcoólicos Anônimos (aa.org.br) e os Narcóticos Anônimos (na.org.br) oferecem reuniões frequentes – incluindo reuniões virtuais devido à pandemia –, e quase todas são abertas ao público.

O II Levantamento Nacional de Álcool e Drogas, de 2012, feito pela Universidade Federal de São Paulo, estimou que cerca de 5,7% dos brasileiros são dependentes de álcool e/ou maconha e/ou cocaína, uma porcentagem equivalente na época a mais de 8 milhões de pessoas.

De acordo com a SAMHSA – Substance Abuse and Mental Health Services Administration [Administração de Serviços de Saúde Mental e Abuso de Substâncias], em 2016, nos Estados Unidos, aproximadamente uma em cada treze pessoas com 12 anos ou mais sofriam de dependência química, e cerca de apenas 18% conseguiram ter acesso a tratamento. Outros estudos sugerem que apenas 11% das pessoas que necessitavam de tratamento têm acesso a ele. Há muitas razões para isso: preconceito, negação, distância das instalações (em particular nas áreas rurais), mas um grande obstáculo é a falta de infraestruturas financiadas pelo governo para reabilitação. Isso não é por acaso. Muitos estados retiraram os recursos dos programas de saúde pública que custeavam a reabilitação, deixando famílias como a de Aaron à própria sorte.

Se você tem idade para votar, deve votar em candidatos, sobretudo para o governo estadual, que apoiem o financiamento dos serviços necessários à saúde pública, incluindo a reabilitação.

Quer seja você ou alguém que você ame lidando com o abuso e a dependência de substâncias, entenda que não está sozinho. E, conforme avançar na sua jornada, seja ela qual for, tente seguir em frente com compaixão. Perdoar é difícil. Perdoar os outros por seus tropeços é mais difícil. Perdoar a nós mesmos pode ser mais difícil ainda.

— Gayle Forman, janeiro de 2021

AGRADECIMENTOS

Esta obra é uma carta de amor aos livros e aos livreiros, por isso quero começar agradecendo a todos os livreiros que tive o prazer de conhecer e àqueles que ainda não conheci, àqueles que pessoalmente venderam livros para mim (e para milhares de outros leitores), e àqueles que recomendaram os meus livros (e de milhares de outros escritores).

Não vou tentar mascarar o quanto os últimos tempos têm sido difíceis para todos nós. Apenas digo que a dificuldade fez com que eu e tantas outras pessoas lembrássemos como dependemos de vocês, não apenas pelos livros que vendem, mas também pelo ponto de encontro perfeito que nos proporcionam. O fato de tantos de vocês terem criado um ponto de encontro perfeito no mundo virtual reflete seu potencial. Dito isso, estou ansiosa para revê-los em corredores lotados.

Do mesmo modo, quero agradecer aos bibliotecários, professores e educadores em geral. Não consigo imaginar como este período foi desafiador para vocês, mas vi em primeira mão como enfrentaram as circunstâncias, transformando destruição em criação. Somente palavras não podem expressar minha gratidão. Mas palavras são tudo o que tenho.

Escrever sobre temas que vão além da sua experiência é tanto uma necessidade da ficção como um ato de humildade, e quero agradecer a todos que me orientaram e me ajudaram, principalmente nas questões sobre deficiência. Agradeço a Andrew Skinner, da Triumph

Foundation, fundação que apoia crianças e adultos com lesão na medula, a Jennifer Korba, que leu tudo com cuidado e atenção, e a Dean Macabe, que nem piscou quando em nossa primeira conversa falei sobre ereções e drenos. Agradeço a Zoey Peresman pela orientação e pelo esclarecimento de questões sobre dependência e recuperação. Obrigada, Andreas Sonju, por me ajudar a garantir que usei a linguagem certa ao me referir a marcenaria e granulação de lixas. E obrigada a Heather Hebert por ter lido este livro com o coração aberto e com sinceridade, e por ser a personificação de tudo o que adoro nos livreiros.

Agradeço a Leila Sales, que pegou pesado comigo dessa vez. Sempre que eu jogava a batata quente no colo dela, alegando (desejando) ter terminado, ela a mandava de volta e me pressionava um pouco mais. Se você chorou no final desta suposta comédia, a culpa é da Leila.

Da Penguin Random House, obrigada à minha fantástica equipe: Christina Colangelo, Felicia Frazier, Alex Garber, Carmela Iaria, Brianna Lockhart, Jen Loja, Lathea Mondesir, Shanta Newlin, Claire Tattersfield e Felicity Vallence. Obrigada a Eileen Kreit pelo apoio constante e pelas boas vibrações. Finalmente, um abraço de agradecimento ao maestro de toda a orquestra, o inigualável Ken Wright.

Também quero agradecer aos representantes de vendas da Penguin Random House: Susie Albert, Jill Bailey, Maggie Brennan, Trevor Bundy, Vicki Congdon, Sara Danver, Nicole Davies, Tina Deniker, John Dennany, Cletus Durking, Joe English, Eliana Ferrier, Drew Fulton, Sheila Hennesesy, Todd Jones, Doni Kay, Steve Kent, Vance Lee, Mary McGrath, Jill Nadeau, Tanesha Nurse, Deb Polansky, Mary Raymond, Colleen Conway Ramos, Talisa Ramos, Jennifer Ridgeway, Samantha Rodan, Christy Strout, Judy Samuels, Nicole White, Allan Winebarger e Dawn Zahorikm. Muitos leitores talvez não façam ideia de que os representantes são os campeões dos livros em campo, o canal entre o autor e o livreiro. Não sei bem como conseguiram manter o trem nos trilhos quando nem mesmo havia um trem, mas eles conseguiram, e sou grata por isso e muito mais.

Agradeço a Michael Bourret e a Lauren Abramo, e a todos da agência literária Dystel, Goderich & Bourret LLC. A Mary Pender, a Alyssa

Lanz, a Gregory McKnight e a todos da United Talent Agency, e a Suzie Townsend e a Dani Segelbaum e a todos da agência New Leaf Literary & Media. Agradeço aos meus coagentes e editores estrangeiros por embarcarem em mais uma jornada.

Obrigada a Amy Margolis pelo incentivo naquele dia gelado na praia quando pensei que nunca terminaria este livro! Obrigada a Raquel Jaramillo pelo apoio, incentivo e ajuda na escolha de um nome para ele! Obrigada a Tamara Glenny, que está sempre entre minhas primeiras leitoras. Obrigada a meu trio de esposas-irmãs: Emily Jenkins, Libba Bray e Marjorie Ingall, que, respectivamente, me ajudaram a trabalhar o cérebro, o coração e a veia humorística deste livro, e que me mantiveram sã durante a pandemia. E obrigada a meu verdadeiro esposo, Nick Tucker, que continua sendo minha inspiração, desta vez fornecendo não apenas as características dos colecionadores de discos e de livros e os costumes das bandas independentes, mas também as referências literárias mais obscuras. Eu provavelmente nunca teria ouvido falar de autores como Bohumil Hrabal se não fosse por ele.

Agradeço à minha família, é claro, em particular às minhas duas filhas: Denbelé, minha parceira de crime, que tem um coração enorme, e Willa, que me mostrou que um leitor adolescente poderia amar Ike tanto quanto eu amo.

E, finalmente, obrigada, meu querido leitor. Essa nossa relação de amor com os livros nem sempre é fácil, quando nossa atenção coletiva é atraída para tantas direções. O fato de ter dedicado sua atenção a um livro, a *este* livro, e ter chegado até estas páginas finais, me deixa muito, muito feliz (e gosto de imaginar que Aaron, Ira, Chad e Ike também).

CONHEÇA OUTROS LIVROS DA AUTORA

Se eu ficar

Em um piscar de olhos, tudo muda. Mia não tem nenhuma lembrança do acidente, mas vê seu corpo em meio aos destroços do carro, ao lado dos pais e do irmão.

Tudo o que ela pode fazer é assistir ao esforço dos médicos para salvar sua vida e recordar seu passado feliz, pensando no que perdeu, no que deixou para trás.

Recebendo a visita de amigos, de parentes e do namorado, Mia se depara com um futuro desconhecido. Ela precisa tomar a decisão mais difícil de todas: se ainda vale a pena ficar ou se deve partir para sempre.

Se eu ficar se mantém como uma história atemporal sobre dor e esperança, amor e memória, e sobre as escolhas que devemos fazer quando tudo parece perdido.

Eu perdi o rumo

Freya perdeu a voz no meio das gravações de seu álbum de estreia. Harun planeja fugir de casa para encontrar o garoto que ama. Nathaniel acaba de chegar a Nova York com uma mochila, um plano elaborado em meio ao desespero e nada a perder.

Os três se esbarram por acaso no Central Park e, ao longo de um único dia, lentamente revelam trechos do passado que não conseguiram enfrentar sozinhos. Juntos, eles começam a entender que a saída do lugar triste e escuro em que se acham pode estar no gesto de ajudar o próximo a descobrir o próprio caminho.

Contado a partir de três perspectivas diferentes, o romance de Gayle Forman aborda o poder da amizade e a audácia de ser fiel a si mesmo. *Eu perdi o rumo* marca a volta de Gayle aos livros jovens, que a consagraram internacionalmente, e traz a prosa elegante que seus fãs conhecem e amam.

Apenas um dia

Allyson sabia muito bem quem era: uma jovem quieta e organizada que colecionava despertadores antigos e queria cursar medicina. Sua vida estava planejada e ela estava satisfeita com o que tinha.

Até que, no último dia de uma excursão pela Europa, ela conhece Willem, um ator holandês que lhe oferece a chance de ser outra pessoa, apenas por um dia. Em uma viagem inesperada a Paris, Allyson conhece um mundo inteiro que nunca pensou que pudesse existir: o amor, o desejo de explorar as possibilidades, a vontade de traçar um novo destino para si mesma.

Apenas um dia é a primeira parte de uma duologia romântica que já conquistou milhares de leitores em todo o mundo. O segundo livro, *Apenas um ano*, é a versão de Willem para essa história inesquecível que mostra como as escolhas moldam nossos rumos.

O que há de estranho em mim

Ao internar a filha numa clínica, o pai de Brit acredita que está ajudando a menina, mas a verdade é que o lugar só lhe faz mal. Aos 16 anos, ela se vê diante de um duvidoso método de terapia, que inclui xingar as outras jovens e dedurar as infrações alheias para ganhar a liberdade.

Sem saber em quem confiar e determinada a não cooperar com os conselheiros, Brit se isola. Mas não fica sozinha por muito tempo. Logo outras garotas se unem a ela na resistência àquele modo de vida hostil. V, Bebe, Martha e Cassie se tornam seu oásis em meio ao deserto de opressão.

Juntas, as cinco amigas vão em busca de uma forma de desafiar o sistema, mostrar ao mundo que não têm nada de desajustadas e dar fim ao suplício de viver numa instituição que as enlouquece.

CONHEÇA OS LIVROS DA AUTORA

Eu estive aqui

O que há de estranho em mim

Eu perdi o rumo

Se eu ficar

Apenas um dia

Apenas um ano

Nós somos inevitáveis

Para saber mais sobre os títulos e autores da Editora Arqueiro,
visite o nosso site e siga as nossas redes sociais.
Além de informações sobre os próximos lançamentos,
você terá acesso a conteúdos exclusivos
e poderá participar de promoções e sorteios.

editoraarqueiro.com.br